ELFENBEINKRIEG

ANDRÉ MILEWSKI

http://www.andre-milewski.de
Verlag: André Milewski
c/o Papyrus Autoren-Club
Pettenkoferstr. 16-18
10247 Berlin
Tel.: 030 / 49997373

Coverillustration/Umschlaggestaltung:
© Giessel Design
www.giessel-desgin.de
unter Verwendung von Stockbildern von Shutterstock

Korrektorat: Manuel Schumann
Satz: André Milewski
Karte: André Milewski
3. Auflage Oktober 2020

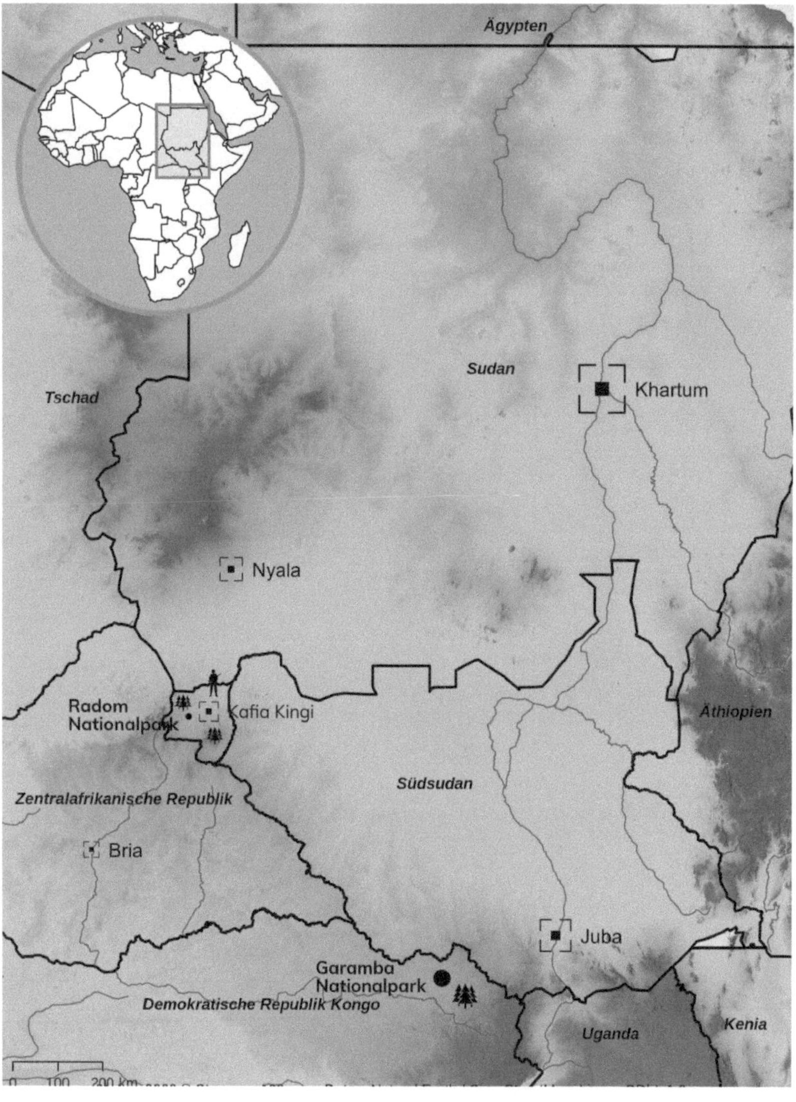
Ägypten
Sudan
Khartum
Tschad
Nyala
Radom Nationalpark
Kafia Kingi
Äthiopien
Südsudan
Zentralafrikanische Republik
Bria
Juba
Garamba Nationalpark
Demokratische Republik Kongo
Uganda
Kenia
0
100
200 km

»People tend to hate me,
cause I never smile.«

- »THE SEEKER« VON THE WHO

PROLOG

GARAMBA-NATIONALPARK -
DEMOKRATISCHE REPUBLIK KONGO, AN
DER GRENZE ZUM SÜD-SUDAN,
MÄRZ 2016

WIEDER EINMAL WAREN sie zu spät gekommen. Die Männer hatten sich im Halbkreis aufgestellt und blickten auf die grauen Riesen, die vor ihnen im niedergetrampelten Savannengras lagen. Sadiq blickte seinen Leuten in die Gesichter, bei den älteren unter ihnen waren die Mienen vor Wut verzerrt, bei den jüngeren wiederum glaubte er, Tränen zu sehen. Mit versteinertem Blick sah er wieder zu den fünf Elefantenkadavern, von denen sich zwei unter der sengenden Sonne enorm aufgebläht hatten. Die anderen drei hingegen waren so grauenvoll zugerichtet, wie selbst Sadiq es selten zuvor gesehen hatte. Einem der Tiere hatten die Wilderer glatt den kompletten Unterkiefer herausgerissen. So sah es aus, aber Sadiq wusste es besser. Sie hatten ihre Macheten benutzt, wie sie es gerne im Blutrausch taten. Dem Verwesungsgeruch nach zu urteilen lagen die Kadaver noch keine zwei Tage hier. Riesige Schwärme von Fliegen umgaben die toten Tiere. Sadiq nahm sein Barett ab und wischte sich mit dem Handrücken den Schweiß von der Stirn.

»Was machen wir jetzt?«, fragte einer der jüngeren Ranger. Sadiq blickte den jungen Mann an und setzte sein Barett wieder auf.

»Melden Sie es ans Hauptquartier weiter und verzeichnen Sie die Stelle auf der Karte. Danach machen wir, dass wir hier schnell wegkommen. Die Sonne geht bald unter und ich möchte nicht in der Dunkelheit noch im Park sein.«

Der Junge sah ihn mit einer Mischung aus Enttäuschung und Wut an, gab aber keine Widerworte und ging zu ihrem Geländewagen hinüber.

»Was glaubst du, wer hierfür verantwortlich ist, Sadiq?« Kumboyo Adoum, einer seiner erfahrensten Park-Ranger hatte sich zu ihm gesellt und blickte mit Abscheu auf den Elefanten mit dem fehlenden Unterkiefer.

»Konys Verbrecherbande, wer sonst? Sieht so aus, als hätten sie ihren Rhythmus geändert. Das sind nun schon insgesamt fünfundzwanzig in diesem Monat.«

Kumboyo nickte. »Verdammte Schweine, wenn wir nur einmal rechtzeitig hier wären, dann …«

»Dann was?« Sadiq blickte seinen alten Kampfgefährten spöttisch an. »Glaubst du, wir zwei und diese Jungspunde da hinten könnten sie daran hindern?« Er legte Kumboyo die rechte Hand auf die Schulter. »Nein, mein Freund. Das können wir nicht schaffen.«

»Du redest so, als hättest du aufgegeben, das gefällt mir nicht.«

»Ich bin nur realistisch. Das ist bereits das dritte Massaker innerhalb der letzten zwei Wochen. Und es wird immer schlimmer.«

»Wir haben auch viele Wilderer festgenommen oder erschossen in den letzten Monaten.«

»Das waren doch nur kleine Fische«, entgegnete Sadiq gereizt. »Aber was Kony hier betreibt, ist ein systematisches Abschlachten. Er schickt ein ganzes Regiment seiner Killer hierher und lässt sie wüten. Denen können wir nicht beikommen. Nicht mit unserer Ausrüstung.«

»Fremont verhandelt immer noch über eine bessere Bewaffnung für die Ranger.«

»Ja, aber wie lange macht er das schon? Zwei Jahre und er hat nichts erreicht. Glaub mir, die da oben wollen gar nicht, dass wir besser bewaffnet werden. Die kriegen alle ihr Stück vom Kuchen ab. Kony zahlt gut. Oder, besser gesagt, seine Abnehmer«, sagte Sadiq bitter.

Ein Rascheln im hohen Gras hinter ihnen ließ Kumboyo und ihn herumfahren. Sein Freund hielt bereits die Waffe im Anschlag. Er bedeutete ihm mit der Hand, ruhig zu bleiben. Es raschelte erneut, etwas kam durch das meterhohe Savannengras auf die kleine Lichtung zu. Auch Sadiqs Hand glitt nun zu seinem Pistolenholster.

Ein kleiner Babyelefant kam stürmisch herausgestoben. Er stockte kurz, als er die beiden Männer erblickte, aber lief dann weiter, ohne auf Sadiq oder Kumboyo zu achten, zu einem der aufgeblähten toten Elefanten hin und tastete verzweifelt mit seinem Rüssel den Kadaver ab. Dabei stieß er ein leises, verzweifelt klingendes Tröten aus. Die anderen Männer hatten den kleinen Elefanten ebenfalls bemerkt. Sadiq signalisierte ihnen durch Handzeichen, einen Kreis um das Kalb zu bilden. Sie zogen den Kreis schnell immer enger zu, aber der aufgewühlte Babyelefant nahm sie gar nicht wahr. Er lehnte sich mit seinem Körper gegen den toten Elefanten und gab kollernde, brummende Laute aus seiner Kehle ab. Wehmütig beobachtete Sadiq die herzzerreißende Szene noch einen Augenblick, dann gab er seinen Leuten das Zeichen. Mit vereinten Kräften gelang es ihnen, das Elefantenjunge von seiner toten Mutter wegzuzerren.

»Legt ihm ein Halsband an«, befahl Sadiq. Sofort legte einer der Männer dem laut protestierenden Babyelefanten einen extra für diesen Zweck angefertigten Gurt um den Hals. Daran befestigt war ein starkes Seil. »Nun bringt ihn zum Transporter, wir bringen ihn weg von hier. Er muss schnell versorgt werden, sonst kommt er nicht durch.«

Das kleine Elefantenkalb wehrte sich nach allen ihm zur Verfügung stehenden Kräften, aber gegen die sechs ausgewachsenen Männer, die es in Richtung des alten Transporters zogen, konnte es sich nicht durchsetzen.

»Wo willst du ihn hinbringen?«, fragte Kumboyo. »In unserer Station können wir ihn nicht unterbringen. Er würde innerhalb weniger Tage eingehen.«

»Ich weiß. Ich werde ihn zu Enyama bringen, er hat Erfahrung mit Babyelefanten und außerdem noch genügend Platz in seinem neuen Waisenhaus.«

»Bist du verrückt? Sein Lager ist im Radom-Nationalpark, achthundert Kilometer von hier entfernt. Da fährst du die ganze Nacht, wenn nicht noch länger. Und der Weg dorthin ist ...«

»Ich weiß, Kumby.« Sadiq lächelte. »Deswegen wirst du mich begleiten. Wir beide bringen das Junge zu Enyama, er ist die einzige Möglichkeit für den Elefanten, um zu überleben.«

»Na toll«, brummte Kumboyo. »Und was ist mit unserem Überleben?«

Sadiq lachte. »Nun komm schon. Je eher wir losfahren,

desto größer ist die Chance, dass der Kleine überlebt. Wir haben schon Schlimmeres überstanden als so eine kurze Fahrt.«

Kumboyo seufzte kurz, dann ging er zu seinem Geländewagen und holte eine Kalaschnikow hinter dem Fahrersitz hervor. Er hängte sich das Gewehr über die Schulter und griff sich noch eine Munitionstasche aus dem Jeep. Damit kam er wieder zu Sadiq zurück und blickte ihn entschlossen an. »Dann los.«

1 / *SCHLUCKBESCHWERDEN*

HAMBURGER HAFEN, DREI
WOCHEN SPÄTER, SAMSTAGNACHT
- 3:30 UHR

Seine Hose klebte vor Nässe an den Beinen. Unwillkürlich klapperten seine Zähne, als er aus der Kälte des Hamburger Schietwetters in die warme Lagerhalle des Zolls eintrat. Er hatte den feinen Nieselregen unterschätzt, der ihn in kürzester Zeit auf dem Weg von seinem Auto in die große Halle im Hafen durchnässte.

»Da sind Sie ja endlich, Horn«, raunzte ihn ein dicker Mann mit mürrischer Miene an. Genau die Art von Begrüßung, die er sich um diese Uhrzeit wünschte. Zu gerne hätte er den Fettsack seine Faust spüren lassen, aber er beherrschte sich. Wieder einmal.

»Ihnen auch einen guten Morgen. Oder sollte ich besser gute Nacht sagen?«

»Hören Sie schon auf zu jammern, ich weiß selbst, wie spät es ist. Glauben Sie mir, ich wäre jetzt auch lieber im warmen Bettchen neben meiner Frau.« Ein grunzender Laut entfuhr der Kehle seines Vorgesetzten, Harald Oberhofer. Er wusste, dass dies seine Art zu lachen war, aber es machte den dicken Kerl nur noch abstoßender.

»Also gut, was war denn nun so wichtig, dass Sie mich mitten in der Nacht hierher zitieren? Noch dazu an meinem freien Wochenende.« Er betonte den letzten Satz besonders. Es war das erste freie Wochenende seit Monaten. Aber gleichzeitig wusste er nur zu gut, dass er es sich selbst eingebrockt hatte, immer die ungeliebten Dienstzeiten zugeteilt zu bekommen. Folglich sah er seinen Chef mit einem Lächeln im Gesicht an und wartete auf dessen nächsten Anranzer. Doch der kam nicht. Stattdessen blickte Oberhofer ihn mit einem gequälten Gesichtsausdruck an.

»Wir haben hier vier Tote in der Halle. Eine Bande von Schmugglern ist ins Visier des Zolls geraten und aufgeflogen. Heute Abend sollte der Zugriff erfolgen, aber es ist ... etwas schiefgegangen.« Sein Chef stockte und holte aus seiner Mantelinnentasche eine Zigarettenschachtel hervor, schüttelte eine Kippe heraus und steckte sie sich zwischen die Lippen. Mit leicht zitternder Hand ließ er dann ein Zippo aufschnappen und zündete den Glimmstängel an. Dann fuhr er fort: »Es sollte ein einfacher Zugriff werden. Schnell und effektiv. Die Kollegen haben wohl nicht mit Problemen gerechnet. Und dann ...«

»Was dann?«, fragte Lukas Horn ungeduldig, als sein Chef schwieg.

»Ein Gemetzel. Es sieht aus wie im Schlachthaus.« Er schüttelte den Kopf. »Ich mache den Job jetzt seit über dreißig Jahren, aber so etwas habe ich noch nicht gesehen. Ein regelrechtes Massaker.«

»Haben Sie mich deswegen rufen lassen?«, fragte er ruhig. Sein Chef sah ihn mit durchbohrendem Blick an. »Ja. Sie müssten diesen Anblick ja gewohnt sein. Wahrscheinlich gefällt er Ihnen sogar. Weckt bestimmt nette

Erinnerungen.« Ein feistes Lächeln umspielte die wulstigen Lippen von Oberhofer.

Wieder zwang Lukas sich zur Beherrschung. Es klappte erneut. Die Therapie zeigte langsam erste Erfolge. Er rang sich ein schwaches Lächeln ab. »Aber was hat das BKA damit zu tun? Ist das nicht eher ein Fall für die Kollegen von der Kripo?«

»Die Mordkommission ist schon hier, waren die Ersten am Tatort. Etwas hat sie veranlasst mich anzurufen und aus dem Bett zu klingeln«, brummte Oberhofer. »Und ich habe dann entschieden, Sie hinzuzuziehen. Verstanden?«

»Dann gehen wir mal rein.« Lukas hielt seinem Chef die Tür auf.

»Gehen Sie nur allein, mir reicht es fürs Erste.« Oberhofer nahm einen tiefen Zug von seiner Zigarette.

Lukas nickte seinem Chef zu und ging alleine durch die Halle auf das Scheinwerferlicht zu, das am Ende zwischen den Containertürmen durchschien. Als er den Tatort erreichte, sah er mehrere Männer in weißen Anzügen, die mit der Sicherung der Spuren beschäftigt waren. Die Füße der Männer waren dunkelrot. Sie wateten durch eine riesige Blutlache. Auf dem Boden erblickte er verschiedene Gliedmaßen, die verstreut vor einem geöffneten Container lagen. Aus dem Container kamen ständig Lichtblitze. Er blickte an sich herunter. Ausgerechnet heute Nacht hatte er sein einziges gutes Paar Schuhe angezogen. Einer der Männer in Weiß hatte ihn bemerkt und kam auf ihn zu. Lukas hielt ihm seinen Dienstausweis hin. Der Kerl im Schutzanzug warf nur einen beiläufigen Blick darauf, nickte und streckte ihm ein Paar weißer Überzieher entgegen.

»Hilft zwar nicht viel bei der Suppe hier, aber immer noch besser als gar nichts!«

»Danke.« Er streifte sich die Überzieher über die Schuhe und stapfte dann durch die Blutlache auf den Container zu. »Guten Morgen, Männer, alles klar?«

»Sagen Sie es mir«, erwiderte einer der beiden Weißkittel, die im Container standen und Fotos des grausigen Anblicks machten. Die Männer trugen Mundschutz und Kopfhaube, nur ein schmaler Schlitz für die Augen war frei.

Lukas ließ seinen Blick durch den vierzig Fuß langen Container wandern, der durch zwei Scheinwerfer taghell ausgeleuchtet wurde. Nicht weit von ihm lag ein nackter männlicher Torso. Arme, Beine und Kopf waren mit glatten Schnitten abgetrennt worden. Der Blutgeruch stieg ihm in die Nase und weckte Erinnerungen, die er längst verdrängt geglaubt hatte. Er zog ein Taschentuch aus der Hose und hielt es sich vor Mund und Nase. Dann schritt er weiter durch den Container. Das schmatzende Geräusch unter seinen Füßen versuchte er zu ignorieren, so gut es eben ging. Er schob sich vorsichtig an den beiden Männern vorbei und erstarrte dann, als er entdeckte, was am Ende des Containers zu sehen war. Ein Mann hing von der Containerdecke herunter. Er war an einem Seil aufgehängt, das scheinbar an seinem Rücken befestigt war.

»Ach du Scheiße«, presste er angeekelt hervor.

Dem Toten wurde etwas in den Mund gerammt. Die Spitze des Gegenstands trat aus dem Bauch des Mannes wieder aus. Ein Elefantenstoßzahn. Jemand hatte sich die Mühe gemacht, den Stoßzahn in den Schlund des Toten hineinzupressen. Der Unterkiefer hing befremdlich weit nach unten geöffnet hervor. Lukas hoffte, dass der Mann zumindest schon tot gewesen war, als dies passiert war. Er ging um die Leiche herum und entdeckte, dass im Rücken des Toten ein großer Fleischerhaken steckte, der mit dem Seil an einer Querstrebe an der Decke des Containers befestigt war.

»Vorsichtig!«, ermahnte ihn einer der beiden Männer in Weiß.

Lukas blickte nach unten und sah den Schädel nur eine Handbreit neben seinem Fuß liegen. Im Gegensatz zu dem Torso am Containereingang und dem Toten mit dem Stoßzahn in der Kehle handelte es sich hier um einen Toten schwarzer Hautfarbe. Die Augen in dem Schädel waren nach innen gedrückt worden. Lukas bückte sich und sah sich den Kopf genauer an. Nicht nur die Augäpfel waren ins Schädelinnere gedrückt, auch die Ohren waren dem Toten abgeschnitten worden. Vorsichtig berührte er das Kinn des Schädels und drückte leicht dagegen. Der Mund öffnete sich etwas und ein Ohrläppchen kam zum Vorschein.

»Woher kam dieser Container?«, fragte er laut.

»Laut Beschriftung aus Kairo. Sollte hier nur umgeladen werden. Zielort Hong Kong.«

»Irgendwelche Spuren vom Inhalt?«

»Das Einzige, was vom Inhalt noch übrig ist, hat der arme Teufel dort im Hals stecken.« Der Mann in Weiß deutete auf den von der Decke baumelnden Toten.

»Wie viele Stoßzähne passen ungefähr in solch einen Container?«

»Ein paar Tonnen vermutlich. Da konnten die Mörder wohl den einen Stoßzahn entbehren.«

Lukas erblickte eine weitere Leiche in der Ecke des

Containers. Auch diesem Toten waren die Gliedmaßen abgetrennt worden.

»Was wissen wir über die Toten?«

»Zwei Mitarbeiter des Zolls, einer vom BKA. Nur der Kopf vor Ihnen ist noch ohne Körper und ohne Namen. Vermutlich einer der Schmuggler. Vielleicht ein Informant?«

»Sie sagten, einer der Toten ist BKA-Beamter? Welcher?« Lukas richtete sich mit einem Schlag auf.

»Der mit den Schluckbeschwerden.« Ein heiseres Lachen erklang durch den Mundschutz des Mannes in Weiß.

Lukas ging um den Toten herum und versuchte, das Gesicht des Mannes mit dem Stoßzahn im Hals genauer zu betrachten. Dann sah er dessen tote Augen.

»Nein«, wisperte er vor sich hin. »Das darf nicht wahr sein.« Er ließ das Taschentuch vor seinem Mund sinken und starrte seinen toten Partner an.

»Kannten Sie ihn?«

»Holen Sie ihn da runter. Sofort!«, erwiderte er, ohne den Blick von dem Toten abzuwenden.

»Hören Sie, wir sind noch nicht fertig und …«

»Sofort, habe ich gesagt!« Sein Schreien hallte dröhnend von den Containerwänden zurück und war so laut, dass auch die Männer von draußen in den Container hineinblickten. Lukas' Augen starrten auf das Gesicht des Toten. Den grotesk aus dem Mund herausragenden Stoßzahn ignorierte er jetzt und betrachtete die im Todeskampf verzerrten Gesichtszüge von Jürgen Rebhof, dem Mann, der ihm die Stelle beim Bundeskriminalamt erst ermöglicht hatte, nachdem er bei der Bundeswehr ausgeschieden war. Trauer und Wut stiegen in ihm hoch, seine

Hände ballte er zu Fäusten, während er krampfhaft versuchte, die Fassung zu wahren.

»Kommen Sie mit mir nach draußen.« Eine Hand legte sich auf seine Schulter. »Jetzt!« Die Stimme seines Chefs rauschte ihm in den Ohren. Langsam drehte er sich herum und sah dem mürrischen Fettsack in die Augen, mit denen er mitleidig gemustert wurde. Dann wanderte Oberhofers Blick an ihm herunter, zu den immer noch geballten Fäusten.

»Sie hätten mir sagen müssen, dass Jürgen hier tot am Haken hängt«, presste er heiser zwischen den Zähnen hervor.

»Hätte ich. Und dann? Wären Sie wie ein wilder Stier hier reingestürmt und hätten alles an Spuren vernichtet. Ich habe selbst erst beim dritten oder vierten Blick registriert, dass es Rebhof ist. Jetzt kommen Sie mit nach draußen und lassen die Männer hier ihre Arbeit machen.« Der Blick seines Chefs richtete sich erneut auf seine Fäuste. »Oder möchten Sie mir jetzt beweisen, dass die letzten Monate Ihrer Therapie erfolglos waren?«

Er atmete tief durch. »Das würde Ihnen wohl so passen, oder? Erst sind Sie Jürgen los und dann auch noch mich. Deshalb haben Sie mich doch hier hergerufen. Um zu sehen, wie ich die Fassung verliere, damit Sie mich endlich rausschmeißen können!«

Ein breites Grinsen war alles, was er als Antwort bekam.

»Arschloch!« Lukas drückte sich an seinem Chef vorbei nach draußen vor den Container, stapfte durch die Blutlache, riss sich danach die Stoffüberzieher von den Schuhen und ging dann mit steifem Schritt durch die Lagerhalle. Als er aus der Halle ins Freie trat, empfand er den Nieselregen, der ihm ins Gesicht spritzte, als wohltuend. Das kühle Nass machte seinen Kopf frei. Mit geschlossenen Augen verharrte er eine Weile vor der Halle. Seine Gedanken kreisten nur um die eine Frage. Wer hatte Jürgen Rebhof getötet?

2 / HOMO BRO

EIN LAUTER KNALL ließ Lukas vom Schreibtisch hochfahren. Instinktiv glitt seine Hand an den rechten Oberschenkel, an dem im Einsatz immer sein Pistolenholster gehangen hatte. Aber schnell registrierte er, dass er im Büro des Landeskriminalamts in Hamburg war und nicht in Afghanistan. Da das BKA über keine eigenen Liegenschaften in Hamburg verfügte, hatten sie einige leerstehende Räume im Gebäude des LKA bezogen. Ihre Abteilung in der Hansestadt bestand nur aus acht Personen, nach Jürgens Tod nur noch aus sieben. Neben seinem Schreibtisch stand nun einer dieser Kollegen, Morten Jonasson, ein blonder Hüne, der ihn freundlich anlächelte und eine dampfende Kaffeetasse in der Hand hielt. Lukas blickte auf die zweite Tasse, die ihm Morten gerade mit Schwung auf den Tisch gestellt hatte.

»Vielen Dank«, murmelte er und griff nach der Tasse. »Wie spät ist es?«

»Sieben Uhr abends. Wird Zeit, dass du nach Hause

gehst. Du wirst Jürgens Mörder heute nicht mehr fassen können.«

Lukas bewegte den Kopf mehrmals hin und her und ließ seinen verspannten Nacken dadurch knacken. Er war nach mehreren Stunden am Tatort in der Zollhalle direkt weiter ins Büro gefahren und hatte stundenlang versucht, am Schreibtisch seines ermordeten Partners einen Hinweis auf die Aktion im Hamburger Hafen zu finden. Vergeblich. Dies passte nicht zu Jürgen. Er war immer überaus penibel, was seine Einsätze betraf. Seine Fallakten waren immer akribisch genau dokumentiert. Aber über den Einsatz im Hafen gab es nichts. Nicht das kleinste Fitzelchen Papier darüber war zu finden. Zudem hatte Jürgen auch Lukas gegenüber nicht ein Wort darüber verloren, dass er Samstagnacht einen Einsatz hatte. Er versuchte, sich zu erinnern. Am Freitag hatte er Jürgen zuletzt gesehen, aber auch da gab es keine besonderen Vorkommnisse. Lukas hatte Jürgen ein schönes Wochenende und viel Spaß beim Heimspiel des HSV gewünscht, denn sein Partner war stolzer Dauerkartenbesitzer.

»Ach wirklich?«, fragte er Morten gereizt. »Ist das die Herangehensweise von Schwuchteln, wenn ein Kollege getötet wird? Erst mal nach Hause gehen und sich ordentlich durchvögeln lassen?« Er nahm einen Schluck von dem Kaffee. »Scheiße, ist der stark!«

»Ich liebe es, wenn du dich so gepflegt ausdrückst, mein starker Hengst.« Morten grinste ihn gnädig an.

»Tut mir leid, ich wollte dich nicht …«

»Schon gut. Bei dir drücke ich mal ein Auge zu. Ich weiß ja, dass du insgeheim scharf auf mich bist.« Morten zwinkerte ihm zu. »Seit meinem Outing ist Schwuchtel noch eines der harmloseren Wörter, die ich mir anhören musste.« Er zog sich einen Stuhl an Lukas' Schreibtisch heran und setzte sich.

»Entschuldige. Ich zahl das nächste Mittagessen, okay?« Lukas blickte Morten Jonasson zerknirscht an. Der blonde Modellathlet war außer Jürgen Rebhof der einzige seiner Kollegen beim BKA, zu dem er ein wirklich gutes Verhältnis pflegte und auch mal außerdienstlich etwas unternahm. Seit sich Mortens sexuelle Orientierung vor ein paar Monaten in der Abteilung herumgesprochen hatte, war der tägliche Dienst für ihn teilweise zum Spießrutenlauf geworden. Gerade bei den älteren Kollegen war die Toleranzschwelle erstaunlich niedrig. Umso mehr tat es Lukas leid, dass er Morten nun so angefahren hatte.

»Wie wär's mit einem Abendessen, und anschließend verwöhnst du mich französisch?« Morten zwinkerte ihm zu.

»Jetzt hör schon auf. Mir ist gerade nicht nach Scherzen zumute. Hast du irgendwas herausbekommen?«

»Nicht viel. Ich habe eine Anfrage an den Zoll gestellt, dass die uns alle Unterlagen über diese Schmuggelgeschichte zur Verfügung stellen. Aber die werden wohl nicht vor morgen hier eintreffen.«

»Das muss doch schneller gehen, verdammt!«

»Vergiss nicht, heute ist Sonntag.«

»Ich scheiß auf Sonntag! Die Pisser sollen verdammt noch mal zusehen, dass sie sich beeilen, sonst …«

Morten legte eine Hand auf seinen rechten Unterarm. »Ssscht. Oder willst du, dass Oberhofer dich sofort suspendiert? Fahr mal wieder runter und atme locker durch die Hose, Alter. Keep cool.«

Lukas grinste den Blonden an. »Oh Mann, du bist echt stockschwul.« Er lachte auf. »Aber du hast recht.«

»Weiß ich doch.« Zufrieden lehnte Morten sich in dem Stuhl zurück und begann langsam zu wippen. »Sag mal, wenn du stockschwul sagst, bekommst du da nicht Lust, ein wenig an mir ...«

»Morten!«

»War den Versuch wert.« Morten nahm einen Schluck Kaffee. »Also, gehst du jetzt nach Hause oder muss ich dich erst hinausprügeln? Ich bleibe ja noch eine Weile hier. Ich verspreche dir, ich sage Bescheid, wenn sich etwas Neues ergibt.«

Lukas seufzte auf. »Ist gut. Wahrscheinlich ist es das Beste.« Er stand auf und zog seine Jacke von der Rückenlehne des Schreibtischstuhls. »Aber ruf mich an, wenn du etwas Neues weißt. Egal wann, okay?«

»Sag mal, hast du morgen nicht dein Date?«, fragte Morten ihn, während er die Jacke überzog.

»Ja, habe ich. Aber vielleicht ist es besser, wenn ich es absage. Jürgens Mörder zu finden hat jetzt Vorrang.«

»Entschuldige, wenn ich das jetzt sagen muss, aber das ist Bullshit. Jürgen würde dasselbe sagen. Du kannst dieses Date nicht absagen. Das spielt deiner Ex doch nur in die Karten. Die wartet nur darauf, dass sie etwas hat, womit sie dich festnageln kann. Und wenn du die kleine Süße versetzt, wird sie bestimmt versuchen, dir daraus einen Strick zu drehen!«

»Meine Güte, Morten. Ich habe schon einen Seelenklempner. Da brauche ich dein Geschwafel nicht auch noch.«

»Ganz wie du meinst. Dann sag doch ab. Damit brichst

du deiner Tochter das kleine Herz. Wie alt war Emilia jetzt noch mal? Sieben?«

»Acht. Sie ist acht«, erwiderte Lukas.

»Ach so. Na dann ist es ja okay. Da versteht sie sicher, dass ihr Papi was Besseres zu tun hat, als seine Tochter zu besuchen. Du hast ja eh alle zwei Wochen Besuchsrecht«, sagte Morten mit Bedacht und fügte nach einer kurzen Pause hinzu: »Noch.«

»Verdammter Homo!«, fluchte Lukas leise und sah Morten grimmig an. »Warum musst du immer das letzte Wort haben?«

»Weil ich recht habe! Und du weißt das!« Morten griente zufrieden.

»Ja, natürlich weiß ich das, du dämlicher … Okay, zweimal Mittagessen auf meine Kosten.«

»Abgemacht. Grüß die Kleine von mir!«

»Niemals. Von Leuten wie dir halte ich sie bestimmt fern.« Lukas zwinkerte seinem Kollegen zu und drehte sich um in Richtung Ausgang.

»Ich hab dich auch lieb, Lucky«, rief Morten ihm durch das Großraumbüro des BKA hinterher. Er hörte einige der anderen Kollegen lachen, als er die Tür zum Treppenhaus erreichte. Auch Lukas konnte sich ein Grinsen nicht verkneifen. Er dachte an Jürgen, der gerne mit Morten zusammen seine Späße getrieben hatte. *Du sitzt jetzt bestimmt auf einer Wolke und lachst dich schlapp,* dachte Lukas. Dann ging er die Treppenstufen hinab.

3 / HOME SWEET HOME

DIE LEICHT WÄRMENDE Frühlingssonne stand hoch am Himmel, als Lukas am nächsten Tag kurz nach Mittag den Wagen vor seinem alten Zuhause stoppte. Auf der Auffahrt des rotgeklinkerten Neubaus stand ein protziger, dunkelblauer SUV und glänzte frischgewaschen in der Sonne. Nach kurzem Zögern lenkte Lukas seinen alten Ford Fiesta ebenfalls auf die lange Auffahrt und stoppte direkt vor dem mächtigen Fahrzeug, das ihn zu verhöhnen schien. Dieser Wagen kostete wahrscheinlich mehr, als er in zwei Jahren verdiente. Er blieb noch eine Weile im Auto sitzen und starrte auf den SUV. Schließlich wandte er den Blick ab und konnte aus dem Augenwinkel sehen, wie sich die Gardine am Wohnzimmerfenster des Hauses bewegte. Er atmete tief durch, dann drehte er den Rückspiegel so, dass er seine Augen sehen konnte.

Ganz ruhig jetzt, Lukas. Lass dich nicht provozieren. Lächle, sei nett und dann gehe schnell wieder. DU BIST RUHIG!

Auf dem Weg zur Haustür sagte er sich noch weitere drei Mal, die Ruhe zu bewahren, dann klingelte er. Es dauerte, natürlich. Caroline ließ ihn absichtlich lange warten, wie jedes Mal. Sie wusste, wie sehr er das Warten hasste. Schließlich öffnete sich die Tür und eine äußerst gutaussehende, wie immer perfekt gestylte Blondine, begrüßte ihn.

»Du bist zu spät. Komm rein.« Sofort drehte Caro sich um und ging den Hausflur entlang in Richtung Küche. Lukas trat ein und schloss die Haustür. Er zog die Schuhe aus und folgte seiner Ex-Frau in die Küche. An den Wänden im Flur waren viele Bilder aufgehängt. Viele Fotos von Emilia, seiner Tochter, einige Bilder zeigten sie gemeinsam mit Caro. Zwischen den Bildern waren mehrere Lücken. Hier hingen einmal die Aufnahmen, auf denen Lukas mit seiner Tochter oder der ganzen Familie abgelichtet war. Nun waren davon nur noch schwache Schatten eines Rahmens an der Wand zu sehen. Lukas betrat die Küche. Dort stand Caro mit verschränkten Armen an die Kochinsel gelehnt, während links am Küchentisch ein Mann mit dem Rücken zu ihm saß und bedächtig seinen Kaffee umrührte.

»Hallo, wie geht's euch beiden?«, fragte Lukas höflich.

Caro erwiderte nichts, aber der dunkelhaarige Mann am Tisch drehte sich zu ihm um. »Hallo Lukas. Ganz gut, oder Schatz?«, flötete er in Caros Richtung.

Widerlicher Schleimbolzen, dachte Lukas.

»Wo ist Emilia? Oben in ihrem Zimmer?« Lukas deutete mit der rechten Hand nach oben.

»Ich hole sie gleich. Aber vorher müssen wir noch reden«, sagte Caroline streng. Lukas mochte diese herrische, lehrerhafte Art nie an ihr. Trotzdem lächelte er seine Ex an.

»Gerne doch. Worüber denn?«

»Ich habe dich gewarnt, Lukas. Wenn du dein Verhalten gegenüber deiner Tochter nicht in den Griff bekommst, muss ich das mit dem Besuchsrecht nochmals überdenken!«

»Was habe ich denn getan? Ich habe mich immer an deine Vorgaben gehalten«, erwiderte Lukas in sich ruhend, obwohl es bereits in ihm zu brodeln begonnen hatte, nachdem Caro ihren ersten Satz beendet hatte.

»Es gab einen Zwischenfall in der Schule. Emilia hat einem Jungen aus ihrer Klasse beinahe den Arm ausgekugelt und ihn geohrfeigt! Kannst du dir überhaupt vorstellen, wie peinlich es für mich war, deswegen in die Schule gerufen zu werden und mich bei den Eltern des Jungen für das unmögliche Benehmen meiner Tochter zu entschuldigen?« Caro wurde jetzt lauter.

»Emilia hatte bestimmt einen Grund dafür«, sagte Lukas ausgeglichen.

»Oh ja, den hatte sie. Sie hat gesagt, dieser Junge hätte sie angerempelt.« Caro sah ihn angriffslustig an. »Verstehst du, Lukas? Sie hat ein anderes Kind geschlagen und verletzt, weil er sie angerempelt hat. Aus Versehen. Kannst du mir erklären, warum du ihr so etwas beibringst?«

»Wie kommst du darauf, dass sie das von mir hat?«

Der Mann am Küchentisch lachte leise auf. »Guter Versuch.«

»Halt die Fresse, Daniel«, fuhr Lukas ihn an.

»Sonst was?«, fragte der Mann, der nun alles besaß, was Lukas sich über Jahre aufgebaut hatte. Sein Haus. Seinen Garten. Seine Frau. Und seine Tochter wuchs bei ihm auf. »Wirst du mir dann wieder eine verpassen, wie beim letzten Mal?« Daniel hatte sich zu ihm herumgedreht und blickte ihn über den Rand seiner Hipster-Brille hinweg an.

Für einen Moment war Lukas geneigt, dieser Aufforderung nachzukommen. Er wollte den widerlichen Hurensohn vom Stuhl ziehen und ihm die Nase tief in den Schädel hineinschlagen. Beim letzten Mal, vor ein paar Monaten, hatte er sich nicht beherrschen können und dem schmalen Bankberater ein blaues Auge verpasst. Das hatte eine Anzeige nach sich gezogen, die wiederum der sprichwörtliche Tropfen gewesen war, der das Fass zum Überlaufen gebracht hatte. Oder der entscheidende Schritt zuviel, der ihn von der Kante hatte stürzen lassen. Ein Disziplinarverfahren beim BKA gegen ihn war gefolgt. Das Ende vom Lied war gewesen, das Lukas sich hatte verpflichten müssen, eine Anti-Aggressionstherapie zu machen. Und auch wenn er von Anfang an skeptisch gewesen war, so konnte er die Erfolge dieser Therapiesitzungen nicht verleugnen. Er konnte mittlerweile sogar die Nächte wieder durchschlafen. Die Alpträume waren beinahe völlig verschwunden. Trotz alledem verspürte er nun ein brennendes Verlangen, sich Daniel noch einmal richtig vorzuknöpfen. Aber Emilia zuliebe durfte er ihm kein Haar krümmen. Also lächelte Lukas den neuen Mann im Leben seiner Ex-Familie an.

»Nein, natürlich nicht. Sowas mache ich nicht. Was denkst du denn bloß von mir?« Dann wandte sich Lukas wieder an Caroline. »Ich werde mit Emilia reden, damit so etwas nicht noch einmal passiert. Es tut mir leid, dass ich dich in diese Verlegenheit gebracht habe.«

Caros Blick versuchte, seine ruhige Fassade zu durchbrechen, aber Lukas war darauf vorbereitet. Das Anti-Aggressionstraining seiner Therapeutin zeigte auch bei ihr Wirkung. Mit milder Zufriedenheit strahlte er seine Ex-Frau an.

»Holst du Em' jetzt runter oder soll ich sie selber holen?«

»Ihr Name ist Emilia«, zischte Caro ihn scharf an. »Ich hole sie gleich. Was hast du heute mit ihr vor?«

»Ich dachte, ich fahre mit ihr nach Hagenbeck. Es gab neulich Nachwuchs bei den Elefanten.«

»Also alles wie immer. Du bist der Einfallsreichtum in Person. Ich gehe sie holen.« Caro schob sich an ihm vorbei in den Hausflur und stieg dann die Treppe nach oben, zu Emilias Zimmer.

Lukas sah Daniel an, der ihn immer noch anstarrte wie ein verliebter Ziegenbock. »Also dann, schönen Tag noch.« Beim Umdrehen machte Lukas eine zügige Bewegung und ließ seinen rechten Arm in Daniels Richtung nach vorne schnellen. Der zuckte erschrocken zurück, verschüttete den Kaffee und wäre beinahe vom Stuhl gerutscht. Lachend verließ Lukas die Küche, während Daniel ihm ein leises »Arschloch« hinterherschickte.

Als Lukas im Flur stand, hörte er eine glockenhelle Stimme freudig rufen: »Papa!« Dann kam seine Tochter schon die Treppe hinuntergerast und sprang ihm in die Arme. Die Wucht ihres stürmischen Freudensprungs drängte ihn einige Schritte rückwärts. Emilias Arme schlangen sich um seinen Hals und sie drückte sich an ihn, so fest sie konnte.

»Hallo Schatz! Ganz langsam oder willst du mich erwürgen?«, lachte Lukas. Er sah seiner Tochter in die Augen, die ihn sofort an Carolines erinnerten. Dasselbe Blau. Ihre Gesichtszüge hatte sie eindeutig von ihrer Mutter. Aber Lukas hatte sich bei der Haarfarbe und den

Ohren durchgesetzt. Das mit den Ohren sagten zumindest immer alle, ihm selber war es nie besonders aufgefallen.

»Um halb sechs bringst du sie wieder zurück, Lukas. Nicht eine Sekunde später«, dröhnte Caros Stimme mahnend durch den Hausflur. Lukas sah die Treppe hoch zu seiner Ex, die mit verschränkten Armen vor Emilias Zimmertür stand.

Lukas nickte ihr kurz zu. »Dann lass uns schnell los, Em'. Festhalten!« Er schwang den schlanken Körper seiner Tochter auf seinen Rücken und stürmte zur Haustür, während Emilia vor Freude aufkreischte.

»Langsam!«, schallte es von oben hinter ihnen her. Aber Lukas schlüpfte blitzschnell in seine Schuhe und war Sekunden später vor dem Haus auf der Auffahrt.

Mit den Worten: »Auf zum Batmobil«, rannte er mit Emilia auf dem Rücken zu seinem angerosteten Ford und setzte seine Tochter in den Kindersitz auf der Rückbank. Nachdem er sie dort angeschnallt hatte, stieg er selbst ein und ließ den Wagen langsam die Auffahrt zur Straße hinunterrollen.

»Musik bitte«, kam die Aufforderung aus dem Fond des Wagens.

»Ganz wie Madame es wünschen. Was darf's denn heute sein?«, fragte Lukas grinsend und blickte in den Rückspiegel.

»CD Nummer vier bitte, Alfred!«, gab Emilia lächelnd zurück.

»Eine gute Wahl, wahrlich«, antwortete Lukas gestelzt und wählte die vierte CD im Wechsler seines Autoradios aus. Es dauerte eine Weile und die sphärisch anmutenden Klänge des ersten Stücks der ausgewählten Silberscheibe erklangen. Als nach sechsundvierzig Sekunden die ersten harten Gitarrenriffs erklangen, begann Emilia ihre langen braunen Haare im Takt der Musik hin- und herfliegen zu lassen.

»Lauter!«

»Wie heißt das Zauberwort?«

»Ungeheuer lauter!«

»Das ist mein Mädchen.« Grinsend drehte Lukas den Lautstärkeregler etwas höher. Der Bass ließ die Scheiben des Fords dröhnen. Als nach vier Minuten und siebenundzwanzig Sekunden der Gesang einsetzte, sang Emilia leise mit.

»And the meek shall inherit the earth.«

Danach übertönte Geddy Lees kraftvoll kreischende Stimme Emilias zarten Gesang. Seit nunmehr zwei Monaten war RUSH Emilias neue Lieblingsband. Natürlich war es auch Lukas' Lieblingsband, weswegen er wohlweislich dafür sorgte, dass seine Tochter die richtigen musikalischen Einflüsse mitbekam. Voller Inbrunst begleitete sie den Sänger.

»We've taken care of everything, the words you hear, the songs you sing ...«

Auch Lukas stimmte mit ein und sie sangen immer noch, als sie den Parkplatz von Hagenbecks Tierpark erreichten. Einige belustigte Blicke begleiteten sie, während Lukas den Wagen in eine Parklücke lenkte.

»Endstation. Alle aussteigen!«

»Mir wird doch wohl die Tür geöffnet werden, oder?« Emilia grinste ihn schlitzohrig an.

»Aber natürlich, wie konnte ich nur so ungehobelt sein. Eine Sekunde, Madame, ich bin sofort bei Ihnen.«

Lukas stieg aus und öffnete die hintere Tür. Emilia ließ sich bereitwillig aus dem Kindersitz heben.

»So, aber gehen kannst du alleine?«

»Aber natürlich. Ich habe in der Schule gerade das Halbe-Stunden-Laufabzeichen geschafft. Als einziges Mädchen meiner Klasse«, erwiderte seine Tochter mit stolzer Stimme.

Lukas pfiff anerkennend durch die Zähne. »Gar nicht übel, für so ein kleines, dünnes Ding. Dann lass uns mal hineingehen.«

Am Eingang wollte Lukas die Jahreskarten für Emilia und ihn vorzeigen, aber der Mann im Kassenhäuschen erkannte sie auch so und winkte sie durch.

»Hallo Emilia, du bist aber lange nicht mehr hier gewesen.«

»Hallo Herr Brunsmeier. Ist nicht meine Schuld gewesen, Papa konnte das letzte Mal nicht!«

»Dann geht mal schnell rüber zu den Elefanten. Da gibt's jetzt einen Babyelefanten zu bewundern.«

»Wirklich? Komm schnell, Papa!« Emilia lief los und zog Lukas an der Hand hinter sich her.

Das Gehege der asiatischen Elefanten befand sich nicht weit entfernt vom Haupteingang. Zielstrebig hielt Emilia direkt darauf zu. Sie hätte den Weg ebenso gut mit verbundenen Augen gefunden, da war Lukas sich sicher. Auch wenn Caro sich darüber lustig machte, er und seine Tochter waren gerne im Tierpark unterwegs. Seine Therapeutin hatte ihn ebenfalls darin bestärkt, so oft es ging den Tierpark zu besuchen, das sei gut für sein inneres Gleichgewicht. Lukas wusste, dass sie mit dieser Einschätzung richtig lag. Deswegen kam er auch oft ohne Emilia in den

Tierpark. Die Nähe zu den Tieren entkrampfte ihn und ließ ihn zur Ruhe kommen. Er konnte sich stundenlang vor eines der Tiergehege setzen und einfach nur zuschauen, wie die Tiere in aller Gelassenheit ihren Alltag ertrugen. Die vielen Besucher. Das Geschrei der Kinder. Fröhlichkeit.

Nur manchmal ertappte sich Lukas noch dabei, dass er blutverschmierte Menschen sah. Männer mit abgerissenen Gliedmaßen, die vor Schmerz laut aufschrien. Frauen, die die zerfetzten Leiber ihrer toten Kinder in den Armen hielten. Aber so schnell die Bilder kamen, verschwanden sie auch wieder. Es war nun schon eine Weile her, dass Lukas davon heimgesucht wurde.

»Papa, schau mal! Da ist es!« Emilias hohe Stimme quietschte vor Entzücken, als sie den Babyelefanten im Gehege entdeckte. Der kleine stand dicht bei zwei großen Elefanten und versteckte sich beinahe schüchtern zwischen deren Beinen.

»Er hat fast so große Ohren wie du, Em'«, bemerkte Lukas trocken und lächelte seine Tochter an.

Die boxte ihn leicht mit ihrer rechten Faust auf den Oberschenkel. »Das ist überhaupt nicht wahr!«

»Ach wirklich?« Lukas lachte und griff mit beiden Händen nach Emilias Ohren und zog leicht daran. »Dumbo ist nichts dagegen!«

Seine Tochter lachte vergnügt und schlug seine Hände weg. »Und du hast solche Plattfüße wie ein Elefant!«

»Ganz schön frech für dein Alter!«

»Gar nicht wahr«, gab Emilia maulig zurück. »Du hast angefangen mich zu ärgern.«

»Okay, hast ja recht. Ich entschuldige mich. Du hast wunderschöne kleine Ohren. Überhaupt nicht wie ein Elefant.«

»Akzeptiert.« Emilia grinste ihn siegesbewusst an. Sie hatte ihn wieder einmal um den Finger gewickelt.

»Der kleine Elefant heißt ›Kanja‹, das bedeutet ›der am Wasser Geborene‹.«

»Er ist total süß. Ich würde ihn gerne mal streicheln.«

Lukas tätschelte seiner Tochter über den Kopf. »Tja, das ist leider nicht erlaubt, meine Süße.«

»Ich weiß. Aber vielleicht kaufst du mir ja einen Plüschbabyelefanten im Souvenirshop?« Sie legte den Kopf in den Nacken und zwinkerte ihm keck zu. »Büdde!«

»Mal sehen«, erwiderte Lukas. »So etwas bekommen aber nur brave Mädchen. Warst du denn immer brav in letzter Zeit?«

»Natürlich«, kam es wie aus der Pistole geschossen.

»Sicher?«

Emilia drehte sich um und sah ihn wissend an. »Mama hat dir von Mario erzählt!«

»Der arme Junge, den du geohrfeigt und beinahe den Arm ausgekugelt hast? Ja, das hat sie.«

»Er hat es verdient. Er ist ein Trottel!« Sie verschränkte trotzig die Arme. »Außerdem hast du mir doch gezeigt, wie ich mich am besten gegen solche Jungs wehren kann.«

Lukas seufzte. »Ja, das habe ich. Aber auch nur für Notfälle - nicht damit du unschuldige Jungs malträtierst.«

»Er ist nicht unschuldig«, protestierte Emilia. »Er hat fiese Dinge zu mir gesagt und außerdem noch ...« Sie verstummte.

»Noch was?«, fragte Lukas ruhig, obwohl er die Antwort schon kannte.

Emilia senkte den Kopf und drehte sich wieder zum Elefantengehege hin. Sie nuschelte etwas vor sich hin.

»Ich kann dich nicht hören, Em'.«

»Er hat gesagt, du wärst ein Psycho.«

Schlauer Junge, dachte Lukas. »Darum hast du ihn geschlagen?«

»Ja«, presste Emilia hervor.

Lukas tätschelte ihr die Schultern.

»Hör mal. Du hast es sicher gut gemeint und wolltest mich verteidigen, aber deswegen darfst du keine anderen Kinder verletzen. Ich habe dir gezeigt, wie du dich wehren kannst - und nicht, wie man andere angreift!«

»War Mama deswegen sauer auf dich?« Emilia schniefte vor sich hin.

»Nein. Das heißt, vielleicht ein kleines Bisschen. Du weißt doch, deine Mutter ist momentan schnell sauer auf mich. Deshalb wäre es besser, du wartest ein wenig damit, all die Jungs zu verhauen, die dich ärgern. Ein paar Jahre. Dann kannst du ihnen Saures geben.« Er grinste sie an.

Emilia drehte sich wieder um und umarmte ihn fest. Sie wischte ein paar Tränen an seinem Pullover ab. Lukas streichelte ihr erneut den Kopf und lächelte milde. Dann blickte er zur Seite und erschrak. Er sah einen Mann mit einem weit aufgerissenen Rachen, der zu ihm herübersah. Blut lief dem Mann aus dem Mund und der Unterkiefer schlackerte völlig losgelöst hin und her, nur noch gehalten von ein paar Fetzen Haut und Sehnen. Im Bauchbereich bildete sich ein riesiger Blutfleck, aus dem urplötzlich ein Elefantenstoßzahn herausragte. Lukas schloss seine Augen für einen Moment. Als er sie wieder öffnete, war das Schreckensbild wieder verschwunden. Der Mann sah ganz normal aus.

»Was glotzt du denn so?«, blaffte der Kerl, ein Glatzkopf mit Stiernacken, ihn an. »Schwul, oder was?« Er lachte hämisch und blickte sich, wie um Applaus heischend für seinen Spruch, zu den umstehenden Besuchern um - die ihn allerdings ignorierten.

Lukas musterte den Burschen kurz. Er schätzte, er würde höchstens drei Schläge benötigen und der Kerl würde blutend auf dem Boden liegen. Aber das wäre das Dümmste, was er in Emilias Gegenwart machen konnte. Also lächelte er den Glatzkopf nur freundlich an und erwiderte nichts.

»Blöde Schwuchtel«, fauchte ihm dieser noch hinterher, als Lukas sich ungerührt mit Emilia an der Hand vom Elefantengehege entfernte und in Richtung des Antilopengeheges weiterschlenderte.

Sie verbrachten noch den ganzen Nachmittag im Tierpark. Emilias Begeisterung für die Tiere ließ auch diesmal kein bisschen nach. Zum Abschluss ließ sich Lukas doch noch dazu überreden, Emilia im Souveniershop den großen Plüschbabyelefanten zu kaufen. Das Stofftier war riesig, auch im Preis. Aber Emilias Augen strahlten vor Glück, deswegen war es Lukas jeden Cent wert.

Auf dem Rückweg dröhnte wieder laut *RUSH* aus den Lautsprechern. Emilia hatte sich diesmal CD Nummer fünf aus dem Wechsler gewünscht. Erneut sang seine Tochter textsicher mit, der riesige Stoffelefant saß angeschnallt neben ihr auf der Rückbank.

»... Tricked by Circumstances ...«

Die Zeile brachte Lukas ins Grübeln. Den ganzen Nachmittag hatte er den Mord an Jürgen erfolgreich verdrängt, aber nun war ihm schlagartig alles wieder präsent. Wurde sein toter Kollege von den Umständen ausgetrickst? In Gedanken versunken, fuhr er mit seinem Wagen schließlich wieder auf die Auffahrt von Emilias

Haus. Er ließ sie aussteigen und drückte ihr das Plüschtier in die Arme. Doch sie stellte den Elefanten beiseite und umarmte ihn fest. Nach einer gefühlten Ewigkeit löste Lukas ihren Griff und ging in die Knie.

»Also Em', ich wünsche dir noch einen schönen Abend mit deinem neuen Freund hier.« Lukas klopfte dem Plüschtier auf den Kopf. »Benimm dich. Bis bald, mein Schatz.« Er gab ihr einen Kuss auf die Stirn. Es versetzte ihm wie immer einen Stich ins Herz, als Emilia ihm nachwinkte, während er rückwärts die Auffahrt runterfuhr.

4 / PENETRATOR

ÜBERALL UM IHN herum checkten Männer ihre Waffen. Er blickte nach links. Die Kameraden vom Spezialeinsatzkommando waren länger als die anderen mit dem Waffencheck beschäftigt. Jeder hatte zwei Pistolen vom Typ Glock 17 und dazu eine Heckler & Koch MP7A1 dabei. An ihrem Gürtel trugen sie weiterhin Blendgranaten, Pfefferspray, Schlagstock und ein Messer. Der Trupp mit den Scharfschützen hatte natürlich noch die Präzisionsgewehre PSG1A1 am Mann. Diese Männer gingen auch zuerst auf ihre Positionen, verteilt auf die Dächer der gegenüberliegenden Gebäude, um etwaige Flüchtende aufzuhalten und für die Deckung der Kameraden zu sorgen.

Lukas drehte sich um zu Morten, der ihn unruhig musterte. Der blonde Hüne trug ebenfalls eine schusssichere Weste über einem schwarzen Overall.

»Alles in Ordnung?«

»Mir gefällt dieser ganze Aufriss hier nicht«, gab Morten murrend zurück. »Man könnte beinahe den

Eindruck bekommen, wir ziehen in den Krieg. Und das nur, um ein paar Schmuggler festzusetzen?«

Lukas konnte seine Bedenken verstehen. Das Aufgebot aus BKA, SEK und Kripo-Beamten, das sich hier versammelt hatte, vermittelte schon einen martialischen Eindruck. Aber er hoffte, dass der Zugriff ohne größere Probleme vonstattengehen und es nicht nötig sein würde, auch nur einen Schuss abzugeben. Er blinzelte leicht verschlafen und warf einen Blick auf seine Armbanduhr. Fünf Uhr dreißig morgens. Es war erst eine knappe Stunde her, als Morten ihn anrief und aus dem Bett holte. Zuerst dachte Lukas, es gehe seinem Freund nur darum, ihn zu nachtschlafender Zeit in irgendeinen Club zu locken, um zu feiern. Aber es brauchte nur einen Satz von Morten, um ihn aus seinem Bett hochschnellen zu lassen: »Wir haben Jürgens Mörder!«

Lukas ließ Morten weitererzählen, während er sich in Windeseile anzog und aus der Wohnung stürmte. Tatsächlich hatten die Unterlagen, die der Zoll geschickt hatte, Hinweise auf eine Gruppe von Männern enthalten, von denen sich einige immer noch in Hamburg aufhalten sollten. Demnach mussten sich die Verdächtigen, die allesamt aus dem Sudan stammten, immer noch im Bereich des Hamburger Hafens befinden. In einem Lagerhaus eines Gewerbegebiets von Wilhelmsburg, von dem sie nicht weit entfernt mit ihrem Einsatztrupp aufmarschiert waren. Auch Lukas checkte jetzt kurz seine Pistole, lud die erste Kugel in den Lauf und steckte die Waffe dann gesichert in das Holster, das er aus alter Gewohnheit seitlich am rechten Oberschenkel trug.

»Mach dir keine Sorgen«, sagte er an Morten gewandt. »Du wirst sehen, das wird ein einfacher Zugriff. Die Jungs vom SEK gehen voran, stürmen rein und setzen die Kerle fest. Und im Handumdrehen haben wir sie in einer Zelle sitzen.«

»Ich hoffe, du behältst recht.« Morten lehnte sich zur Seite, um an der Hausecke, an der sie standen, vorbei zu dem Lagerhaus zu spähen. »Aber wenn das die Kerle sein sollten, die dieses Massaker in der Zollhalle veranstaltet haben und Jürgen einen Stoßzahn in den Hals gerammt haben, dann könnte dieser Tag auch anders enden.«

Lukas spürte einen Kloß im Hals, als er wieder an das Bild dachte, wie Jürgen tot in dem Container hing. Er versuchte, sich vor Morten nichts anmerken zu lassen.

»Hör schon auf, du Schwarzmaler. Pass auf, in fünf Minuten ist die ganze Aktion vorbei. Danach werden wir uns den Typen vorknöpfen, der Jürgen auf dem Gewissen hat.« Er boxte Morten zweimal kräftig auf die Brust. »Und zur Not: Die Weste hält einiges aus. Glaub mir, hab ich schon getestet.«

»Da kann ich gut drauf verzichten«, gab Morten zurück.

Ich auch, nur zu gern, dachte Lukas. Aber er lächelte Morten nur kurz an.

»Alle mal herhören. Wir starten jetzt die Aktion „Stoßzahn“.« Harald Oberhofer trug ebenfalls eine schusssichere Weste. Lukas war erstaunt, dass es sogar in dieser Größe Westen gab. »Die Kollegen vom SEK haben die Führung.« Lukas blickte zu einem breitschultrigen Mann mit kurzgeschorenen, leicht graumelierten Haaren, der nach Oberhofers Worten zustimmend nickte. »Sobald das SEK das Gebäude gesichert und die Zielpersonen festgesetzt hat, übernimmt das BKA. Also los!«

Lukas und Morten folgten der Gruppe von sechs SEK-

Beamten, die jetzt auf das Lagergebäude zusteuerte. Es dämmerte bereits, aber in dem Halbdunkel des aufkommenden Tages waren sie in ihrer schwarzen Uniform noch gut vor Blicken geschützt.

»Operation Stoßzahn. Dem Kerl haben sie doch echt ins Gehirn geschissen«, fluchte Morten.

»Ruhe dahinten!« Der SEK-Mann an der Spitze ging in die Hocke und hob den Arm. Lukas und die anderen aus dem Trupp taten es ihm gleich. Der Anführer sprach kurz per Helmfunk mit den auf den Dächern verteilten Scharfschützen.

»Alles ruhig.«

»Keine Bewegung auszumachen.«

»Die Typen da drin wissen gar nicht, was gleich auf sie zukommt!«

Zufrieden erhob sich der Anführer wieder und lief auf das Lagergebäude zu. Schnell und leise folgten sie ihm in das Gebäude hinein. Es war stockdunkel. Die wenigen Fenster des Lagerhauses waren mit Brettern vernagelt. Lukas konnte hören, wie die Kollegen vom SEK ihre Nachtsichtgeräte am Helm vor die Augen herunterklappten und einschalteten. Morten und er mussten ihnen ohne Sichtgerät vorsichtig folgen. Schnell gelangte ihre Gruppe an eine Stahltreppe, die in den oberen Bereich der Lagerhalle führte. Oben waren einige Räume, das hatte Lukas auf dem Lageplan gesehen. Dort hielten sich die Schmuggler aller Voraussicht nach auf. Die Treppe führte in einen breiten Flur, in dem ein paar flackernde Leuchtstoffröhren surrend ein diffuses Licht verbreiteten. Die SEK-Männer schalteten die Nachtsichtgeräte aus und klappten sie nach oben. Der Anführer setzte sich über

Funk mit den Scharfschützen auf den gegenüberliegenden Gebäuden in Verbindung.

»Irgendwelche Bewegungen auszumachen?«

»Negativ. Alles ruhig.« Lukas konnte die Antwort über seinen Helmfunk mithören. Aber wirklich beruhigen konnte sie ihn nicht. Sein Instinkt sagte ihm, dass etwas nicht stimmte. Er musste an das Gemetzel denken, bei dem Jürgen das Leben gelassen hatte. Vorsichtig ließ er die rechte Hand zur Waffe im Beinholster gleiten.

»Verstanden. Wir rücken weiter vor.« Der Anführer ging langsam über den Korridor voran. Zu beiden Seiten befanden sich mehrere doppelflüglige Stahltüren, hinter denen die Räume lagen. Mit einem Knall platzte eine der Leuchtstoffröhren direkt über ihren Köpfen. Feine Glassplitter nieselten auf sie herab. Die SEK-Männer hatten sofort die Waffen gezogen und waren in die Hocke gegangen. Als sie jetzt sahen, dass es nur die defekte Leuchtröhre war, zeigte sich ein Grinsen in ihren Gesichtern. Nur Lukas blickte nicht nach oben an die Decke. Er schaute auf den Boden und erspähte den feinen, dünnen Draht, den der Mann an der Spitze mit seinem rechten Fuß durchtrennt hatte. Geistesgegenwärtig warf er sich zurück und riss Morten, der hinter ihm ging, mit zu Boden. Nur Sekundenbruchteile danach brach ein Inferno um sie herum los.

Von der rechten Seite des Flurs wurde ihr Trupp unter Beschuss genommen. Die Geschosse durchschlugen glatt die Stahltüren und Wände, als ob sie aus Papier wären. Die Körper der SEK-Männer zuckten unkontrolliert hin und her, während sie von den Kugeln buchstäblich perforiert wurden. Sie hatten keine Chance. Der Kopf ihres

Gruppenführers explodierte regelrecht, als dessen Helm von einem Geschoss durchschlagen wurde.

»Was ist bei Ihnen los?«, hörte Lukas die verstörte Stimme von Harald Oberhofer über den Helmfunk. Aber die Schreie der sterbenden SEK-Männer mussten ihm als Antwort genügen.

Lukas hatte keine Zeit zu verlieren, er packte den geschockten Morten an der Schulter und robbte mit ihm den Flur zurück in Richtung der Stahltreppe. Über ihren Köpfen schlugen weiter die Geschosse durch die Stahltüren und die Wände des Flures. Lukas kannte nur eine Munitionsart, die dafür stark genug war.

Woher haben die Kerle Wolfram-Munition bekommen?

Es blieb ihm keine Zeit, länger darüber nachzudenken. Zwei der Stahltüren auf der rechten Seite des Flures schwangen auf und vier Männer traten auf den Flur. Sie schauten kurz auf die toten Körper des SEK-Trupps und dann drehten sich die Köpfe in Richtung der Stahltreppe. Lukas zog blitzschnell seine Pistole aus dem Holster und feuerte. Er traf den vordersten der vier Kerle mitten in die Brust, der Mann wurde zurückgeworfen. Seine drei Kumpane schrien etwas, das Lukas nicht verstand, und liefen in den Raum zurück, aus dem sie gekommen waren.

»Auf die Beine!«, schrie er Morten an, aber das war nicht nötig. Der große Blonde stand bereits und hielt seine Waffe im Anschlag. Lukas nickte ihm zu und ging langsam auf die offene Stahltür zu. Er warf einen kurzen Blick auf den Mann, den er in die Brust geschossen hatte. Tot.

»Horn, können Sie mich hören?« Oberhofers Stimme knarzte über den Helmfunk. »Bleiben Sie, wo Sie sind,

Verstärkung ist auf dem Weg!« Lukas beschloss, seinen Chef zu ignorieren.

»Warte«, zischte Morten ihm leise zu. »Was ist, wenn die Kerle wieder durch die Wände ballern?«

»Ich hoffe, von dieser Munition haben die nicht mehr viel übrig«, flüsterte Lukas mit Blick auf die am Boden liegenden toten SEK-Männer. Vorsichtig trat er über die Leichen hinweg. Er näherte sich der offenen Tür und musterte kurz die riesigen Löcher im Türblatt, die von der Wolfram-Munition gerissen worden waren. Bevor er weiterging, drehte er sich zu Morten um und gab ihm mit seinem Blick zu verstehen, dass er Deckung geben sollte. Ein kurzes Nicken reichte ihm als Antwort, dann sprang Lukas mit einem Satz in den Raum hinein. Es dauerte ein paar Sekunden, bis er die Lage in dem großen Lagerraum komplett erfasst hatte. Zu lange. Mit einem Schrei sprang eine Gestalt am Ende des Raumes aus ihrer Deckung hervor und feuerte auf Lukas. Die Kugel erwischte ihn mitten in die Brust und katapultierte ihn zurück auf den Flur. Er landete keuchend auf dem Rücken. Die Gestalt lief schreiend aus dem Halbdunkel des Raumes auf ihn zu und feuerte noch weitere Male, die Geschosse verfehlten ihn jedoch und schlugen im Boden neben ihm ein. Dann sprang Morten nach vorne und drückte sofort ab. Drei Kugeln brachten den Angreifer zu Fall.

»Alles in Ordnung bei dir?«, fragte Morten, ohne den Blick aus dem Raum abzuwenden.

Stöhnend drückte Lukas sich wieder auf die Beine und schob seine rechte Hand unter die schusssichere Weste. Er konnte eine kleine Beule in der Innenseite der Weste auf Höhe seines Brustbeins erfühlen.

»Nur ein blauer Fleck«, gab er erleichtert zurück. Er

war froh, dass er mit seiner Vermutung richtig lag und den Mördern die Wolfram-Munition anscheinend ausgegangen war. Dieser hätte die Weste nicht standgehalten. Als er wieder neben Morten im Raum stand, war alles still. Lukas suchte die Wand neben der Tür nach einem Lichtschalter ab. Er wurde fündig und schaltete das Licht ein. Mehrere Röhrenfelder in der Decke flammten auf. Der Raum war nun hell erleuchtet. Es handelte sich aber eher um eine Halle als um einen Raum. Direkt vor ihnen lag in einer rasch größer werdenden Blutlache der Schütze, der ihm in die Brust geschossen hatte. Ein dunkelhäutiger Mann in einem blauen Overall. Ganz rechts erspähte Lukas einige Matratzen, die auf dem Boden lagen. Die Kerle mussten hier schon länger versteckt sein. Sein Blick wanderte weiter zur Fensterfront, die hinter vernagelten Brettern lag. Dort stand ein mächtiges Gewehr auf dem Fußboden. Lukas ging langsam auf die Waffe zu, immer darauf vorbereitet, dass aus einer Ecke des Raumes ein weiterer Angreifer springen konnte. Als er bei dem Gewehr angekommen war, pfiff er leise durch die Zähne.

»Was ist los?«, fragte Morten.

»Das sind mit Sicherheit keine gewöhnlichen Schmuggler. Schau dir das Gewehr an. Ein Steyr IWS 2000. Ein AMR, damit haben sie die Wolframmunition verschossen.«

»AM-was?«

»Anti-Material-Rifle. Für die Panzerbekämpfung geeignet, schießt auf tausend Meter Entfernung noch durch vierzig Millimeter Stahl.« Lukas bückte sich, hob eine der zahlreichen Patronenhülsen vom Boden auf und hielt sie

Morten hin. »Kaliber .15.2mm, das reißt richtig große Löcher.«

»Das ist doch kein Gewehr, das ist ein Monstrum«, sagte Morten mit Blick auf die Waffe, die auf einem am Lauf angebrachten Zweibein stand.

»Da hast du recht. Und noch dazu ist das Ding schweineteuer. Woher haben die Kerle das bloß?«

»Fragen Sie sich lieber, woher haben die zwei von diesen Babys!«, dröhnte eine Stimme aus einer im Halbdunkel gelegenen Ecke vom anderen Ende des großen Raumes zu ihnen. Der Mann, ebenfalls ein Schwarzer in einem blauen Overall wie ihn die Hafenarbeiter trugen, sprach Deutsch, dies aber mit deutlichem Akzent. Er lag hinter einem weiteren Steyr IWS 2000 am Boden und zielte auf sie. »Aber auf diese Frage werden Sie keine Antwort mehr erhalten.«

Er feuerte auf Lukas, der jedoch schon, bevor der Mann den Satz zu Ende gebracht hatte, zur Seite weggehechtet war. Das Geschoss schlug hinter ihm in der Wand ein und hinterließ ein klaffendes Loch im Mauerwerk. Morten feuerte auf den Schützen, der reagierte jedoch schnell und schoss ein weiteres Mal. Diesmal traf er. Lukas schrie auf, als das Wolfram-Projektil Morten traf und wieder aus seinem Rücken austrat. Wie versteinert blieb Morten noch einen Moment auf den Beinen stehen, dann brach er zusammen. Noch im Liegen schoss Lukas mehrmals auf den Gewehrschützen, verfehlte ihn jedoch. Er rollte sich zur Seite, ließ das Magazin dabei aus der Waffe gleiten und führte mit geübtem Griff ein neues nach. Dann sprang er wieder auf die Beine, während ein weiteres Geschoss ihn nur um Haaresbreite verfehlte. Eines der

Bretter vor den Fenstern wurde vom Wolframgeschoss zerfetzt. Lukas ging in den Anschlag und zielte genau auf den am Boden liegenden Mann. Er drückte ab. Die Kugel erwischte den Schützen direkt in der Stirn. Tot sackte der Mann über dem Gewehr zusammen. Lukas beachtete ihn nicht mehr, sondern lief auf der Stelle zu Morten hinüber.

»Wir brauchen einen Sani hier - sofort!«, brüllte er in den Helmfunk.

»Von wegen, die Weste hält einiges aus«, stieß Morten gequält hervor und hustete. »Das Ding hat mich ordentlich penetriert.« Er versuchte, über seinen Scherz zu lachen, aber verzog das Gesicht vor Schmerz.

»Ich dachte immer, du magst große Dinger?«, versuchte Lukas seinen Freund abzulenken, während er verzweifelt probierte, die Blutung zu stillen.

»Aber nicht in meiner Schulter!«

»Keine Angst, ist glatt durchgegangen.« Lukas sah wie die Blutlache, die sich unter Morten bildete, langsam immer größer wurde. Dann vernahm er das Geräusch vieler Stiefel, die durch den Flur liefen. Die Verstärkung war eingetroffen. »Wir sind hier! Wo ist der Sani?«

Zwei Männer mit MPs im Anschlag stürmten in den Raum. Direkt hinter ihnen kam der Sanitäter.

»Durchschuss in der linken Schulter, er verliert viel Blut. Noch kein Schock«, fasste Lukas den Zustand seines Freundes für den Sani zusammen, als dieser bei ihnen ankam und sich den Rucksack vom Rücken zog.

»Was soll das heißen, noch kein Schock?«, protestierte Morten schwach. »So ein kleines Loch haut mich ...« Er brach mitten im Satz ab und sein Kopf kippte schlaff zur Seite weg.

»Keine Sorge, ich kümmere mich um ihn. Er scheint

ziemlich robust zu sein, der wird wieder«, sagte der Sanitäter ruhig, während er mit einstudierten Handgriffen Morten von der Weste befreite und damit begann, einen Druckverband anzulegen.

»Das will ich hoffen«, sagte Lukas, erhob sich und rannte zu dem toten Schützen am Ende des Raumes, den die anderen zwei SEK-Männer bereits durchsuchten. »Es läuft noch mindestens ein weiterer von diesen Kerlen hier herum. Stellen Sie das gesamte Gebäude auf den Kopf, er darf auf keinen Fall entwischen!« Ohne eine Antwort abzuwarten, lief Lukas weiter, zurück auf den Flur.

»Horn, was ist los bei Ihnen? Lagebericht!«, dröhnte Oberhofers Stimme über den Funk.

»Sechs tote SEK-Beamte, Jonasson wurde angeschossen, drei tote Verdächtige und einer flüchtig. Die Scharfschützen sollen niemanden aus dem Gebäude lassen!« Lukas kam zu einer weiteren Treppe am Ende des Flures, die wieder hinab führte. Aus weiter Ferne hörte er das Zuschlagen einer Stahltür. Er hastete durch das Schummerlicht der Lagerhalle zum Ausgang hin. »Es hat gerade jemand die Halle verlassen. Könnt ihr ihn sehen? Auf der Ostseite!«

»Negativ. Hier rührt sich nichts, außer ... verdammt!« Die Stimme des Scharfschützen verriet Ärger.

»Was ist los?«

»Wir haben hier mehrere LKWs, die auf dem Gelände herumfahren.«

»Scheiße! Wie kommen die hierher, ich dachte, es ist alles abgesperrt?« Lukas fluchte und beschleunigte noch einmal. Außer Atem stieß er die Stahltür auf und stand im Freien vor der Halle. Es war nun beinahe vollständig hell. Einer der Lastwagen fuhr direkt an ihm vorbei.

»Ich sehe ihn«, schrie ein anderer Scharfschütze über Funk. »Blauer Overall. Er läuft neben einen der LKWs her, ich habe kein freies Schussfeld. Richtung Süden.«

»Den schnappe ich mir! Oberhofer, sehen Sie zu, dass Sie die LKWs stoppen.« Lukas rannte los. Wenn der Kerl in Richtung Süden lief, würde er direkt zur Elbe kommen. Nicht weit entfernt von dem Areal, auf dem sich die Lagerhallen befanden, führte eine der zahlreichen Brücken über den Fluss. Es war gleich sechs Uhr, der Berufsverkehr nahm stetig zu. Er musste den Flüchtigen unbedingt am Verlassen des Geländes hindern.

»Wir schicken Ihnen Verstärkung.«

»Verstanden. Kann noch irgendjemand den Kerl sehen?« Lukas hatte die letzte Lagerhalle hinter sich gelassen. Ein zwei Meter hoher Drahtzaun trennte das Gelände von der dahinter liegenden Straße ab.

»Keine Spur von ihm. Die Lastwagen haben alle gestoppt.«

Plötzlich spürte Lukas den kalten Lauf einer Pistole im Nacken. »Ich habe ihn gefunden«, sagte er ruhig.

»Wo sind Sie, Horn? Wir sind ...« Die Funkverbindung brach ab. Der Helm wurde Lukas unsanft vom Kopf gerissen.

»Schnauze!« Eine Hand griff nach der Waffe, die er in seiner Rechten hielt, und entriss sie ihm. »Nimm die Hände hoch, und zwar ganz langsam«, sagte die Stimme in akzentfreiem Deutsch zu ihm. Vorsichtig hob Lukas seine Arme. Der Mann stieß ihn nach vorne und führte ihn zwischen den Gassen zurück auf das Gelände, die Waffe immer fest an seinen Hinterkopf gepresst.

»Geben Sie auf. Das gesamte Gelände ist umstellt, Sie kommen hier nicht mehr weg.«

»Du sollst die Klappe halten, hab ich gesagt!«

Sie gingen zwischen zwei Lagerhallen entlang, wobei Lukas aus den Augenwinkeln versuchte, Scharfschützen auf dem Dach zu entdecken. Aber es war niemand zu sehen. Er war auf sich allein gestellt. Nachdem sie die Halle zu ihrer Rechten passiert hatten, erblickte Lukas einen LKW, der an einer Laderampe stand.

»Dorthin!« Der Mann presste die Waffe noch etwas fester an seinen Kopf und schob ihn in Richtung des Lastwagens. Auf der Laderampe waren einige Lagerarbeiter damit beschäftigt, den LKW zu entladen. Keiner der Männer nahm Notiz von ihnen. Der Mann hinter ihm schob Lukas direkt auf das leere Führerhaus zu. Vor der Fahrertür stoppten sie.

»Mach die Tür auf und sieh nach, ob der Schlüssel steckt. Schnell!«

Lukas tat wie ihm geheißen. Nachdem er die Tür geöffnet hatte, stemmte er sich hoch und blickte neben das Lenkrad. Er sah den Schlüssel im Zündschloss stecken.

»Er steckt«, sagte er an den Mann hinter ihm gerichtet und wollte wieder heruntersteigen.

»Einsteigen«, herrschte der Kerl ihn an. »Auf den Beifahrersitz rüberrutschen und leg die Hände auf das Armaturenbrett.«

Lukas fügte sich und schob sich in dem geräumigen Fahrerhaus auf den Beifahrersitz. Der Mann mit der Waffe sprang neben ihn auf den Fahrersitz, die Waffe in der rechten Hand haltend, immer auf ihn gerichtet. Die Fahrertür schlug zu. Erstaunt sah Lukas den Mann an. Er hatte gedacht, es würde sich ebenfalls um einen Sudanesen handeln, wie bei den anderen Männern im Lagerhaus. Aber neben ihm saß ein blonder Mann mit stechenden blauen Augen. Er trug zwar auch einen blauen Overall, aber dies war auch die einzige Sache, die er mit den toten Afrikanern gemein hatte.

»Glotz nicht so dämlich!« Es gelang dem Blonden, den LKW mit der linken Hand zu starten. Der Motor dröhnte auf. Im selben Moment wurde die Fahrertür aufgerissen.

»Runter von meinem Bock, du Arsch, oder ich ...«

Der Blonde drehte sich zu dem erbosten LKW-Fahrer herum und richtete die Waffe auf ihn. Lukas zögerte keine Sekunde. Er griff nach dem Öffner der Beifahrertür, warf sich mit seinem Körper gegen die Tür und ließ sich zu Boden fallen. Hinter ihm krachte ein Schuss über ihn hinweg. Lukas rollte sich blitzschnell unter den LKW. Er sah noch, wie der Fahrer des Lastzugs wegrannte. Dann setzte sich der Sattelzug auch schon in Bewegung. Lukas wartete ab, bis die Reifen des Anhängers an ihm vorbeigerollt waren, dann sprang er wieder auf die Beine und rannte dem LKW hinterher. Die Türen des Anhängers waren noch geöffnet und schlugen unkontrolliert hin und her. Auf der Ladefläche konnte Lukas einen der Lagerarbeiter stehen sehen. Der Lastwagen fuhr eine Linkskurve. Der Mann auf der Ladefläche stürzte. Lukas war nur noch wenige Meter entfernt.

»Halten Sie mir eine Tür auf«, schrie er dem verdutzten Lagerarbeiter zu. Der Mann verstand, auf Knien gelangte er zur rechten Tür des Anhängers und verhinderte, dass diese zuschlug. Gerade rechtzeitig, bevor der LKW erneut beschleunigte, erreichte Lukas den Anhänger und sprang mit Schwung darauf. Er landete mit dem Oberkörper auf der Ladefläche. Der Lagerarbeiter packte ihn an der Weste und zog ihn ganz in den Anhänger hinein.

»Vielen Dank«, keuchte Lukas. »Und jetzt runter hier.«

»Was, aber ...«

»Runter, solange es noch geht!« Lukas packte den Zivilisten und bugsierte ihn aus dem Laderaum heraus. Der Mann landete hart auf der Straße. Von vorne vernahm Lukas ein lautes Krachen. Der Lastwagen hatte den Drahtzaun des Geländes durchbrochen und rumpelte über einen breiten Grünstreifen auf die dahinterliegende Straße. Durch die offenen Türen sah Lukas, wie einige der SEK-Beamten ihnen hinterherliefen, aber der Lastwagen beschleunigte immer mehr. Laut hupend bahnte er sich seinen Weg über die zweispurige Straße, die anderen Autos rücksichtslos zur Seite drängend. Dann raste der Sattelzug mit hoher Geschwindigkeit in eine Rechtskurve. Ein heftiger Stoß riss Lukas von den Beinen. Etliche Kanister und andere Behälter schleuderten über die Ladefläche. Durch die unablässig auf und zu schwingenden Türen konnte Lukas ein demoliertes Auto auf der Kreuzung hinter ihnen stehen sehen. Offensichtlich war der Wagen direkt auf den Auflieger gekracht. Ein deutlich spürbares Rumpeln verriet Lukas, dass einer der Reifen des Anhängers dabei in Mitleidenschaft gezogen wurde. Er hörte Polizeisirenen, aber diese waren noch zu weit entfernt. Es wurde Zeit zu handeln. Vorsichtig bewegte er sich zum Rand der Ladefläche. Als die rechte Tür wieder zuschlug, packte Lukas den Griff auf der Innenseite, dann wollte er sie eigentlich so weit nach außen drücken, bis sie seitlich am Lastwagen einrastete, aber in diesem Augenblick scherte der LKW wieder mit Schwung nach links aus und ließ die Tür auffliegen. Lukas hatte das Gefühl, als würden ihm die Arme aus dem Gelenk gerissen, aber er hielt sich eisern am Griffstück fest. Er baumelte nun in der Luft, ein erneutes Überholmanöver ließ die Tür ganz nach rechts schwingen, sodass sie gegen die Seite des Lastwagens krachte und dort mit einem lauten Klicken einrastete.

Na toll, so war das nicht geplant, dachte er.

Lukas wandte seinen Blick nach vorne. Im Rückspiegel des Führerhauses konnte er den blonden Mann erkennen. Und dieser sah ihn ebenfalls. All seine Kraft zusammennehmend, zog Lukas sich an der Tür hoch. Er bekam die obere Kante zu fassen und sein rechtes Bein fand Halt auf der Griffstange der Tür. Mit Schwung stemmte er sich nach oben und es gelang ihm, auf das Dach des Anhängers zu kommen. Er sah sich um, der Lastwagen befand sich nun auf einer Brücke über der Elbe. Lukas schätzte, dass es die Europabrücke sein musste. Beim Zurückblicken konnte er keine Polizeiwagen erkennen. Niemand folgte ihnen. Ein weiterer Stoß erschütterte den Sattelzug. Mit einem Krachen wurde ein PKW rechts von ihnen in die Stahlkonstruktion der Brücke geschleudert. Verbissen drückte Lukas sich auf die Beine und ging gebückt nach vorne bis zum Rand des Anhängers. Das Führerhaus war gute eineinhalb Meter entfernt.

Jetzt musst du's riskieren.

Lukas zog sich die kugelsichere Weste aus. Dann warf er sie auf das Dach des Führerhauses, genau über den Fahrersitz. Einige Schüsse schlugen durch die Decke. Lukas nutzte die Ablenkung und sprang. Er landete genau zwischen Führerhaus und Anhänger. Sofort ging er nach links und langte zum Türgriff der Fahrertür. Mit Schwung riss er die Tür auf, während er sofort auf das Trittbrett sprang und dem Fahrer einen Fausthieb verpasste, ehe dieser reagieren konnte. Der Blonde ließ die Waffe in den

Fußraum fallen und fiel mit dem Oberkörper zur Beifahrerseite hinüber. Der Lastwagen schlingerte nach links. Von hinten dröhnte lautes Hupen, quietschende Reifen waren zu hören. Lukas gelang es gerade noch, ganz ins Führerhaus hineinzukommen, als die Fahrertür gegen einen Lichtmast schlug und abgerissen wurde. Schnell packte er das Lenkrad, schwang sich vollends auf den Fahrersitz und hielt den Lastwagen auf der Straße. Der Blonde stürzte sich mit einem Schrei auf ihn und hieb ihm die Faust ins Gesicht. Einen Moment lang war Lukas benommen, aber er klammerte sich eisern mit der linken Hand ans Lenkrad fest, während der Angreifer versuchte, ihm vom Fahrersitz auf die Fahrbahn zu stoßen. Mit rechts packte Lukas den Angreifer an den Haaren und donnerte seinen Kopf mehrmals auf das Armaturenbrett. Doch dem gelang es trotzdem, Lukas brutal in die Seite zu schlagen. Beide rangen darum, die Oberhand zu gewinnen, während sich das Ende der Brücke näherte. Entschlossen trat Lukas fest auf die Bremse. Der Lastwagen kam ins Rutschen, der Anhänger stellte sich quer und schob die Zugmaschine vor sich her über die Fahrspuren hin zum Brückengeländer. Der Blonde wurde von innen gegen die Windschutzscheibe geschleudert, die zwar einige Risse zeigte, aber nicht zerbarst. Währenddessen bekam Lukas das Lenkrad in die Magengrube und schlug hart mit dem Kopf dagegen. Mehrere Wagen fuhren nahezu ungebremst in den Anhänger hinein und schoben dadurch die Zugmaschine weiter gegen das Brückengeländer, das unter dem Druck schließlich nachgab. Aus der offenen Fahrerseite konnte Lukas hinab zur Elbe blicken. Das Fahrerhaus bewegte sich weiterhin und neigte immer stärker zum Fluss hinab. Immer noch leicht benommen, packte Lukas sich den Blonden, der stöhnend und mit stark blutendem Gesicht quer über dem Armaturenbrett lag. Er stieg auf das Trittbrett, zog den Mann mit sich und stieß ihn auf die Brücke, die noch nicht zu weit weg war. Dann griff er in den Fußraum, schnappte sich die Pistole, bevor er selber vom Fahrerhaus hinuntersprang und auf dem Asphalt der Brücke landete. Keine Sekunde zu früh, denn hinter ihm riss die Zugmaschine des Lastwagens vom Anhänger ab und stürzte in die Tiefe, wo sie donnernd auf die Wasseroberfläche aufschlug und gurgelnd versank.

Mühsam rappelte Lukas sich auf. Der Blonde im blauen Overall lag neben ihm auf der Straße. Er packte den Mann und zog ihn auf die Beine.

»Das war's dann, du Mistkerl. Ende des Ausflugs.«

Der Blonde lachte mit seinem blutverschmierten Gesicht.

»Was gibt's da zu lachen?«

»Lohnt sich nicht, mich einzubuchten. Ich bin schneller wieder aus dem Knast draußen, als du ahnst, Bulle.«

Wütend packte Lukas den Mann am Kragen des blutbefleckten Overalls. »Das werden wir ja noch sehen. Für wen arbeitest du? Wer von euch Wichsern hat meinen Partner getötet?« Er bemerkte den fragenden Blick des Blonden. »Der Stoßzahn«, sagte Lukas knapp.

»Wenn ich dir das sage, bist du so gut wie tot - und ich gleich mit dir.« Der Mann spuckte vor Lukas' Füße.

»Rede gefälligst oder ...«, Lukas stockte. Erst jetzt registrierte er die Masse an Schaulustigen und Gaffern, die um die Unfallstelle herum standen. Auf den entgegengesetzten Fahrbahnen der Brücke hatten sämtliche PKW angehalten. Teilweise waren die Fahrer ausgestiegen und hielten ihre Smartphones in Lukas' Richtung. Dutzende Sirenen tönten lautstark heran. »Okay, bringen wir dich erstmal in eine gemütliche Zelle.« Lukas ließ den Mann los und gab ihm einen Stoß. »Zum Brückenende, mach schon. Meine Kollegen werden gleich da sein, um dich in Empfang zu nehmen, also versuch keine Dummheiten.«

»Aber sicher doch.« Der Blonde drehte sich um und ging langsam auf das zwanzig Meter entfernte Ziel zu. Plötzlich stoppte er unvermittelt und drehte sich zu Lukas um. Mit angsterfülltem Gesichtsausdruck blickte er Lukas an. »Zu spät!«

Ehe Lukas wusste, was damit gemeint war, hörte er den Knall. Der Hinterkopf des Blonden platzte auf. Tödlich getroffen stürzte er zu Boden. Unter den unzähligen Gaffern brach Panik aus. Die Menschen schrien auf und suchten Schutz zwischen ihren Autos. Lukas ging in die Hocke und versuchte einen Schützen zu erspähen. Die ersten Polizeiwagen kamen mit Blaulicht aus südlicher Richtung auf die Brücke gefahren. Weiter vorne auf der Straße setzte sich ein silberner Geländewagen in Bewegung. Der Wagen war über zweihundert Meter entfernt. Mehrere Polizisten kamen mit gezogenen Waffen auf Lukas zugelaufen. Der blickte hinunter auf den Toten, der ein faustgroßes Loch im Schädel hatte. Teile seines Hirns waren über dem Asphalt verteilt.

Das wird ein Scheißtag werden, dachte Lukas.

5 / BANKGEHEIMNISSE

DAS MODERNE BÜROHAUS war an einer der besten Adressen Hamburgs gelegen, direkt an der Elbe, mit wunderbarem Blick über die Stadt vom elften Stock des kleinen Büroturms. Ein Elfenbeinturm, wie der Direktor ihm gegenüber gerne betonte, wenn er zu Besuch war. Dann pflegte der fettleibige, blasse Mann mit der Halbglatze zu lachen, während er sich die linke Hand vor den Wanst hielt und in der rechten ein Cognacglas schwenkte. Aber heute war es anders. Dies war kein planmäßiger Besuch. Ihre Geschäfte hatten sie vor drei Tagen schon abgewickelt. Doch dann kamen ihm die Zollschnüffler im Hafen in die Quere, gerade als die Verladung stattfand. Seine Männer machten das, was sie am besten konnten; was sie immer machten. Zack-Hack. Die Sprache der Macheten. Als er im Hafen ankam, hatten sie ihr Werk schon vollbracht. So wie er es ihnen beigebracht hatte. Schnell, brutal und gnadenlos. Insgeheim war er stolz auf sie, aber er wusste, dass dies ihr Geschäft gefährden würde. Wenn es nicht sogar ganz zerstört werden würde.

Aber darum war er nun hier. Um zu retten, was zu retten war. Schließlich musste er in der Heimat Rechenschaft ablegen vor dem Lord Commander. Er wandte den Blick von dem Elbpanorama ab und blickte auf den riesigen Flachbildschirm, der in die Wand des Büros eingelassen war, gegenüber dem majestätischen Eichenschreibtisches des Direktors. Normalerweise waren dort nur Börsensendungen zu sehen. Jetzt hatte der Bankchef einen Nachrichtenkanal eingeschaltet. Das Gesicht des Fettsacks war noch bleicher als sonst. Schweiß stand ihm auf der Stirn, während er mit starrem Blick die Nachrichtensendung verfolgte. Als das Video lief, das den tödlichen Schuss zeigte, schloss der Feigling die Augen.

Aus dem Fernseher tönte die Stimme der Nachrichtensprecherin: »Noch immer ist unklar, was genau sich heute Morgen in Hamburg ereignete: Ein fehlgeschlagener Raubüberfall, eine Entführung oder ein eventueller Terroranschlag? Die Polizei hat eine Informationssperre verhängt. Der gesamte Bereich um die Europabrücke ist derzeit abgesperrt, dutzende Passanten wurden als Zeugen vernommen. Etliche von ihnen hatten während des Vorfalls mit ihren Smartphones gefilmt. Sehen wir uns noch einmal ...« Der Fettsack schaltete den Ton des Fernsehers aus.

»Ist Ihnen klar, was Sie da getan haben?«, richtete der Direktor mit zittriger Stimme das Wort an ihn.

»Aber natürlich. Ich habe verhindert, dass die einen Zeugen haben und jemand gegen uns aussagen kann. Besonders gegen Sie! Tote Männer reden nicht.« Er lächelte den entsetzt dreinblickenden Mann an. »Seien Sie mir dankbar.«

»Der Mann wusste doch überhaupt nichts! Er hätte

niemandem sagen können, für wen er arbeitet. Er wäre ins Gefängnis gewandert und die Sache wäre ausgestanden gewesen. Es war nicht nötig, dass Sie ihm den Schädel wegschießen!« Die Stimme des Bankchefs überschlug sich bei den letzten Worten beinahe.

»Das sehe ich anders. Dieser Mann war heute Morgen mit meinen Männern zusammen, als die Polizei zugeschlagen hat. Wäre er denen lebend in die Hände gefallen, hätte er was zu erzählen gehabt. Über ein paar sudanesische Freiheitskämpfer, die in Hamburg Elfenbein umschlagen und mit Hilfe einer angesehenen Privatbank verkaufen.« Er blickte dem Direktor fest in die Augen. »Es gab keine Alternative. Er musste sterben.«

»Was ist mit dem Polizisten? Warum haben Sie den nicht auch gleich erschossen? Vielleicht weiß er schon was?«

Er lachte. »Sie haben keine Ahnung. Glauben Sie etwa, das war ein einfacher Schuss? Ich war knapp zweihundertfünfzig Meter entfernt, als ich den Mann erschossen habe. Das war alles andere als einfach. Der Polizist hat sich sofort in Deckung begeben, ich hatte gar keine Zeit, ihn ins Visier zu nehmen. Und dann kamen auch schon die anderen. Aber machen Sie sich keine Sorgen: Sollte dieser Mann tatsächlich etwas wissen, werde ich mich um ihn kümmern. Finden Sie nur heraus, um wen es sich handelt.«

Der Bankchef zog ein besticktes Stofftaschentuch aus seinem Jackett und tupfte sich die Schweißperlen von der Stirn. »Ich werde mich darum kümmern. Aber glauben Sie ... denken Sie, dass es nötig sein wird, den Polizisten zu töten? Das könnte noch zusätzlich für Aufregung sorgen.«

»Sie machen sich zu viele Gedanken. Lassen Sie den Kerl meine Sorge sein. Kümmern Sie sich lieber um die nächste Lieferung, da darf nichts schiefgehen. Sie wissen, was für uns davon abhängt!«

»Aber ich kann doch jetzt nicht die Waffen liefern. Was ist, wenn ...«

»Ssscht!« Er legte den Finger bestimmend an seine Lippen und blickte den Fettwanst starr an. »Davon will ich nichts hören. Wir haben einen Deal und ich habe unseren Teil der Abmachung erfüllt. Der Rest liegt bei Ihnen.«

In den Augen des Direktors konnte er es sehen. Eine Mischung aus Panik, Mutlosigkeit und Furcht. Dieser Mann widerte ihn an. Vielleicht hatte er heute Morgen den Falschen getötet. Er hörte ein Geräusch hinter sich und drehte sich mit dem Stuhl zur Tür herum. Ein großer, schwarzhaariger Mann in einem glänzenden Nadelstreifenanzug kam in das Büro herein.

»Einen wunderschönen guten Morgen! Es freut mich sehr, Sie wiederzusehen, Captain Ingwon!« Der Mann reichte ihm die Hand und nahm dann auf dem anderen Ledersessel neben ihm Platz. Er deutete mit der rechten Hand zum Fernseher, wo immer noch Bilder von der Europabrücke zu sehen waren. »Da gab es ja einiges an Aufregung heute Morgen. Aber wie ich sehe, haben Sie die Lage zum Glück noch unter Kontrolle bringen können. Ein hervorragender Schuss!« Der schwarzhaarige Mann nickte ihm anerkennend zu, während im Fernseher erneut der tödliche Schuss zu sehen war. Dann wandte sich der Mann dem schwitzenden Bankchef zu. »Du siehst das doch genau so, oder Vater?«

Der fette Direktor blickte seinen Sohn entgeistert an. Einen Moment lang schien es, als wollte der voluminöse Schlappschwanz in Tränen ausbrechen. Aber schließlich gelang es ihm, die Fassung zu wahren.

»Ja. Ja. Da hast du recht, Gregor. Absolut. Herr Ingwon hat richtig gehandelt.«

»Auf jeden Fall.« Der Schwarzhaarige nickte zufrieden und wandte sich wieder an ihn. »Captain, wenn Sie erlauben, werde ich mich darum kümmern, dass Sie Hamburg ungestört verlassen können. Natürlich werde ich mich auch der noch ausstehenden Waffenlieferung annehmen. Wir wollen ja schließlich keine Verzögerungen auftreten lassen.«

Er nickte dem selbstsicher lächelnden Sohn des Bankdirektors zu. Wie immer schaffte es Gregor, ihn daran zweifeln zu lassen, dass er wirklich mit dem fetten Direktor verwandt war. Der junge Deutsche war das genaue Gegenteil von seinem Vater. Durchtrainiert, gutaussehend und mit vollem Haupthaar gesegnet. Darüber hinaus wusste er außerdem sich ihm gegenüber respektvoll zu verhalten.

»Es freut mich, dass Sie das ebenso sehen wie ich«, erwiderte Ingwon. »Vielleicht können wir beim Essen darüber reden? Ich bin hungrig.«

»Selbstverständlich, Captain Ingwon. Folgen Sie mir, ich arrangiere uns sofort etwas. Du hast doch nichts dagegen, Vater, wenn ich dir den Captain entführe?« Gregor zeigte seine strahlenden weißen Zähne, als er seinen Vater breit anlächelte.

»Nein. Mach nur, mein Junge. Ich werde in der Zwischenzeit die Lieferung koordinieren.«

»Sehr gut. Folgen Sie mir bitte, Captain.« Gregor ging ihm voraus. Er folgte dem Sohn des Direktors über den Flur des Bankhauses zu dessen Büro. In diesem Stockwerk gab es nur diese zwei Büros, beide so weit voneinander entfernt, wie es das Gebäude nur zuließ. Dazwischen lag ein großer Tagungsraum, in dem der Aufsichtsrat der Bank sich traf oder wichtige Kunden empfangen wurden. Ingwon erinnerte sich an seinen ersten Besuch in der traditionsreichen Hamburger Privatbank, vor drei Jahren. Damals war der fette Direktor noch deutlich selbstsicherer und vor allem selbstgefälliger als heute. Die Aussicht auf den zu erwartenden Profit ließ seine kleinen Schweinsäuglein funkeln. Nur zu gerne nahm er das Angebot an, sich an dem Elfenbeingeschäft zu beteiligen. Dass er jetzt, wo es Probleme gab, kurz davor war, die Nerven zu verlieren, beunruhigte Ingwon.

»Nehmen Sie doch bitte Platz, Captain. Meine Sekretärin wird uns gleich das Essen bringen. Asiatische Küche ist Ihnen doch recht?« Gregor hatte seine Bürotür geöffnet und wies auf die Sitzgruppe aus Lederstühlen, die um einen wuchtigen Tisch aus Teakholz verteilt standen.

»Sie erinnern sich gut an meine Vorlieben, Herr Goosenbach«, erwiderte er lächelnd, nahm am Stirnende des Tisches Platz und legte die Hände zusammen wie zum Gebet. »Im Gegensatz zu Ihrem Vater. Wie lange wollen Sie noch warten? Er stellt ein Risiko für unsere Geschäfte dar.«

Gregor Goosenbach nickte ihm zu und ging zu einem schwarz glänzenden Sideboard, aus dem er zwei Gläser und eine Flasche entnahm. »Mein Vater«, begann er, während er zum Tisch kam, die Gläser hinstellte und aus der Flasche einschenkte, »wird mir die Geschäfte bald übergeben, keine Sorge.«

»Das haben Sie mir schon bei meinem letzten Besuch erzählt. Und das war vor sieben Monaten. Es wird Zeit zu handeln, Herr Goosenbach!« Ingwon nahm das Glas, das vor ihm stand, und leerte es in einem Zug. Der Cognac schmeckte ausgezeichnet.

»Solche Dinge brauchen ihre Zeit, vor allem hier bei uns in Deutschland will alles genau geregelt sein. Aber nun habe ich alles vorbereitet, mein Vater muss nur noch einige Dokumente unterschreiben und mir damit die Führung der Bank übergeben.«

»Wird er das auch tun?«, fragte Ingwon argwöhnisch. »In einem Punkt sind die Menschen überall gleich, ob in Deutschland oder im Sudan. Glauben Sie mir, ich habe es oft genug miterlebt: Niemand gibt gerne die Macht aus der Hand.«

Der Deutsche prostete ihm zu. »Gewiss, Sie haben recht. Aber Sie werden auch wissen, dass es etwas gibt, das noch stärker ist als das Festhalten an der Regentschaft: Der unbedingte Wille zur Macht! Noch bevor Ihre Maschine im Sudan gelandet ist, werde ich die Leitung dieser Bank übernommen haben. Seien Sie sich dessen versichert.«

Es klopfte an der Bürotür. Nach einem Ruf von Gregor Goosenbach trat eine junge Frau ein, die auf einem Tablett ihr Essen brachte. Sie verteilte die Teller vor ihnen auf dem Tisch und zog sich dann zurück. Ingwon blickte der Frau mit den langen braunen Haaren hinterher, als sie den Raum wieder verließ.

»Ich zweifele nicht an Ihrem Drang nach Macht«, sagte Ingwon ruhig, während er sich die ersten Brocken Fleisch mit den Händen in den Mund schob. »Aber manchmal reicht Wille allein nicht aus. Der Weg an die Spitze ist nicht leicht. Es müssen Opfer gebracht werden. Ich werde überprüfen, ob Ihre Opferbereitschaft ausgereicht hat, sobald ich in meiner Heimat gelandet bin.«

6 / COOKIE

AM ABEND SASS Lukas erschöpft auf der Couch seiner kleinen Zwei-Zimmer-Wohnung, die in einem großen Wohnhaus Hamburg-Eimsbüttel gelegen war. Den ganzen Tag hatte er mit Vernehmungen und Papierkram zugebracht. Unzählige Male musste er sich für sein eigenmächtiges Vorgehen rechtfertigen, aber letztendlich war er sicher, das Richtige getan zu haben. Auch seine Vorgesetzten sahen dies so, mit Ausnahme von Oberhofer, der jedoch den furchtbar fehlgeschlagenen Einsatz zu verantworten hatte und deswegen mächtig unter Druck stand. Die beste Nachricht des Tages war für Lukas, dass Morten bei seiner Schussverletzung noch Glück im Unglück gehabt hatte und bald wieder auf den Beinen sein würde. Er rief am Abend noch im Büro an und gab eine Bestellliste von Dingen durch, die Lukas ihm am nächsten Tag ins Krankenhaus bringen sollte.

Aber vorerst war Lukas froh, zu Hause zu sein und endlich für sich die Ereignisse des Tages zu rekapitulieren. Er spürte jeden seiner Knochen einzeln, hatte sich Kühlpads aus dem Eisfach genommen und auf seine Beine, Arme und Nacken gelegt. Darauf bedacht, sich möglichst wenig zu bewegen, ließ er den Tag noch einmal Revue passieren und verfolgte dazu einfach das Fernsehprogramm. In allen Nachrichtensendungen am Abend waren mehr oder weniger verwackelte Handyvideos zu sehen, aufgenommen von den Gaffern auf der Gegenfahrbahn der Europabrücke. Sie alle zeigten die Szene, wie ein blonder Mann in einem blauen Overall vor einem braunhaarigen Mann in einem schwarzen Overall herging. Dann drehte sich der Blonde um und das Bild verschwamm. Die Fernsehanstalten hatten den tödlichen Schuss unkenntlich gemacht. Über das Internet war es freilich möglich, die unzensierte Version des Vorfalls auf der Europabrücke in Hamburg zu sehen. Aber von der kleinen Selbstzensur abgesehen überboten sich die Nachrichtensprecher auf den verschiedenen Fernsehsendern damit, möglichst reißerische Headlines über den Äther zu jagen.

»… kam es heute Morgen in Hamburg zu einem Polizeieinsatz mit elf Toten und zahlreichen Verletzten …«

»Sechs getötete Polizisten … Hamburgs Innensenator in Erklärungsnot …«

»Tödliche Schießerei im Berufsverkehr …«

»Anti-Terroreinsatz im Hamburger Hafen? Was passierte wirklich, als sich heute Morgen mehrere Hundertschaften ein Feuergefecht mit möglichen Terroristen …«

»Hinrichtung auf Hamburger Brücke!«

»Zahllose Tote und Verletzte … Rücksichtsloser Polizeieinsatz.«

»… dieser Beamte des Bundeskriminalamts schaut tatenlos zu, als ein Verdächtiger erschossen wird …« Das Bild des Handyvideos stoppte und zeigte eine Nahaufnahme von seinem Gesicht.

Lukas hörte auf, zwischen den Sendern zu wechseln und schaltete den Fernseher aus. Das Telefon klingelte. Ohne aufs Display zu schauen, nahm er den Anruf an. Dafür musste er allerdings seine selbstauferlegte Bewegungsstarre aufgeben, was die Kühlpads verrutschen ließ.

»Hallo Caro.« Er hatte ihren Anruf schon eher erwartet. Es dauerte etwas, bevor er eine Antwort bekam.

»Geht es dir gut?« In Carolines Frage schwang keinerlei Emotion mit.

»Ja. Sicher.« Lukas versuchte betont ruhig zu wirken. Diese kurzen, knapp angebundenen Antworten waren einer der Gründe, warum seine Beziehung mit Caro gescheitert war.

»Gut.« Es folgte eine kurze Pause, dann fuhr Caro fort: »Ich wollte dir nur sagen, dass es besser ist, wenn du Emilia in nächster Zeit nicht besuchst.« Jetzt konnte Lukas Emotionen aus Carolines Stimme heraushören: Eisige Härte.

»Was ist passiert?«, fragte er.

»Kannst du dir das nicht denken? Was glaubst du, was heute hier los war? Seit Stunden werden wir von dieser Pressemeute belagert! Selbst vor Emilia haben sie nicht Halt gemacht, nach der Schule haben sie sie abgefangen und ihr Fragen gestellt. Ob ihr Vater ein Mörder ist!« Caro schäumte jetzt vor Wut.

»Du hast Em' hoffentlich gesagt, dass sie auf diesen Blödsinn nicht hören soll.«

»Lukas! Natürlich habe ich das! Aber was glaubst du, wie es deiner Tochter dabei geht, wenn sie solche Fragen gestellt bekommt? Ich werde sie für den Rest der Woche nicht zur Schule schicken.«

»Kann ich sie kurz sprechen?« Schweigen am anderen Ende der Leitung. »Caro, bitte.«

Er hörte, wie seine Ex-Frau die Treppenstufen hinaufstieg und eine Tür öffnete.

»Papa? Ist alles in Ordnung? Ich habe dich vorhin im Fernsehen gesehen«, plapperte seine Tochter aufgeregt drauflos.

»Hallo mein Schatz.« Lukas lächelte. »Bei mir ist alles gut. Ich wollte nur kurz hören, wie es dir geht.«

»Bei mir ist alles super. Ich darf den Rest der Woche zu Hause bleiben und muss nicht in die Schule, sagt Mama. Vielleicht können wir ja einen Tag zusammen verbringen?«

Lukas reagierte verkniffen. »Em', nichts würde ich lieber machen als das, aber du hast ja mitbekommen, dass ich heute etwas Ärger hatte.«

»Ja, aber Mama hat gesagt, die ganzen Leute von der Presse übertreiben und bauschen alles auf. Sie meinte, du hättest nur deinen Job gemacht, wie immer.«

»Genau so ist es. Dadurch werde ich aber in den nächsten Tagen sehr beschäftigt sein und leider keine Zeit haben, dich zu besuchen.« Lukas konnte Emilias enttäuschtes Gesicht förmlich vor sich sehen, während er dem Schweigen in der Leitung lauschte. »Sobald ich die ganze Arbeit erledigt habe, holen wir das aber nach. Wir machen einen Ausflug über mehrere Tage, nur wir zwei!«

»Versprichst du das?«

»Indianerehrenwort. Vorausgesetzt, deine Mutter hat nichts dagegen.«

»Die überrede ich schon«, lachte Emilia.

Ein schrilles Klingeln ließ Lukas hochschrecken. Das

war nicht die Klingel unten an der Haustür seines Wohnblocks. Jemand stand direkt vor seiner Wohnungstür.

»Schatz, ich muss auflegen. Ich bekomme Besuch. Bis bald, mein Engel ...« Erneut tönte die Klingel, diesmal etwas länger.

»Tschüss, Papa ...« Lukas legte auf. Es klingelte ein weiteres Mal, unterstützt von Klopfen an der Tür. Mühsam stemmte er seinen schmerzenden Körper von der Couch nach oben. Leicht hinkend ging er auf die Haustür zu und blickte dort durch den Türspion. Es war niemand zu sehen. Als es wieder klopfte, zuckte Lukas zusammen.

»Lukas? Machen Sie bitte auf, ich weiß, dass Sie da sind. Ich habe Licht in Ihrer Wohnung gesehen.« Eine ihm unbekannte Frauenstimme drang durch die Tür. Lukas spähte nochmals durch den Türspion, aber da war niemand. »Hallo!«

Verwirrt drehte Lukas den Schlüssel im Schloss herum und öffnete die Tür. Vor ihm im Flur stand eine kleine, dunkelhäutige Frau. Sie war höchstens einen Meter fünfzig groß und hatte, wenn man es nett sagen wollte, einen ziemlich untersetzten Körperbau. Der Körper ähnelte von der Form her einer Birne. Ihre Haare erinnerten ihn an seinen Wischmopp nach dem Auswringen. In ihrem runden Gesicht dominierte eine ziemlich breite Nase, die unter zwei wachen, tiefbraunen Augen saß. Sie trug eine deutlich zu enge Bluejeans und über einem schwarzen Rollkragenpullover eine dazu passende Jeansjacke.

»Genug geglotzt?«, fragte die kleine Dicke. »Wollen Sie mich jetzt reinbitten?«

»Warum sollte ich? Ich wüsste nicht, dass wir uns kennen.«

»Meine Güte, Jürgen hat nie erwähnt, dass Sie so eine Zicke sind! Oder haben Sie einfach nur ein Problem mit fülligen schwarzen Frauen?« Sie legte den Kopf leicht schräg und funkelte ihn böse an. Als sie sein verdutztes Gesicht sah, lachte sie lauthals los. »Ich mach doch nur Spaß. Also, lässt du mich jetzt rein?«

Jetzt sind wir schon beim ›Du‹ angelangt, dachte Lukas. Er trat einen Schritt zur Seite und machte eine einladende Handbewegung. Wer immer die Kleine auch war, sie schien seinen getöteten Kollegen Jürgen Rebhoff zu kennen.

»Geht doch, warum nicht gleich so. Ich bin übrigens Chinemerem, aber du kannst mich Cookie nennen. Mein lieber Scholli, du hättest ja ruhig mal aufräumen können, Ordnung ist wohl nicht deine Stärke. Nicht, dass ich gleich noch in eine getragene Unterhose von dir trete.« Leise lachend und fröhlich weiterschnatternd ging die ihm völlig unbekannte Frau in sein Wohnzimmer und gab Kommentare zu allem ab, was sie sah. Die Couch, der Teppich, der gekachelte Wohnzimmertisch, die ungeputzten Fenster. Sie hatte bissige Bemerkungen für alles übrig. »Ich setz mich dann einfach mal hier hin. Ist doch hoffentlich nicht klebrig, oder? Bei euch Junggesellen weiß man ja nie.« Unbeschwert gackernd ließ sie sich auf die Couch plumpsen, während Lukas perplex im Türrahmen stand. Es dauerte einen Moment, dann konnte er sich aus der Schockstarre des Überfalls der kleinen Frau befreien.

»Sie kannten also Jürgen?«

»Du!«

»Wie bitte?«

Sie lachte schon wieder und ließ ihre weißen Zähne aufblitzen.

»Wir sind doch jetzt Freunde. Du kannst ruhig „Du" zu mir sagen. Ja, klar kannte ich Jürgen. Warum wäre ich dann sonst hier?«

»Sicher, sicher. Also, warum bist du gekommen?« Lukas wollte sich ebenfalls auf das Sofa setzen, als sein Gast ihn wieder belustigt ansah.

»Willst du mir nicht was zu trinken anbieten? Ich könnte jetzt gut einen vertragen.«

»Aber klar doch«, erwiderte Lukas leicht verärgert. »Was darf's denn sein? Einen Champagner oder ...« Sie überging seinen Sarkasmus einfach und fiel ihm ins Wort.

»Hast du Jäger im Haus? So ein Hörnerwhisky wäre genau richtig für den Moment.«

»Nein, ich habe nur normalen Whisky hier, warte, ich muss nur schnell in die Küche«, brummte Lukas und ging humpelnd aus dem Raum.

»Aber bitte nicht so einen Billigfusel«, rief sie ihm hinterher.

Lukas kam mit einer Flasche Johnnie Walker und zwei Gläsern zurück ins Wohnzimmer, wo die kleine, aber um so lautere Person gerade den Fernseher eingeschaltet hatte. Den Nachrichtenkanal. Und wieder lief das Video, das ihn auf der Brücke zeigte. Wieder die Szene, wo dem Blonden der Kopf weggeschossen wurde.

»Das hat gesessen, wa'? Der ganze Hinterkopf ist ja weggeplatzt. Riesensauerei. Aber du hast das ja ganz gut weggesteckt. Jürgen meinte immer, du wärst ein abgewichster Mistkerl«, kommentierte sie das Geschehen des Videos, ohne ihn anzusehen. »Also, im positiven Sinn natürlich. Der Jürgen hat nix auf dich kommen lassen, hat große Stücke auf dich gehalten. Eine Schande, was deine Ex-Frau dir angetan hat, so ein falsches Mistst …«

»Was zur Hölle willst du von mir?«, fragte Lukas leicht entnervt. Sie drehte den Kopf zu ihm und erblickte freudestrahlend die Flasche Whisky in seiner rechten Hand.

»Oh, Black Label? Den mag ich besonders gerne. Komm, ich schenke uns beiden einen ein. Danach lässt sich viel besser reden.« Sie nahm Lukas die Gläser und die Flasche ab und schenkte beide Gläser fast bis zum Rand voll. Sie reichte ihm ein Glas. »Dann lass uns mal trinken. Auf Jürgen, würde ich sagen.«

Lukas nahm das Glas und stieß dann mit der redseligen Schwarzen an. Er trank einen kleinen Schluck von dem Whisky, während sie das Glas bis zur Hälfte leerte.

»Ah, das tut gut. Da wird einem doch gleich warm ums Herz, oder? Nun guck doch nicht so verkniffen.«

»Ich hatte heute wirklich keinen guten Tag. Deswegen bitte ich Sie … dich, sag, was du zu sagen hast und dann lass mich bitte allein.«

Sie musterte ihn einen Moment mit ernstem Blick, dann kramte sie in ihrer Handtasche herum und zog einen dicken Aktenordner heraus.

»Ich vermute, das hier wird dich interessieren. Jürgens Unterlagen. Hast du doch bestimmt schon gesucht, oder? Deswegen haben die ihn umgebracht.« Sie knallte den Ordner auf den Tisch.

»Woher hast du …« fing Lukas an, wurde aber sofort wieder von ihr unterbrochen.

»Hat Jürgen mir am Samstag gegeben. Beim HSV-Spiel. War übrigens ein Drecksspiel, eine echte Zumutung. Dass der Verein sich traut, für sowas auch noch

Geld zu nehmen ... Na ja. Bevor Jürgen abends los ist in den Hafen und da ...« Sie stockte. In ihren Augen begann es zu glitzern. Lukas langte unter den Tisch und griff sich eine Packung Taschentücher. Er hielt ihr eins hin. »Danke.«

»Ihr kanntet euch gut? Du und Jürgen?«, wollte Lukas wissen.

»Na ja, so gut wie man jemanden halt kennt, wenn man mit ihm das Bett teilt.« Sie tupfte sich die aufkommenden Tränen weg. Als sie seinen skeptischen Blick bemerkte, huschte ein Lächeln über ihre Lippen. »Glaubst mir nicht, wa'? Ich sag ja auch nicht, dass Jürgen und ich ein Paar waren. Wir waren eher Freunde mit ... besonderen Vorzügen, wenn du verstehst?« Sie zwinkerte ihm zu.

Lukas ignorierte das und öffnete den Aktenordner. Sofort erkannte er Jürgens Handschrift. Wie immer hatte er auch diesmal überaus penibel Buch geführt. Die erste Seite war stets ein handschriftliches Inhaltsverzeichnis, das Jürgen im Laufe der Ermittlungen kontinuierlich erweitert hatte. Erst wenn der Fall erledigt war, pflegte Jürgen die Seite abzutippen und fügte dann den Ausdruck hinzu. Lukas überflog das Inhaltsverzeichnis und blätterte weiter. Einige Klarsichthüllen voll mit ausgeschnittenen Zeitungsartikeln folgten. Zu seiner Verwunderung nicht nur aus Hamburger Zeitungen, sondern auch einige ausländische. Allen Artikeln hatten jedoch etwas gemeinsam.

»Elfenbein«, sagte er leise vor sich hin, eher laut gedacht. Aber das nutzte sein Gast, um weiterzureden.

»Unzählige Tonnen davon. Die Schweine machen das schon seit Jahrzehnten. Allerdings läuft es erst seit zwei, vielleicht drei Jahren über Hamburg. Jürgen hat vermutet, dass es einen Hintermann hier in Hamburg gibt, der die Stoßzähne weitervermittelt an Kunden aus dem asiatischen Raum oder auch zu den Russen. Von dem Erlös wurden dann wieder Waffen gekauft oder manchmal wurde auch gleich direkt getauscht. Elfenbein gegen Kriegswerkzeug. Jürgen meinte, das wäre ein ganz großes Ding, dass Hamburg ein enorm wichtiger Knotenpunkt für dieses Syndikat wäre. Was meinst du dazu?«

Während die kleine Dicke plapperte, blätterte Lukas den Aktenordner durch. Durch die gemeinsame Arbeit in den vergangenen zwei Jahren kannte er Jürgens Vorgehensweise genau. Jetzt verstand er, warum er dazu nichts auf dessen Schreibtisch gefunden hatte: Es waren nur Indizien. Vage Vermutungen, keinerlei stichhaltige Beweise oder gar Verdächtige. Es sah ihm eher danach aus, als ob sein toter Partner dies als eine Art Hobby gemacht hatte. Aber trotzdem hatten ihn diese Privatermittlungen das Leben gekostet. Frustriert schlug Lukas den Aktenordner zu.

»Ist das alles?«, fragte er seine Besucherin.

»Natürlich! Das langt doch wohl auch. Hast du es dir nicht genau angesehen?« Empört riss sie ihm den Ordner aus den Händen und blätterte ihn zur Mitte hin auf. »Hier, siehst du? Das sind Berichte über ein ganzes Dorf, das im Sudan ausgelöscht wurde, mit den Waffen aus diesen Elfenbein-Deals. Und hier«, ihre Stimme begann zu zittern, »kannst du sehen, was sie mit den Kindern machen: Die Jungen werden zu Killermaschinen ausgebildet. Wer sich weigert, stirbt. Und die Mädchen …« Ihre Stimme brach. Lukas nahm ihr den Ordner wieder aus den Händen und legte ihn auf den Tisch.

»Noch einen Schluck?«, fragte er ruhig und nahm die Whiskyflasche in die Hand.

Er bekam nur ein Nicken als Antwort. Mit leicht zitternder Hand ergriff die Frau, die eben noch losgelöst und bissig vor sich herplapperte, das Glas. Sie nahm einen langen Schluck und leerte es in einem Zug. Lukas schenkte ihr noch einen ein.

»Besser?«

»Viel besser.« Jetzt schien es Lukas, als ob sie leicht lallte.

»Wie lange kanntest du Jürgen?«

»Wir haben uns vor vier Monaten das erste Mal getroffen. Beim Heimspiel gegen Dortmund. Haben gemeinsam Bierbecher auf die BVB-Spieler geworfen. Man kann sagen, wir waren uns sofort sympathisch.« Ein Lächeln huschte über ihr Gesicht.

»Einen Monat später hat Jürgen mit diesen Ermittlungen angefangen«, sagte Lukas und klopfte auf den Aktenordner. »Was hast du ihm gesagt?«

»Ich? Aber wieso …«

»Jürgen hat das Ganze deinetwegen angefangen. Der erste Eintrag in diesem Ordner datiert vom Dezember letzten Jahres. Wenn du ihn also im November kennengelernt hast ... Soll ich fortfahren?«

Sie senkte den Blick zu Boden. »Ich weiß, dass es meine Schuld ist. Meinetwegen ist Jürgen jetzt tot.« Sie hob den Kopf und blickte Lukas mit tränengefüllten Augen an. »Aber ich habe ihm gesagt, dass er nicht dorthin gehen soll. Nicht diesmal. Angefleht habe ich ihn!« Sie schluchzte laut auf. Lukas reichte ihr ein weiteres Taschentuch.

»Wenn Jürgen sich erst einmal etwas in den Kopf

gesetzt hatte, konnte ihn nichts und niemand mehr stoppen«, sagte er verständnisvoll. »Was hast du ihm damals erzählt, warum hat Jürgen überhaupt angefangen zu ermitteln?«

»Wie das halt so läuft, wenn man sich näher kommt und besser kennenlernt. Jürgen wollte mehr über mich wissen, über meine Vergangenheit. Er hat Bilder in meiner Wohnung gesehen …«

»Du kommst aus dem Sudan, hab ich recht? Wurdest du selber Opfer von diesen … Banden?«

»Dschandschawid«, sagte sie. »Aber das ist keine einfache Bande. Es sind Monster. Sie zerstören, töten und vergewaltigen. Sie kennen keine Gnade. Sie haben meine Familie auf dem Gewissen.«

Lukas hörte ruhig zu. Er konnte sich gut vorstellen, wie Jürgen reagiert hatte. Nichts vermochte ihn mehr zu erschüttern als das Schicksal andere Menschen. Das weckte seinen Gerechtigkeitssinn. Aber was hatte Jürgen sich hierbei erhofft? Alleine einen Krieg zu beenden, der seit Jahrzehnten im Herzen von Afrika tobte?

»Deine ganze Familie?«, fragte Lukas, einer plötzlichen Eingebung folgend.

Cookie sah ihn mit geweiteten Augen an. Sie schniefte immer noch.

»Mein Bruder lebt«, erwiderte sie leise. »Die haben ihn zu einem der ihren gemacht. Jetzt ist er Mitglied in der LRA. Aber er will dort weg, er möchte dieses Leben hinter sich lassen.«

»LRA?«, fragte Lukas.

»Lords Resistance Army. Die Armee des Herrn.« Sie lachte bitter.

»Hattest du Kontakt zu ihm? Hat er dir von dieser

Elfenbeinlieferung erzählt, derentwegen Jürgen im Hafen war?«

Ein zögerliches Nicken kam als Antwort.

»Sollte dein Bruder auch im Hafen sein?«

»Ursprünglich ja, er sollte die Lieferung nach Hamburg begleiten. Aber der Plan wurde geändert und mein Bruder blieb im Sudan. Jürgen ließ sich trotzdem nicht davon abhalten und wollte wenigstens diese Lieferung stoppen. Er kontaktierte ein paar Freunde vom Zoll und sagte denen, es wäre eine Lieferung Elfenbein auf dem Weg nach Hamburg. Zusammen wollten sie sich die Schmuggler schnappen. Jürgen wollte verschwinden, sobald sie damit fertig gewesen wären und wollte seinen Freunden vom Zoll die Lorbeeren dafür lassen.«

»Das hat ja ganz toll geklappt«, sagte Lukas unwirsch.

»Ich habe versucht, ihn aufzuhalten, das musst du mir glauben. Ich habe ihm gesagt, was das für Monster sind, die diese Lieferung begleiten und zu was die imstande sind. Aber er wollte nicht auf mich hören.« Sie schniefte erneut. Tränen liefen über ihr Gesicht.

»Jürgen hat immer getan, was er für richtig hielt«, sagte Lukas. »Diesmal hat er sich jedoch übernommen und dafür mit dem Leben bezahlt. Das können wir nicht mehr ändern, aber wir können wenigstens das zu Ende bringen, was er begonnen hat. Kannst du mit deinem Bruder Kontakt aufnehmen?«

Sie schüttelte den Kopf. »Das ist nicht so einfach. Mein Bruder ist die meiste Zeit irgendwo in der Wildnis, die LRA wechselt ständig ihr Versteck. Ab und zu, wenn er unterwegs ist, um Aufträge zu erledigen, schafft er es, mich zu kontaktieren. Meistens über Handy, aber seine Nummer wechselt ständig.«

»Ich verstehe«, sagte Lukas. »Aber er wird dich sicher bald wieder anrufen, wenn er gehört hat, was heute hier in Hamburg passiert ist.« Lukas bemerkte den fragenden Blick der kleinen Dicken. »Die toten Sudanesen. Das wird sich sicherlich bis zu deinem Bruder rumsprechen.«

Sie nickte ihm zu. »Das wird es. Aber was dann?«

»Wenn er dich dann anruft, musst du ihn unbedingt fragen, was als Nächstes geplant ist und ob er irgendwelche Informationen zu den Kontaktleuten hier in Hamburg hat.«

»Was hast du vor?«

»Na, was wohl: Ich versuche, Jürgens Mörder zu fassen und seinen Job zu Ende zu bringen!« Lukas blickte Cookie mit grimmiger Entschlossenheit an und leerte sein Whiskyglas in einem Zug.

7 / REQUIEM

DER NÄCHSTE TAG hielt für Lukas einige Überraschungen bereit. Die erste war durchaus positiv: Sein Vorgesetzter Harald Oberhofer wurde auf unbestimmte Zeit vom Dienst suspendiert. Wenn man den Gerüchten, die über den Flurfunk eintrafen, Glauben schenken konnte, würde Oberhofer auch nach Ablauf der Suspendierung nicht wieder auf seinen alten Posten zurückkehren. Aber die zweite Überraschung traf Lukas ungleich härter. Die Beerdigung von Jürgen Rebhof sollte in wenigen Stunden stattfinden. Sein Leichnam wurde von der Forensik der Kripo freigegeben. Da die sterblichen Überreste in einem, laut gerichtsmedizinischem Gutachten, desolaten Zustand waren, wurde die Beisetzung sofort anberaumt. Da Jürgen keine Angehörigen mehr hatte, konnte diese Entscheidung schnell umgesetzt werden. So kam es, dass Lukas sich unversehens in einer kleinen Trauerhalle mit angeschlossenem Krematorium am Öjendorfer Friedhof wiederfand. Außer ihm waren nur noch die restlichen vier BKA-Kollegen anwesend. Keiner von ihnen war darauf vorbereitet, weswegen sie alle in mehr oder weniger salopper Alltagskleidung vor dem aufgebahrten Sarg in der tristen Halle standen. Die Vormittagssonne sandte ihre Strahlen durch die bunten Bleiglasfenster und veranstaltete ein kleines Farbenspiel auf dem Sarg. Aus zwei Deckenlautsprechern tönte leise angemessene Klaviermusik. Lukas konnte sich ein Grinsen nicht verkneifen.

»Was gibt's denn so Lustiges?«, raunte ihm Dietmar, einer der anderen vier Kollegen leise zu.

»Das Ganze hier«, flüsterte Lukas, »hätte Jürgen gehasst. Das Letzte, was er sich gewünscht hätte, wäre so eine Spießerbeerdigung gewesen.«

Dietmar lachte laut auf, hielt sich aber schnell die Hand vor den Mund. »Das stimmt wohl. Rebi würde wohl eher die HSV-Hymne bevorzugen.« Er verzog das Gesicht. »Aber er hätte wohl auch vorgezogen, nicht auf so eine miese Art das Leben zu lassen. Ich hoffe, der Drecksack war einer von den Affenärschen, die du gestern abgeknallt hast. Gut gemacht übrigens.« Sein älterer Kollege klopfte ihm anerkennend auf die Schulter.

Lukas blieb stumm. Er konnte mit diesem Lob in keinerlei Hinsicht etwas anfangen. Nicht zum ersten Mal hatte er Menschen getötet. Es war eine Sache, die er eigentlich hinter sich lassen wollte, mit dem Ausscheiden aus der Bundeswehr.

Laute Schritte dröhnten vom Schieferboden durch die Halle, als ein großgewachsener Mann mit silbergrauen Haaren in einem schwarzen Anzug und ebensolchem Mantel, den er in der Armbeuge trug, auf die kleine Trauergruppe zukam. Lukas kannte den Kerl nicht, aber seit heute Morgen war dies wohl sein neuer Chef. Zumindest hatte er ihn kurz im Büro von Oberhofer gesehen.

»Dann wollen wir mal.« Er legte den Mantel auf eine der leeren Holzbänke hinter sich und stellte sich vor sie, seinen Rücken dem Sarg zugewandt. »Möchte einer von Ihnen ein paar Worte über den Kollegen Rebhof sagen?« Der Grauhaarige musterte jeden Einzelnen von ihnen mit seinem regungslosen Gesicht. Zuletzt blickte er Lukas mit hartem Blick an. »Was ist mit Ihnen? Sie waren doch sein letzter Partner, nicht wahr? Wenn Sie ihm schon nicht den Rücken decken konnten, dann erweisen Sie ihm doch wenigstens die Ehre und sagen was Nettes!«

Dies war die dritte und unangenehmste Überraschung an diesem Tag und traf Lukas bis ins Mark. Er war in keiner Weise darauf vorbereitet, dass ihn jemand direkt für Jürgens Tod verantwortlich machte, schon gar nicht auf diese Art. Der Grauhaarige sah ihn weiter mit bohrendem Blick an. Niemand sagte etwas, die anderen Männer schienen über die Vorwürfe gegen Lukas ebenso erstaunt zu sein wie er selbst. Leise klimperte die Klaviermusik im Hintergrund.

»Ich warte«, sagte der Grauhaarige erwartungsvoll in entspanntem Tonfall.

Lukas schaute an dem Mann vorbei auf Jürgens Sarg. Für einen Moment verharrte sein Blick dort, dann sah er dem Grauhaarigen entschlossen in die Augen.

»Jürgen Rebhof war der aufrichtigste und unbeirrbarste Mann, den ich je kennengelernt habe. Er war ein guter Freund. Und er hat etwas Besseres verdient als das hier!« Lukas zog sein Smartphone aus der Hosentasche, startete mit flinken Fingern die Musik-App und drückte auf Play. »Das ist für dich, Jürgen. Viel Spaß auf der anderen Seite!« Die ersten Akkorde von *Highway to Hell* erklangen blechern aus dem Handylautsprecher. Lukas wandte sich von dem Sarg ab und blickte die anderen vier Männer an. »Lasst uns auf Jürgens Wohl anstoßen, ich zahle.« Dann ging Lukas, ohne sich noch einmal zu dem Grauhaarigen umzudrehen, aus der Trauerhalle hinaus.

Einige Stunden und Biere später saß Lukas nur noch mit Dietmar am Tresen von Jürgens Lieblingskneipe auf St. Pauli. Für den Rest des Tages hatten sie alle beschlossen, sich freizunehmen und den Tag in der Kneipe ausklingen zu lassen.

»Bringst du uns noch mal zwei Korn?«, sagte Dietmar an die Barfrau gerichtet. »Kannst du auf meinen Deckel schreiben.«

»Aber sicher doch.« Schnell standen zwei gefüllte Schnapsgläser vor ihnen.

»Darauf, dass du es dem Wichser vorhin gezeigt hast!« Dietmar hob sein Glas.

Lukas ergriff seinen Korn, stieß mit ihm an und trank aus.

»Diesen Arsch werden wir jetzt wohl öfter sehen«, sagte Lukas mit schwerer Zunge. »Ist wohl der Ersatz für Oberhofer. Kommt direkt aus Wiesbaden.«

»Verdammte Schande«, knurrte Dietmar und nahm einen Schluck Bier. »Ich meine, Oberhofer konnte ich auch nicht ausstehen, aber was der andere Typ da vorhin abgezogen hat …« Er schüttelte den Kopf.

»Der wollte sich doch nur aufspielen. Ich kenne Typen wie den, beim Bund gab's einige davon. Der muss bestimmt irgendwelche Komplexe wettmachen.«

»Mag sein«, sagte Dietmar nachdenklich. »Oder - er hat einfach nur einen kleinen Schwanz!« Sie lachten beide lauthals los. Es war Jürgens Lieblingssatz gewesen, den er gerne auf alles und jeden angewandt hatte, sobald sich jemand zierte, bei einer Feier oder Ähnlichem mitzumachen. Lukas wischte sich eine Lachträne aus dem Augenwinkel weg, da bemerkte er, wie ein neuer Gast die Kneipe betrat.

»Scheiß die Wand an - da ist er schon wieder!« Dietmar drehte sich zu dem Grauhaarigen um, der sie schon erspäht hatte und direkt auf sie zuhielt.

»Das muss doch jetzt echt nicht sein«, zischte Dietmar ihm leise zu.

»Das sehe ich aber anders, Herr Bruckmann«, sagte der Grauhaarige an Dietmar gewandt, als er bei ihnen ankam. Er trug einen Stoffbeutel unter dem Arm, den er auf den Tresen mittig zwischen Lukas und Dietmar abstellte. Dann zog er sich einen freien Hocker heran, legte seinen schwarzen Mantel darüber und nahm Platz. »Nettes Etablissement hier. Ob die auch ein Bier für mich haben?«

Lukas hob die Hand und spreizte drei Finger ab. Die Bardame nickte ihm zu.

»Vielen Dank, Herr Horn«, sagte der Grauhaarige, als die Barfrau das Bier brachte. »Lassen Sie uns auf Jürgen Rebhof anstoßen. Der beste verdammte Polizist, den ich je gekannt habe.«

Lukas schaute verwundert zu Dietmar hinüber, der jedoch nur mit den Schultern zuckte. Ihr neuer Vorgesetzter setzte sein Bier ab und stellte es neben seinen Stoffbeutel auf den Tresen.

»Sie kannten Jürgen?«, fragte Lukas schließlich.

»Oh ja. Sehr gut. Wir sind gemeinsam bei der Bundeswehr gewesen und danach beide zum BKA gewechselt. Dann hat es uns leider auf unterschiedliche Wege verschlagen.« Er hob seine rechte Hand und wackelte mit dem Ringfinger, an dem ein weißgoldener Ring steckte. »Wir hatten den Kontakt immer gehalten, aber es ist eben nicht dasselbe, als wenn man zusammen Dienst schiebt.« Er seufzte. »Nun bin ich hier, um ein letztes Bier gemeinsam mit Jürgen zu trinken.« Seine rechte Hand griff nach dem Stoffbeutel und holte eine bronzefarbene Urne hervor.

»Sagen Sie jetzt nicht, dass der Jürgen da drin ist«, brummte Dietmar erschrocken.

»Und ob. Ich habe im Krematorium gewartet, bis die Einäscherung vorbei war und habe ihn dann mitgenommen.«

»Ist das erlaubt?«

Der Grauhaarige lächelte Dietmar an. »Was glauben Sie? Aber für irgendwas müssen unsere Dienstausweise doch gut sein, oder nicht?« Er ließ ein lautes Lachen folgen, das Lukas von der Art her stark an Jürgen erinnerte. »So, jetzt bestelle ich uns noch eine Runde Kurze. Fräulein, bitte einmal vier Korn, danke!«

»Warum vier? Der Jürgen trinkt doch nicht mit«, sagte Dietmar. Lukas allerdings ahnte, wofür der vierte Korn gedacht war.

»Hier bitte, Ihr Korn, Herrlein«, sagte die Bedienung knatschig und stellte die vier Gläser auf den Tresen. Ihr Blick fiel auf die Urne. »Was ist denn das für'n Ding? Ist doch hoffentlich nicht gefüllt?«

»Keine Angst, gnä' Frau«, sagte der Grauhaarige gutgelaunt. »Wir planen gerade eine Überraschung für einen Freund und dieses Utensil gehört dazu. Machen Sie sich keine Sorgen.« Er zog einen Fünfzig-Euro-Schein aus der Tasche und hielt ihn ihr entgegen. »Gleich noch mal dasselbe, bitte. Stimmt so.« Die Bardame zuckte mit den Schultern, griff nach dem Schein und machte sich von dannen.

»Dann wollen wir mal.« Er schob einen Korn jeweils zu Dietmar und Lukas und einen nahm er in die Hand. »Auf dich, Jürgen, du alter Halunke!« Dann öffnete er den Deckel der Urne und kippte den Korn hinein. Es staubte leicht auf. »Glauben Sie, das hätte Jürgen besser gefallen?«, fragte er Lukas.

»Absolut«, erwiderte Lukas grinsend. »Das hätte in seinem Testament gestanden, wenn er eins gehabt hätte. Mittendrin statt nur dabei.«

»So ist es«, sagte der Grauhaarige. »Ich habe mich Ihnen ja noch gar nicht vorgestellt. Victor Stralau.«

»Freut mich, Herr Stralau. Unsere Namen kennen Sie ja bereits«, sagte Lukas grüblerisch. »Können Sie mir jetzt sagen, was dieser Auftritt in der Trauerhalle vorhin bezwecken sollte?«

Der Grauhaarige grinste. »Ganz einfach. Ich wollte sehen, wie Sie reagieren. Jürgen hat mir zwar einiges von seinem neuen Partner erzählt, aber ich musste mir selbst einen Eindruck verschaffen.«

»Also sind Sie jetzt unser neuer Chef?«, wollte Dietmar wissen.

»Nur vorübergehend. Ich bin nur wegen einer Sache aus Wiesbaden auf eigenen Wunsch hierher versetzt worden: um den Mord an Jürgen aufzuklären. Und dafür werde ich Ihre Hilfe benötigen.« Stralau blickte erst Dietmar an und dann Lukas. »Kann ich auf Sie zählen?«

»Aber sicher doch.« Dietmar kippte seinen Korn in einem Zug herunter. »Oder, Lucky?«

Lukas schaute schmunzelnd zu Dietmar hinüber. Dessen Nase begann langsam zu glühen. Außerdem hatte er ihn noch nie zuvor mit seinem Spitznamen angesprochen.

»Alles gut bei dir, Didi?«, fragte Lukas.

»Wenn du mich so fragst … Ich verschwinde mal kurz für Königstiger. Bestellt schon mal die nächste Runde!« Mit schwankendem Gang steuerte Dietmar auf die Toilette der Kneipe zu.

»Ich warte noch auf Ihre Antwort, Herr Horn«, sagte Stralau ungerührt.

Lukas nahm das Schnapsglas vor ihm in die Hand und hob es sich vors Auge. Dann trank er den Korn aus. »Sie kennen die Antwort doch schon. Natürlich will ich Jürgens Mörder zur Strecke bringen. Aber mir ist nur noch nicht ganz klar, was genau Sie bezwecken wollen? Im Gegensatz zu Ihnen hat Jürgen mir nie von einem Freund in leitender Position im BKA-Hauptquartier erzählt.«

»Touché! Ich muss zugeben, wenn Jürgen heute noch am Leben wäre, würde er sicherlich nicht mit mir hier am Tresen sitzen. Er würde wohl eher versuchen, mir den Barhocker rektal einzuführen.« Stralau nahm einen Schluck von seinem Bier und betrachtete dann seinen Ehering. »Ich habe ihm die Frau ausgespannt. Das hat er mir nie verziehen. Aber einmal im Jahr, zu seinem Geburtstag, habe ich ihn angerufen. Nachdem er mich dann ein paar Minuten lang beschimpft und beleidigt hatte, konnten wir sogar ein wenig reden. Es war zwar nicht so wie früher, aber … Na ja. Bei meinem letzten Anruf vor fünf Monaten erzählte er ein wenig von Ihnen. Nicht viel, aber es war klar erkennbar, dass er von Ihnen schwer beeindruckt war und viel von Ihnen hielt. Deswegen glaube ich, dass Sie der Richtige sind, um seinen Mörder zu schnappen.«

»Normalerweise gilt man doch als befangen. Sind Sie auch der Grund dafür, dass meine Vorgesetzten hier in Hamburg so schnell von mir abgelassen haben, nach dem Einsatz gestern?«

»Sie haben genau richtig gehandelt. Wer weiß, was sonst passiert wäre? Deswegen brauche ich jemanden wie Sie für den Fall. Es muss schnell und entschlossen vorgegangen werden und ohne falsche Rücksichtnahme!«

»Das klingt fast so, als sollte ich denjenigen, der Jürgen auf dem Gewissen hat, erschießen.« Lukas lachte und nahm einen Schluck Bier.

»Ich kenne Ihre Akte, Horn. Mehrere Jahre bei den Kommando-Spezialkräften. Einzelkämpferausbildung und ein vielfach ausgezeichneter Scharfschütze mit mehr als einem Dutzend bestätigter Tötungen. Sie sind ein perfekt ausgebildeter Killer. Und genau so jemanden brauche ich für diesen Fall!«

»Wie bitte?«

»Ich will, dass Sie das Schwein, das Jürgen getötet hat, zur Strecke bringen!«

8 / ERNÜCHTERUNG

AM NÄCHSTEN MORGEN fuhr Lukas zuerst ins Krankenhaus, um Morten endlich mit seinen Sachen zu versorgen. Der Schädel brummte ihm noch etwas, aber dafür, dass er gestern einiges an Alkohol getrunken hatte, ging es ihm erstaunlich gut. Als er im Krankenhaus aus dem Aufzug stieg und auf dem Flur stand, in dem sich Mortens Krankenzimmer befand, musste er nicht lange suchen. Das Gelächter seines Kollegen dröhnte über den gesamten Flur. Lukas marschierte auf das Zimmer zu, aus dem das laute Lachen kam. Die Tür stand sperrangelweit offen. Morten hatte ein Einzelzimmer bekommen, in diesem befanden sich jetzt drei Krankenschwestern und hingen an Mortens Lippen, während dieser in seiner gewohnt charmanten Art Geschichten erzählte.

»... also hab ich dem Kerl sofort eine übergebraten und gefragt: Schmeckt's jetzt besser?« Die drei Krankenschwestern lachten hingebungsvoll. Lukas war ob Mortens Wirkung aufs schöne Geschlecht immer wieder beeindruckt. Egal in welcher Situation, er schaffte es immer wieder, die Frauen in kürzester Zeit um den Finger zu wickeln. Wahrscheinlich lag es daran, dass er keine Hintergedanken hegte.

Morten drehte den Kopf zur Tür. Sein Grinsen wurde noch breiter, als es ohnehin schon war, als er Lukas erblickte.

»Lucky! Da bist du ja endlich! Komm rein, ich möchte dir drei reizende Damen vorstellen.« Morten winkte ihn herein. »Meine Süßen, das hier ist Lukas, der Kerl, der mir das Leben gerettet hat und der die bösen Jungs danach ganz alleine zur Strecke gebracht hat. Ein echter Teufelskerl - und er ist single!«

Lukas fühlte sich bei Mortens Anpreisungen seltsam unwohl. Unrasiert, mit seiner Alkoholfahne und dem zerknautschten Gesicht machte er sicherlich alles andere als einen guten ersten Eindruck auf die drei hübschen Krankenschwestern. Aber das war ihm letztendlich an diesem Morgen herzlich egal.

»Guten Morgen. Macht es euch was aus, wenn ich mit Morten kurz mal alleine spreche?« Die Blicke der drei Frauen machten Lukas schnell klar, dass es ihnen nichts ausmachte. Als die letzte der drei an ihm vorbei aus dem Zimmer ging, flüsterte sie ihm noch zu: »Zähneputzen hilft!«

»Du hast es immer noch drauf, eine Party zu sprengen«, sagte Morten mit einem Grinsen im Gesicht.

»Entschuldige, dass ich erst heute komme, aber gestern kam Jürgens Beerdigung dazwischen und da ...«

»Wie? Jürgens Beerdigung? Ihr könnt ihn doch nicht einfach so unter die Erde befördern und ich bin nicht dabei!«

»Tut mir leid. Ich wurde auch davon überrascht. Wenn

es dich tröstet, er ist noch nicht begraben, wir haben seine Urne noch bei uns.«

»Er wurde verbrannt? Und du hast seine Asche? Ist echt ein wenig creepy, findest du nicht?« Morten verzog das Gesicht.

»Ja. Aber seine Asche ist nicht bei mir. Unser neuer Chef hat sie, ist etwas komplizierter.« Lukas blickte sich in dem Krankenzimmer um und ließ dabei den Rucksack vom Rücken gleiten. »Wo soll ich dir deine Sachen hintun?«

»Eigentlich brauch ich die Sachen gar nicht mehr«, sagte Morten. »Als du gestern nicht kamst, habe ich die Mädels gebeten, mir das Nötigste zu besorgen. Haben sie auch gerne gemacht.« Morten zwinkerte ihm zu.

»Glaub ich sofort.«

»Jetzt sei nicht eingeschnappt. Stell den Rucksack einfach da vorne in die Ecke und dann erzähl mir mal von Jürgens Beerdigung und vor allem von dem Trinkgelage, das ihr danach veranstaltet habt. Du dünstest ja wirklich aus jeder Pore Alkohol aus!«

Lukas stellte die Sachen weg und holte sich einen Stuhl ran. Er erzählte Morten, was sich gestern alles zugetragen hatte. Oberhofers Suspendierung, der Vorfall im Krematorium und der anschließende Umtrunk, bei dem ihr neuer Chef auftauchte und sich als alter Freund von Jürgen zu erkennen gab. Von seiner Besucherin vorgestern Abend bei sich zu Hause erwähnte er Morten gegenüber nichts.

»Das scheint doch ein netter Typ zu sein, dieser Stralau. Zumindest besser als Oberhofer. Und wenn er ein alter Freund von Jürgen ist, umso besser für uns.«

»Hast du mir gerade nicht zugehört? Er will, dass ich

Jürgens Mörder finde und töte! Er meinte, ich wäre ein Killer.«

»Lukas, meinst du nicht, du übertreibst da etwas? Ihr habt gestern beide ordentlich tief ins Glas geschaut und du weißt, da kann man nicht jedes Wort auf die Goldwaage legen.« Morten schaute ihn mit freundschaftlichem Blick an. »Also mach dir da jetzt nicht zu viele Gedanken drüber und rede nachher noch mal mit ihm - nüchtern!«

»Du warst nicht dabei, Morten. Das war kein Scherz von ihm - das war ihm todernst. Aber ich muss jetzt wirklich los, um zehn habe ich einen Termin mit ihm. Mal sehen, was er dann zu sagen hat.« Lukas stand auf. »Du kommst klar hier?«

»Aber sicher doch, mach dir keine Sorgen. Die Mädels und ich kommen schon klar.« Morten zwinkerte ihm zu. »Außerdem bin ich hoffentlich bald wieder draußen.«

Eine halbe Stunde später betrat Lukas das Büro von seinem neuen Chef Victor Stralau. An der Tür stand immer noch Oberhofers Name und auch innen hatte sich nichts verändert. Hinter dem PC-Monitor am Schreibtisch saß nun freilich ein anderer.

»Lukas, schön dich zu sehen. Und pünktlich dazu. Wie geht's dir? Mir dröhnt der Kopf immer noch ein wenig.« Stralau stand auf und ging um den Schreibtisch herum, um ihn zu begrüßen. Beim gemeinsamen Trauertrunk gestern Abend waren Lukas und sein neuer Vorgesetzter schließlich beim *›du‹* gelandet.

»Geht schon etwas besser. Ich war noch kurz im Krankenhaus, bei Morten Jonasson.« Lukas ergriff die ausgestreckte Hand von Victor Stralau.

»Ah, der Kollege, der von dem Dum-Dum-Geschoss angeschossen wurde. Wie geht es ihm?«

»Soweit bestens, würde ich sagen. Die Frauen liegen ihm zu Füßen.«

»Klingt vielversprechend. Setz dich doch.« Stralau deutete auf den Stuhl vor dem Schreibtisch und ging dann wieder auf seinen Platz zurück. »Ich habe in der Zwischenzeit hier alle Informationen zusammengetragen, die uns bisher vorliegen.«

»Irgendwas dabei, was uns weiterbringt?«, fragte Lukas.

»Nicht viel. Wir konnten weder die Identität der toten Sudanesen klären noch die von dem Toten Nummer vier aus dem Container. Der Schwarze ohne Augen und ohne Ohren.« Stralau machte eine kurze Pause. »Aber wir konnten die Herkunft der Waffen klären. Die Steyr wurden ursprünglich an die russische Armee geliefert. Dort verschwanden sie jedoch vor zwei Jahren aus dem Waffendepot - auf unerklärliche Weise.« Stralau grinste.

»Und nun tauchen sie in Hamburg wieder auf, im Besitz von sudanesischen Elfenbeinschmugglern. Während in Russland irgendein Oligarch sich in diesem Moment mit Elfenbeinzahnstochern die Kaviarreste zwischen den Zähnen herauspult.«

Stralau nickte. »Ist anzunehmen. Aber es ist eine erste Spur - und zurzeit unsere einzige. Die Waffen könnten uns direkt zu Jürgens Mörder führen!«

»Was ist mit der Kugel, die meinen Gefangenen auf der Brücke getötet hat? Die wurde nicht aus einem Steyr abgefeuert, ansonsten wäre von dem Schädel nicht viel übrig geblieben.«

»Die Kugel war ein Kaliber 7.62 x 51mm, abgeschossen anscheinend aus einer Galil Sniper, geschätzte Entfernung zweihundertdreißig Meter.«

»Die Kerle haben einen ausgezeichneten Geschmack, wenn es um Waffen geht«, sagte Lukas grimmig. »Und sie wissen damit umzugehen.«

»So sieht es aus. Wenn du nicht sofort in Deckung gegangen wärst, hätte der Schütze dich vermutlich auch noch ins Visier genommen.«

Lukas nickte. Dieser Gedanke war ihm schon kurz danach gekommen. »Was wird denn jetzt unser nächster Schritt? Viel haben wir nicht vorzuweisen, außer einer Menge Toten.«

Stralau brummte zustimmend mit finsterer Miene. Dann klopfte es an der Tür. Eine junge Frau mit kurzen schwarzen Haaren trat ein und überreichte dem neuen Chef eine schmale Aktentasche. »Das kam gerade von Interpol«, sagte sie und verließ das Büro sofort wieder. Mit schnellem Griff zog Stralau ein Blatt Papier aus der Mappe hervor. Seine Augen bewegten sich schnell, als er die Aktennotiz überflog. Er hob den Blick vom Schriftstück und grinste Lukas an.

»Wie es aussieht, hat sich das Blatt gerade zu unseren Gunsten gewendet. Die Kollegen von Interpol konnten einige der Fingerabdrücke, die wir von den Toten und aus deren Versteck im Lagerhaus genommen haben, eindeutig identifizieren.«

»Und?«, fragte Lukas ungeduldig.

»Ich würde sagen, am besten gehst du jetzt nach Hause«, sagte Stralau, »und packst. Du wirst eine kleine Reise antreten - nach Khartum!«

9 / HAVE GUN, WILL TRAVEL

CAROLINE FUNKELTE ihn aus ihren blauen Augen wütend an, als er am späten Abend bei ihr an der Tür klingelte.

»Lukas! Weißt du eigentlich, wie spät es ist? Emilia schläft schon lange. Was willst du überhaupt hier? Ich dachte, ich hätte mich klar ausgedrückt!«

»N'Abend Caro. Lässt du mich bitte rein, es dauert auch nicht lange, versprochen. Ich möchte nur kurz was abgeben.«

Sie sah ihn misstrauisch an, öffnete die Tür aber schließlich ganz und ließ ihn in den Hausflur. Caro trug bereits ihren Pyjama und darüber einen sehr flauschig aussehenden Bademantel. Als Lukas in den Flur eintrat, kam auch Daniel aus dem Wohnzimmer heraus. Er hatte ebenfalls einen Schlafanzug an, Flanell mit Karomuster, was ihn noch spießiger als sonst aussehen ließ.

»Was ist denn hier los?«, fragte er, als er Lukas erblickte.

»Also - ich warte!« Caro blickte ihn säuerlich an und verschränkte die Arme vor dem Oberkörper.

»Ich muss dienstlich für einige Zeit weg. Deswegen möchte ich, dass du Emilia diesen Brief von mir gibst. Nur damit sie sich keine Sorgen macht.« Lukas holte das Kuvert aus seiner Jackentasche und hielt es Caro entgegen. Die guckte erst skeptisch auf den Briefumschlag, dann zu Daniel und wieder zum Umschlag.

»Ist es so ernst?«, fragte sie schließlich.

»Nein, ich meine, es könnte ... Gibst du ihr den Brief, bitte?«

Caro nahm ihm den Umschlag ab und steckte ihn in die große Tasche ihres Bademantels.

»Wie lange wirst du fort sein?«

»Wenn alles gut läuft, nur wenige Tage. Aber ich werde auf jeden Fall unseren nächsten gemeinsamen Tag verpassen, deswegen ...« Lukas stockte.

»Du bist echt unverbesserlich«, sagte Caro und lächelte ihn so an, wie sie es früher immer getan hatte. »Pass auf dich auf, versprich mir das.«

»Natürlich. Du weißt doch, Unkraut vergeht nicht.«

Er zuckte leicht zusammen, als Caro seine Hand ergriff und leicht drückte. Für einen Moment verlor er sich in ihren blauen Augen, dann zog er seine Hand zurück und drehte sich um zur Haustür. »Ich gehe dann mal. Gib Emilia noch einen Kuss von mir.«

»Mache ich.«

Lukas atmete tief durch, als Caro die Tür hinter ihm schloss. Er schaute auf seine Armbanduhr. Kurz nach zehn. Die Besuchszeit im Krankenhaus war zwar schon vorbei, aber er würde Morten trotzdem einen Besuch abstatten.

. . .

Die diensthabende Stationsschwester wollte ihn zuerst wieder hinauskomplimentieren, aber nachdem Lukas mit Nachdruck auf den Besuch bestand und seinen Ausweis vorzeigte, ließ sie ihn schließlich gewähren. Morten lag wie erwartet noch wach im Bett und schaute sich ein Fußballspiel im Fernsehen an.

»Je später der Abend, desto schöner die Gäste!«

»Danke. Wie steht's?«, fragte Lukas.

»Ach, immer noch null zu null. Wenn der HSV im Europapokal spielen würde, wären sicherlich schon mehr Tore gefallen - für den Gegner!« Morten grinste. »Was verschafft mir die späte Ehre deines Besuchs?«

»Wir haben eine Spur von Jürgens Mördern.«

»Das ist doch super. Wann schnappt ihr euch die Mistkerle? Ich hoffe, ich kann mit dabei sein.«

Lukas lächelte seinen Kumpel an. »Das wird nichts werden. Ich fliege morgen los.«

»Wie, du fliegst los? Wohin?«

»Interpol hat ein paar der Toten identifizieren können. Die Männer kamen aus dem Sudan und jetzt haben wir sogar Adressen. Ich werde nach Khartum fliegen und dort vor Ort versuchen, die Hintermänner zu finden.«

»Soll das ein Witz sein? Du alleine fliegst dort hin? Dort erwarten dich sicher noch einige Kerle mehr und wahrscheinlich alle bis an die Zähne bewaffnet!« Morten schüttelte den Kopf.

»Keine Sorge. Deswegen habe ich auch zuerst einen Termin mit den Sicherheitsbehörden in Khartum. Ich soll sie um Unterstützung bitten.«

Morten lachte lauthals auf. »Dir ist schon klar, dass der

Sudan eines der korruptesten Länder der Welt ist? Für ihren Präsidenten liegt seit Jahren ein Haftbefehl in Den Haag am Internationalen Gerichtshof. Die werden dir nicht helfen, es sei denn, du kannst sie bestechen!«

Lukas nickte. »Ich weiß. Aber Stralau sagte, er wollte sich darum kümmern, mir eine gute Verhandlungsposition zu verschaffen.«

»Ach? Wie will er das denn schaffen?« Morten blickte Lukas mit großen Augen an. »Wenn du mich fragst, flieg nicht dorthin! Nicht alleine. Warte, bis ich wieder fit bin, und ich begleite dich.«

»So lange können wir nicht warten. Noch ist die Spur heiß.«

»Toll. Wenn du ihr folgst, wirst du bestimmt bald kalt.«

»Alter Pessimist. Mach dir keine Sorgen um mich, ich komm schon klar. Man nennt mich nicht umsonst ›Lucky‹!« Lukas konnte sich ein Grinsen nicht verkneifen.

»Um dich sorge ich mich nicht, du bist alt genug. Aber was ist mit Emilia?«

»Ich habe vorgesorgt. Ich war vorhin noch bei Caro. Vertrau mir, es wird sicherlich glattgehen.« Er machte eine Pause. »Aber nur für den Fall, dass nicht: Ich habe dich als Vormund für Em' eingesetzt.«

Morten blickte ihn erstaunt an. »Das wird bestimmt einigen Beef mit Caro geben.«

»Natürlich. Es sind ja auch nur begrenzte Rechte. Aber trotzdem wäre mir wohler, wenn ich wüsste, dass du dich für sie einsetzt.«

»Das ist dein Ernst, oder?« Mortens prüfender Blick lag auf ihm.

»Absolut.«

»Abgemacht. Ich mach's. Aber es wird ja nicht nötig sein, da du ja eh wiederkommst, richtig?«

»Richtig.« Lukas lächelte. »Und jetzt, quasi als Besiegelung unseres Paktes …« Er zog aus seiner linken und rechten Jackentasche je eine Dose Bier.

Erneut jauchzte Morten laut auf. »Ich hab schon so was geahnt. Das, oder dass du total scharf auf mich bist.« Er nahm eine der Dosen und öffnete sie sofort. »Das ist genau das Richtige jetzt. Setz dich doch endlich, wir gucken uns das Spiel gemeinsam zu Ende an.«

»Prost!« Lukas setzte sich ans Fußende des Bettes.

»Und nach dem Spiel …«

»Denk nicht mal im Traum daran!«

10 /MACHTLOS

SUDAN

DRAUSSEN HÄMMERTEN GEWEHRSALVEN durch die Nacht. Gemeinsam mit erstickten Schmerzensschreien und grausamem Gelächter verschmolz alles zu einer Sinfonie des Schreckens. Pater M'Dele sprach ein stilles Gebet und blickte sich zu dem Altar in seiner kleinen Kirche um. Er sah verängstigte Augenpaare von einem Dutzend Frauen und Kindern, die es geschafft hatten, vor dem Angriff bei ihm Zuflucht zu suchen. Die Frauen hielten ihren Kindern die Hände vor die Ohren. Der Pfarrer wollte etwas sagen, irgendetwas, um sie zu beruhigen. Aber er wusste, dass es keine Worte gab, die in dieser Situation helfen würden. Ein laut gellender Schrei ließ M'Dele wieder zur Tür herumfahren. Etwas - oder jemand - schlug gegen die Tür. Dann brach ein Schuss. Es folgte Stille. Einige der Kinder in seiner Kirche weinten. Vor der Tür brüllte jemand Befehle. Donnernde Schläge ließen das kleine Kirchenportal erzittern und beim dritten Schlag gab die Tür nach.

»Herr, lass mich jetzt nicht alleine«, flüsterte M'Dele.

Er stand breitbeinig im Kirchgang, direkt vor dem Altar, ein schützendes Schild für seine Schäfchen gegen das Böse vor seiner Kirche. Dann öffnete sich die Tür und sie betraten die Kapelle. Vier Kinder. Zwei von den Jungs erkannte der Pater wieder. Es war nicht lange her, als er sie getauft hatte und doch war es eine Ewigkeit. Die vier Jungen kamen langsam auf ihn zu. Sie trugen tarnfarbene Uniformen und jeder von ihnen hielt ein Maschinengewehr in den Händen. Einen Meter vor ihm blieben sie stehen und sahen ihn verächtlich an, sagten jedoch kein Wort.

»Was wollt ihr hier? Das ist das Haus Gottes und niemand kann hier einem anderen etwas zuleide tun, ohne den Zorn des Herrn auf sich zu ziehen! Geht wieder und vollbringt euer schändliches Werk woanders. Ich werde für eure Seelen um Vergebung beten.« Mit lauter, fester Stimme und erhobenen Händen redete der Pater auf die vier Jungen ein. Ihre Kleidung war von Blutspritzern übersät. Er blickte Debi, dem größten der vier, dabei in die Augen. Er zeigte keine Regung.

»Beten solltest du nur für dich selbst, Pfaffe!« Ein Mann betrat die Kirche. Er trug ebenfalls eine Uniform und ein rotes Barett auf dem Kopf. »Das sind keine verblendeten Jünger Jesu mehr. Ich habe ihnen die Augen geöffnet und gezeigt, welche Macht auf Erden wirklich herrscht.« Ein breites Grinsen zeigte sich im Gesicht des Mannes, den der Pater als Mikel Ingwon erkannte. Die rechte Hand des Teufels.

»Verlasst das Haus Gottes. Ihr habt genug Unheil über dieses Dorf gebracht. Verschwindet und kehrt nicht zurück!«

»Das werden wir tun. Wenn du zur Seite trittst und uns die Frauen und Kinder überlässt.«

»Niemals! Sie stehen unter der Obhut des Herrn.«

»Deine letzte Chance, Pfaffe. Geh beiseite und wir werden dein Leben verschonen.«

Pater M'Dele blickte Ingwon fest in die Augen. »Nein!«

»Nun gut, legt die Waffen nieder«, befahl Ingwon den vier Jungs. Die befolgten den Befehl sofort. »Zeigt dem einsamen Hirten hier, was ihr gelernt habt.«

Alle vier zogen eine Machete aus ihrem Gürtel. Debi, der größte der Jungs, richtete die Spitze der Machete auf ihn.

»Vater unser im Himmel. Geheiligt werde dein Name«, begann M'Dele laut vorzutragen.

»Das rettet dich nicht«, sagte Ingwon belustigt. »Tötet ihn.«

»Dein Reich komme, dein Wille ...«

Dann traf ihn der erste Schlag. Die Machete drang tief in seinen rechten Unterarm ein, bis auf den Knochen. Er schrie auf. Doch ungerührt stürzten die vier Jungs sich auf ihn. Immer wieder ließen sie die Macheten auf ihn niederfahren.

»Genug. Das reicht. Jetzt bringt mir seinen Kopf«, sagte Ingwon zufrieden, nachdem seine vier Adepten den Pfarrer getötet hatten. Mit einem gezielten Schlag trennte Debi den Kopf des Pfaffen von seinem Rumpf. Dann packte er den Schädel an den krausen Haaren und brachte ihn zu seinem Anführer. »Sehr gut. Du bist ab sofort ein echter Mann«, lobte Ingwon den Dreizehnjährigen. Er nahm den Kopf des Pfarrers entgegen und ging damit auf die Frauen und Kinder zu, die immer noch hinter dem Altar der Kirche hockten und vor Furcht zitterten. Ingwon hielt den Schädel in die Höhe. Blut tropfte aus dem Hals.

»Hier seht ihr, was passiert, wenn sich mir jemand widersetzt. Niemand anderes herrscht hier, außer mir. Habt ihr das verstanden? Ihr werdet mir folgen und ich werde euch den einzig wahren Weg zur Erlösung zeigen.« Er legte den Schädel auf dem Altar ab. »Jetzt raus mit euch!«

Von panischer Angst getrieben, rannten die Frauen mit ihren Kindern an ihm vorbei aus der Kirche ins Freie. Dort liefen sie seinen johlenden Männern in die Arme. Die Frauen kreischten laut, als sie von ihren Kindern getrennt und zu Boden geworfen wurden. Mehrere Männer stürzten sich auf eine Frau und rissen ihr die Kleider vom Leib. Brutal nahmen sie sich, was sie wollten. Ingwon ließ seine Männer gewähren. Er strich dem Kopf des Pfarrers durch das Haar.

»Brennt das Dorf nieder«, sagte er an die vier Jungs gewandt, »außer der Kirche. Alle sollen sehen, zu was wir im Stande sind.«

11 /UP AND DOWN

LUKAS STRECKTE SICH, so weit es die Enge der Sitzreihen im Flugzeug zuließ. Seit nunmehr drei Stunden war die Maschine in der Luft auf dem Weg nach Istanbul. Dort sollte er umsteigen und weiter nach Khartum reisen. Verdrossen blickte Lukas aus dem kleinen Fenster der Boeing. Vor dem Start am Mittag in Hamburg hatte er noch eine Besprechung mit Stralau gehabt. Was er diesmal mitgeteilt bekam, ließ ihn seinen Auftrag in einem anderen Licht sehen. Aber Lukas beschloss für sich, die Entscheidung über dessen Erledigung erst vor Ort in Khartum abzuwägen. So hatte er es zwischen den Zeilen auch Stralau mitgeteilt. Wie er es schon die letzten zwei Tage gewohnt war, überraschte ihn sein neuer Chef auch diesmal, indem er ihm eine Begleitung für die Reise zuwies. Lukas staunte nicht schlecht, als Chinemerem, genannt Cookie, in das Büro trat und sich ihm förmlich vorstellte als eine Mitarbeiterin des Hamburger Zolls. Einen Augenblick lang hatte er mit dem Gedanken gespielt, Stralau zu sagen, dass er bereits das Vergnügen gehabt hatte, aber die kleine Frau wirkte so ernst und völlig anders, als bei ihrem ersten Treffen, dass er die Möglichkeit verwarf. Sie sollte ihm vor allem bei der Kommunikation unterstützen, sagte Stralau, schließlich sprach sie die Landessprache. Aber natürlich hatte auch der Hamburger Zoll zwei Beamte bei dem Massaker im Hafen verloren. Weshalb dann allerdings nur eine kleine, untersetzte Frau als seine Begleitung mitreiste, wollte Lukas nicht in den Sinn.

»Woran denkst du gerade?«, riss ihn Cookies Frage aus den Gedanken. Er drehte sich vom Fenster weg und sah sie an. Bisher hatten sie keine fünf Minuten miteinander Worte gewechselt. »Du bist bestimmt sauer, oder?« Sie grinste ihn dabei unverfroren an.

»Was denkst du denn? Du hast mich belogen! Alles, was du über deinen Bruder erzählt hast, dabei warst du Jürgens Kontaktperson. Du hast ihm direkt die Informationen über das Elfenbein zukommen lassen. Von dir hat er alle bekommen. Es war einzig und alleine deine Schuld, was da passiert ist, habe ich recht?« Nur mühsam gelang es Lukas, sich zu beherrschen.

»Nein, du irrst dich«, verteidigte Cookie sich. »Ja, es ist richtig, dass ich Jürgen direkt deswegen kontaktiert hatte. Ich kannte ihn schon länger von den HSV-Heimspielen und wir kamen ins Gespräch, über unsere Arbeit. Er war so ein aufrichtiger Kerl, er wollte mir helfen, aus diesem Teufelskreis auszubrechen.«

»Du hast dafür gesorgt, dass die Elfenbeincontainer immer durch den Zoll kamen, ist es nicht so?« Lukas blickte sie voller Wut an. Sie senkte den Blick, nickte nur einmal kurz.

»Ich hatte keine Wahl«, flüsterte sie. Eine Träne lief an

ihrer Nase entlang und tropfte von der Spitze herab. »Sie hatten meine Familie in ihrer Gewalt. Aber nun nicht mehr. Sie sind tot. Hingerichtet, um mich für den Verrat zu bestrafen. Auch das ist eine Schuld, mit der ich nun leben muss. Ich bin für all das verantwortlich. Die Toten im Hafen, die toten Polizisten und meine Mutter und meine Tante.« Die Tränen flossen ihr nun unaufhörlich aus den Augen. Lukas zog ein Stofftaschentuch aus der Hosentasche und reichte es ihr. Nun tat sie ihm leid.

»Wie lange schon?«

»Vor zwei Jahren bekam ich eine Nachricht aus dem Sudan. Mir wurde unmissverständlich mitgeteilt, dass ich, wenn ich meine Familie retten wollte, dafür sorgen müsste, dass bestimmte Container ungehindert die Zollkontrollen passieren können.«

»Und warum hast du jetzt damit aufgehört? Dir muss doch klar gewesen sein, was dann passiert.«

Cookie schniefte laut. »Es gab seit Wochen keine Lebenszeichen mehr. Von einem Freund aus dem Sudan habe ich erfahren, dass meine Mutter und meine Tante von der LRA abgeholt worden sind und seitdem nicht mehr in unserem Dorf auftauchten. Sie sind wahrscheinlich schon länger tot.« Sie sah ihm mit trotzigem Blick in die Augen. »Also habe ich Jürgen gesagt, wann die nächste Lieferung in Hamburg ankommt. Ich habe versucht, mit der LRA zu verhandeln, aber zwecklos.«

»Aber die haben Lunte gerochen und ein Mordkommando mitgeschickt.«

»Nein, nein.« Sie schüttelte energisch den Kopf. »Die Fracht wird immer von einem Trupp begleitet. Sie haben versucht, mich hinzuhalten, sagten mir, dass es meiner Mutter gut gehe. Alles Lügen. Aber selbst wenn nicht, wie lange sollte ich dieses Elend noch weiter ertragen? Diese Schuld, die ich auf mich geladen habe, kann ich niemals wiedergutmachen. Ich habe einen Pakt mit dem Teufel geschlossen und meine Seele ist bereits in der Hölle!«

»Warum willst du mit mir in den Sudan?«, fragte Lukas.

»Weil ich wenigstens einen Teil meiner Schuld zurückzahlen möchte. Für Jürgen. Für meine Mutter. Ich möchte diesen Mistkerl eigenhändig töten.« Sie sah ihm entschlossen in die Augen. »Außerdem würdest du ohne mich dort richtig Probleme bekommen. Du hast doch keine Ahnung, wie es dort zugeht!«

Mit finsterer Miene starrte Lukas wieder aus dem Fenster. Den Rest des Fluges verbrachten sie schweigend. Auch nach dem Umsteigen am Istanbuler Flughafen und während des Weiterfluges nach Khartum verschwendete Lukas keine Worte mehr an Cookie. Er studierte die Unterlagen, die Stralau ihm mitgegeben hatte. Es war nicht sehr viel, aber immerhin hatte er die Namen von zwei toten Sudanesen.

Die Boeing erreichte den Khartum International Airport planmäßig am späten Abend. Der Flughafen versprühte den Charme eines Provinzflughafens. Alles sah irgendwie heruntergekommen und unfreundlich aus. Er fühlte sich an Afghanistan erinnert. Gemeinsam mit Chinemerem pilgerte er mit den anderen Reisenden zur Passkontrolle am Einreiseschalter. Was Lukas sofort auffiel, waren die vielen Sicherheitskräfte. Sie trugen blaue Uniformen und beäugten die Einreisenden mit mürrischen Blicken. Am Schalter der Passkontrolle saßen zwei Beamte, die sich jede Menge Zeit für die Prüfung der Pässe der Reisenden nahmen. Als Lukas endlich an der Reihe war und seinen Reisepass zusammen mit seinem BKA-Dienstausweis vorlegte, sahen ihn die beiden Beamten misstrauisch an. Einer griff sich den Reisepass und fuhrwerkte mit seinen Fingern auf der Plastikoberfläche herum. Er kratzte mit dem Fingernagel über das Foto und schob den Ausweis dann unter den Tresen des Schalters. Der andere hielt den BKA-Ausweis in der Hand und blickte abwechselnd auf das Foto und dann in Lukas' Gesicht. Der Kollege legte den Reisepass wieder auf den Tresen, setzte seinen Stempel hinein und schob ihn Lukas zu.

»Speak English?«, fragte der Beamte Lukas, was er bejahte.

Mit griesgrämiger Miene und in sehr schlechtem Englisch erzählte der Beamte Lukas, was er innerhalb der nächsten vierundzwanzig Stunden erledigen sollte, wenn er keine Probleme mit den Behörden bekommen wollte. Registrierung im Hotel, bei der Polizei, beim Ministerium für Information und anschließend noch im Aliens Registration Office des Innenministeriums. Da er ausländischer Polizeibeamter war, zudem auch noch im Außenministerium und beim Geheimdienst. Dann drückte er Lukas eine Informationsbroschüre mit Verhaltensregeln in die Hand und winkte ihn durch. Hinter dem Einreiseschalter wartete Cookie bereits auf ihn.

»Das ging ja schneller, als ich dachte«, sagte sie zu ihm. »Neue Freunde gefunden?«

»Reizende Kerle, die beiden«, gab Lukas zurück. »Am liebsten hätten die mich wohl gleich wieder zurückgeschickt.«

»Natürlich, da bist ja auch Giaur - ein Ungläubiger.

Und solche sind hier überhaupt nicht gerne gesehen. Das wirst du noch häufiger zu spüren bekommen.«

Sie gingen weiter zur Gepäckausgabe, holten ihre Koffer vom Gepäckband und starteten dann in Richtung Ausgang. Eine Gruppe von vier Sicherheitsbeamten stellte sich ihnen in den Weg. Einer der Männer streckte seine Hand aus.

»Er will deinen Ausweis«, flüsterte Cookie ihm zu.

»Schon wieder? Aber ich habe doch gerade ...« Ein anderer Mann entriss Lukas seine Reisetasche, während er redete. »Hey!«

»Papers«, brüllte ihm der Mann mit der ausgestreckten Hand entgegen. Langsam holte Lukas seinen Reisepass heraus und reichte ihm den Mann. Während dieser, wie bereits der andere Beamte am Einreiseschalter, mit dem Fingernagel auf dem Plastik herumkratzte, leerte ein anderer seine Reisetasche. Achtlos wurden seine Kleidungsstücke auf den Fußboden geworfen. Schließlich holte der Mann seine Kulturtasche hervor, öffnete diese und filzte den Inhalt penibel. Er drehte die Zahnpastatube auf, presste einen Streifen daraus auf seine Handfläche und roch daran. Dann machte er dasselbe mit dem Rasiergel.

»Okay«, bellte ihn der Mann, der den Reisepass prüfte, nach längerem Warten an und drückte ihm den Ausweis wieder in die Hand. Dann drehte er sich ohne jedes weitere Wort um und ging auf den nächstbesten Reisenden zu. Die drei Männer, die seine Tasche durchsucht hatten, ließen diese einfach so stehen und folgten ihrem Anführer. Dabei trampelten sie noch auf seine Klamotten, die auf dem Boden verstreut lagen. Lukas blickte auf das Chaos vor seinen Füßen.

»Ich beginne dieses Land immer mehr in mein Herz zu schließen«, sagte er seufzend und begann, die verstreuten Sachen wieder in die Tasche zu pressen. Cookie half ihm dabei.

»Sei froh, dass es so schnell ging. Ich habe das schon anders erlebt. Gut, dass du so ruhig geblieben bist. Ein Widerwort und die hätten dich sofort eingesperrt. Oh, schöne Unterhose übrigens!« Sie hielt eine verwaschene Boxershorts mit Star-Wars-Logo in die Höhe und griente schlüpfrig.

»Gib die her«, sagte Lukas und griff danach. Schnell stopfte er alle Sachen wieder in die Reisetasche und dann beeilten sie sich, den Flughafen zu verlassen, um weiteren Schikanen aus dem Weg zu gehen.

Vor dem Flughafen organisierte Chinemerem ihnen ein Taxi. Es war schon dunkel, aber dennoch empfing sie eine drückende Hitze. Lukas wollte nur noch ins Hotel. Der Taxifahrer trug einen Turban und war Inder. Während der Fahrt ins Hotel plapperte er eifrig mit Cookie, die sich sichtlich darüber freute, endlich wieder jemanden zum Reden zu haben. Die Fahrt ging über breite, vom Verkehr ziemlich verstopfte Straßen in Richtung des Zentrums von Khartum. Ungeachtet des Geschnatters zwischen Taxifahrer und Cookie und dem Straßenlärm fielen Lukas schon auf dem Weg mehrmals die Augen zu. Schließlich hielt das Taxi an der Straßenecke, wo ihr Hotel gelegen war. Das ACROPOLE, ein weiß getünchtes Eckhaus mit nur zwei Stockwerken, machte keinen besonderen Eindruck, war aber zumindest einladender als die Absteigen, die Lukas aus anderen Ländern kannte. Das Zahlen überließ er der immer noch eifrig schnatternden Chinemerem. Beim Betreten des ACROPOLE war Lukas dankbar für die gut funktionierende Klimaanlage. Im Foyer des kleinen Hotels saßen einige ausländische Gäste, Lukas sah links eine Gruppe Chinesen um einen Tisch sitzen, während rechts zwei Weiße im Anzug saßen und Zeitung lasen. Er ging auf den kleinen Empfangstresen zu, über dem mittig ein skelettierter Antilopenkopf hing, zu beiden Seiten von je zwei Uhren flankiert, die die Zeiten in anderen Metropolen anzeigten. Cairo, London, New York und Tokyo waren vertreten. Ein gut gebräunter Mann mit grauen Haaren stand hinter dem Tresen und lächelte sie freundlich an.

»Herr Horn und Frau Nyimang? Ich habe Sie schon erwartet.« Er machte einen Schritt zurück zur Wand, wo das Schlüsselbrett hing, und griff zwei Schlüssel von dort. »Hier Ihre Zimmerschlüssel. Zu den Räumlichkeiten geht es dort vorne rechts die Treppe hoch. Auf den Zimmern habe ich die Formulare für ihre Einreisebestätigung bereits vorbereitet hinterlegt. Tragen Sie bitte nur noch die Ausweisnummer nach und geben Sie mir die morgen früh unterschrieben zurück. Um den Rest kümmere ich mich. Mein Name ist Patrice.«

»Vielen Dank, aber woher …«, setzte Lukas zur Frage an, wurde aber sofort unterbrochen.

»Herr Stralau hat bereits vor Stunden hier angerufen und Sie mir angekündigt. Machen Sie sich keine Sorgen, es ist alles vorbereitet.«

Lukas blickte Cookie an, die nur mit den Schultern zuckte, dann die Schlüssel vom Tresen nahm und Richtung der Treppen ging.

»Gute Nacht«, sagte Patrice. »Ich habe mir erlaubt Ihnen einen kleinen Snack und Getränke bereitzustellen.«

Verblüfft und angenehm überrascht folgte Lukas

Cookie die Treppe hinauf. Ihre Zimmer waren nebeneinander in der Mitte des Gangs gelegen. Eine angenehme Frische empfing Lukas in dem kleinen, aber sehr gepflegt wirkenden Raum. Wie Patrice gesagt hatte, stand auf dem kleinen Tisch eine Karaffe mit Eiswasser bereit, neben einem gut gefüllten Obstteller. Lukas griff sich einen Apfel und aß ihn, während er seine Tasche im Schrank verstaute. Dann ging er zum Fenster und blickte auf die Lichter der im Dunkeln liegenden Stadt. Er verspürte eine innere Unruhe, wie er sie nur aus seinen Einsätzen aus Bundeswehrzeiten kannte. Seine rechte Hand glitt zu seinem Oberschenkel. Wie gerne hätte er jetzt eine Waffe hier.

12 / VERHANDLUNGSGESCHICK

AM NÄCHSTEN MORGEN ging es wieder mit dem Taxi durch die Stadt. Erneut quälten sich endlos viele Autos durch die staubigen Straßen Khartums. Wann immer die Wagen im Stau feststeckten, streckten sich den Fahrzeuginsassen bettelnde Hände entgegen. Auch dieses Phänomen kannte Lukas bereits aus seinen Einsätzen. Er beachtete die Bettler, zumeist Kinder, nicht. Sie fuhren weiter und erreichten das Regierungsviertel. Hier standen hin und wieder Akazien oder einige wenige Tamarindenbäume, die mit ihrem ausladenden Geäst Schatten spendeten. Vor einem futuristisch anmutenden Gebäude hielt ihr Taxi an.

»Das ist unser Ziel, hier sitzt der Polizeipräfekt von Khartum«, sagte Chinemerem. Sie war heute kaum wiederzuerkennen. Die wuscheligen Haare hatte sie unter einem Kopftuch versteckt und sie trug ein weites Kleid, das man beim ersten Ansehen mit einem Kartoffelsack verwechseln konnte. Auf Lukas' fragenden Blick sagte sie knapp, sie wolle bei ihrem offiziellen Auftritt bei der obersten sudanesischen Polizeibehörde nicht negativ auffallen, weil sie sich nicht an das Schariarecht hielt, das in Khartum Anwendung fand.

Nachdem sie ausgestiegen waren, bestaunte Lukas das Bauwerk noch eine Weile.

»Das war bestimmt nicht billig«, sagte er, während sie aus der Hitze, die schon am frühen Morgen herrschte, ins Gebäude gingen.

»Der Sudan ist ein an Bodenschätzen extrem reiches Land. Leider nur verdammt ungerecht verteilt, dieser Reichtum«, sagte Cookie resignierend.

»Ist das nicht überall so?«, fragte Lukas und ging weiter durch die Empfangshalle auf den Tresen zu, hinter dem ein mürrisch dreinblickender Mann in einer blauen Wachuniform saß.

»Ahlan wa sahlan«, grüßte Lukas den Wachmann und legte sein offizielles Schreiben, das Stralau ihm mitgegeben hatte, unaufgefordert auf den Tresen. Der Mann musterte Lukas kritisch und warf einen kurzen Blick auf den Brief. Dann griff er zum Telefon. Nach einem knappen Wortwechsel legte er auf und wies zu einer Sitzgruppe, etwa zehn Meter vom Tresen entfernt. Lukas nickte dem Mann freundlich zu, nahm den Brief zurück und ging mit Chinemerem zu den Sitzen hinüber.

»Läuft doch ganz gut bisher.«

»Warte ab, bis wir beim Polizeidirektor drin sind. Ich kann mir nicht vorstellen, dass du dann immer noch so gut gelaunt bist.«

»Sei nicht so pessimistisch«, sagte Lukas. Aber insgeheim konnte er Cookies Schwarzseherei gut nachvollziehen. Er hatte viel über die Korruption der Behörden im Sudan gehört und gelesen. Und vor allem wusste er, dass gerade westliche Länder hier keine große Unterstützung erfuhren. Nicht von einer Regierung, dessen Präsident selbst vor den Internationalen Gerichtshof gestellt werden sollte.

Sie warteten stumm, bis sie nach einer Weile von einem Beamten abgeholt wurden. Dieser brachte sie in den dritten Stock, wo sie erneut auf einer kleinen Holzbank im Flur Platz nehmen mussten. Der Mann verschwand wieder.

Nach einer halben Stunde des Wartens fragte Cookie: »Immer noch so gut gelaunt, du Optimist?«

»Aber klar doch«, erwiderte Lukas gelassen. »Der nette Mann besorgt uns bestimmt gerade nur unseren Passierschein A 38.« Er grinste Cookie launig an, die ihn verwirrt ansah. »Ist ein Zitat aus Asterix, das erkläre ich dir ein anderes Mal. Da kommt er schon zurück.«

Der Mann holte sie ab und brachte sie in ein Büro am Ende des Flures. Dort erwartete sie ein großer, hagerer und sehr hellhäutiger Schwarzer mit einem grauen Vollbart und Glatze.

»Guten Tag, Herr Horn. Mein Name ist Winston Limbani, ich bin der stellvertretende Polizeidirektor von Khartum. Bitte, nehmen Sie doch Platz. Sie natürlich auch, Madame Nyimang«, sagte Limbani in perfektem Deutsch. »Kann ich Ihnen etwas zu trinken anbieten?«

»Nein, vielen Dank«, wehrte Lukas ab. »Ich muss zugeben, ich bin überrascht. Ich hätte nicht gedacht, hier auf Deutsch begrüßt zu werden.«

Der Sudanese lächelte ihn an. »Ich hatte das Vergnügen, einige Jahre in Deutschland zu leben und zu studieren. In Heidelberg. Es bereitet mir immer noch große Freude Ihre Sprache zu sprechen, wenn ich denn eine

Gelegenheit finde. Deswegen besuche ich auch des Öfteren die deutsche Botschaft hier in Khartum.«

Lukas ließ sich in einen der beiden bequemen Ledersessel sinken, die vor Limbanis Schreibtisch standen. Während der Vize-Direktor um den breiten Schreibtisch herumging, wanderte Lukas' Blick durch das großzügig eingerichtete Büro. Die Möblierung erinnerte ihn an seinen Besuch im Kanzleramt. Aber das war das Büro der Bundeskanzlerin und hier war es nur ein höherer Polizeibeamter. Auf einem Sekretärschrank an der Wand entdeckte Lukas einige kunstvoll geschnitzte, gelblichweiße Figürchen. Darüber hing ein imposantes Ölgemälde. Die Szenerie auf dem Bild zeigte eine Elefantenjagd.

»Also, Herr Horn. Dann erklären Sie mir doch bitte noch einmal genauer, weshalb Sie nach Khartum gekommen sind. Ihr Vorgesetzter hat nur einige vage Andeutungen gemacht, dass es sich um Diensthilfe im internationalen Rahmen handelt. Aber Ihnen ist sicher bewusst, dass der Sudan keinerlei Vereinbarungen zu länderübergreifender Zusammenarbeit der Polizeibehörden geschlossen hat. Selbstverständlich werde ich Ihnen aber im Rahmen meiner bescheidenen Möglichkeiten behilflich sein.« Limbani lächelte ihn an. Lukas kannte diese Art des Lächelns. Er hatte es schon bei vielen Politikern gesehen. Es war ein aufgesetztes, unaufrichtiges Lächeln.

»Ein Kollege von mir wurde getötet«, antwortete Lukas direkt, ohne auf Höflichkeitsfloskeln zu achten. »Außerdem noch zwei Beamte des Hamburger Zolls, Kollegen von Frau Nyimang. Die Täter kamen aus dem Sudan. Elfenbeinschmuggler - aber ziemlich massiv bewaffnet. Wir nehmen an, dass die Schmuggler auch mit Waffenhandel in Verbindung stehen.«

Das Lächeln im Gesicht von Limbani war erstarrt. Genau wie Lukas es sich erhofft hatte, als er geradeheraus das Thema zur Sprache brachte.

»Sehr interessante Thesen, die Sie da aufstellen, Herr Horn. Und gewagte noch dazu!« Limbanis Lächeln war nun gänzlich verschwunden. »Gewiss, der Elfenbeinschmuggel ist ein Problem - ein Problem, welches wir übrigens mit vielen afrikanischen Staaten teilen. Sie können sicher sein, dass auch wir ein gesteigertes Interesse daran haben, dies zu unterbinden. Aber es ist eine - wie sagt man so schön? - Herkulesaufgabe. Unsere Regierung hat es sich aber zur Aufgabe gemacht, den Handel mit Elfenbein in den nächsten fünf Jahren einzudämmen.«

Lukas' Blick schwenkte wieder zu den kleinen Elfenbeinfiguren auf dem Sekretär des Vize-Polizeidirektors.

»Das glaube ich Ihnen gerne«, erwiderte er. »Aber mein Hauptanliegen ist nicht der Elfenbeinschmuggel, sondern der Mord an einem BKA- und zwei Zollbeamten. Hierbei benötige ich Ihre Hilfe.«

»Selbstverständlich. Schrecklich sowas. Aber was macht Sie so sicher, dass die Täter aus dem Sudan stammen? Ich kenne die Deutschen. Ein Schwarzer sieht doch für Sie aus wie jeder andere.« Limbani lachte kurz auf. »Ist es nicht so?«

Lukas blickte kurz zu Cookie hinüber, die der Unterhaltung still folgte. Ihr Blick drückte Unbehagen aus. Aber Lukas ließ sich nicht beirren. Er beschloss, Limbanis Spiel mit der Provokation mitzuspielen.

»Nein, absolut nicht. Es gibt bestimmte Unterschiede. Das fängt schon bei den verschieden stark ausgeprägten

Pigmentierungen der Haut an. Bei Frau Nyimangs kräftiger Hautfarbe sieht man ganz deutlich, dass sie ursprünglich aus dem Süden des Sudan kommt. Bei Ihnen hingegen lässt sich eine Abstammung aus dem Norden des Landes nicht verleugnen. Wahrscheinlich vom Stamm der Baggara?« Lukas sah Limbani ungerührt an, holte dann seine Aktenmappe hervor und fuhr fort: »Hier haben wir einige Bilder der Männer, von denen wir annehmen, dass sie aus dem Sudan stammen.« Er verteilte die Bilder, die von den toten Männern im Lagerhaus aufgenommen worden, auf dem Schreibtisch. Limbani warf einen flüchtigen Blick auf die Aufnahmen.

»Das sind tote Männer. Warum kommen Sie zu mir und zeigen mir diese Toten? Wozu brauchen Sie meine Hilfe, wenn Sie doch schon Gerechtigkeit geübt haben?«

»Nun, das lässt sich schnell erklären. Diese Männer sind nur Handlanger gewesen. Mindestens einer von ihnen ist uns entkommen und er hat vorher einen seiner deutschen Kontaktleute erschossen. Von zweien der Toten war es uns möglich, mit Hilfe von Interpol die Identität zu bestimmen.« Lukas zog ein Blatt Papier aus der Mappe. »Den Informationen zufolge handelt es sich bei diesem Mann hier«, er tippte auf das Foto, das ganz links lag, »um Dante Bulam. Er war früher Angehöriger der SPLA und wird seit einigen Jahren, nach der Unabhängigkeit des Süd-Sudan, als Mitglied in Ihrer Regierungsarmee SPAF geführt. Das führt mich zu der Frage: Was macht ein Soldat der sudanesischen Armee in Hamburg mit Elfenbeinschmugglern?«

Limbani nahm das Foto von Bulam in die Hand und lehnte sich langsam in seinen Ledersessel zurück.

»Herr Horn, unsere Streitkräfte sind noch jung. Wir

haben einen langen und kräftezehrenden Bürgerkrieg hinter uns, der, wie Sie sicherlich wissen, in Teilen unseres Landes immer noch aktiv ist. Bei der Zusammenführung der verschiedenen Streitkräfte konnte nicht jeder Soldat so genau einer Eignungsprüfung unterzogen werden, wie es wünschenswert gewesen wäre. Es ist leider nicht auszuschließen, dass sich in unserer Armee einige schwarze Schafe tummeln, die sich unerlaubt von der Herde entfernen.« Ein spöttisches Lächeln zeigte sich im Gesicht des Vize-Polizeichefs.

»Um dann in fremden Ländern den Schafspelz abzulegen und wie tollwütige Wölfe zu wildern beginnen?«, fragte Cookie unvermittelt. Ihre Unterlippe zitterte leicht.

»Was erlauben Sie sich!« Limbani erhob die Stimme. An seiner Schläfe trat die Ader deutlich pochend hervor. »Halten Sie gefälligst Ihren Mund oder ...«

»Oder was?«, fragte Cookie herausfordernd.

»Sie werden es bereuen«, zischte Limbani sie an. Er blickte wieder zu Lukas. »Außerdem bin ich nicht für die Armee zuständig, sondern nur für die Polizei. Und glauben Sie mir: Dies ist schon Arbeit genug.«

»Selbstverständlich. Aber wir haben ja auch noch einen zweiten Toten identifizieren können.» Lukas tippte ungerührt auf ein Bild auf dem Schreibtisch, das einen weiteren Toten aus dem Lagerhaus zeigte. »Kasim Merghani. Auch er war früher in der Volksbefreiungsarmee, aber er wechselte danach zur Polizei. Wenn die Daten von Interpol stimmen, dann ist er hier in Khartum eingesetzt gewesen. Vielleicht kennen Sie ihn genauer? Auf jeden Fall sollten Sie für ihn zuständig sein.«

Limbani legte die Hände zusammen und streckte beide Zeigefinger aus. Es sah aus, als würde er eine Pistole damit nachempfinden. Er führte die Finger an sein Kinn und blickte einen Moment lang auf das Bild.

»Sie haben recht, Herr Horn. Ich kenne ihn. Aber verantwortlich für ihn bin ich nicht. Merghani wurde vor zwei Monaten aufgrund einer internen Untersuchung verschiedener Kriegsverbrechen beschuldigt. Leider entzog er sich seiner drohenden Verhaftung und verschwand. Seitdem galt er als flüchtig und durfte von jedem Polizeibeamten in unserem Land sofort erschossen werden.« Limbani griff zu seinem Telefon und sagte einige Sätze auf Arabisch. Er legte auf und blickte Lukas an. »Ich habe da etwas Interessantes für Sie.«

Lukas schaute zu Cookie hinüber, die sich nach ihrem Gefühlsausbruch wieder im Griff hatte. Kurz darauf öffnete sich die Bürotür und eine junge Frau betrat den Raum. Sie brachte dem Vize-Polizeichef eine Aktenmappe, danach wandte sie sich zum Gehen um, aber Limbani wies sie an zu bleiben, während er in der Akte blätterte.

»Sehen Sie, hier ist der offizielle Haftbefehl für Merghani. Frau Nyimang kann dies sicherlich für Sie übersetzen.«

Cookie griff sich das Blatt Papier, das Limbani ihnen entgegenstreckte. Lukas konnte währenddessen seinen Blick nicht von der jungen schwarzen Frau abwenden, die mit verschämt gesenktem Kopf neben dem Schreibtisch stand. Es war offensichtlich, dass sie lieber gegangen wäre. Als Lukas das Gesicht der Frau genauer sah, erkannte er sofort, weshalb. Sie hatte keine Lippen mehr, auch die Ohren waren nur noch bruchstückhaft vorhanden und ihre Nase war ein kleiner, verkümmerter Stumpen.

»Starren ist unhöflich, Herr Horn«, tönte Limbanis Stimme verächtlich, als er seinen Blick bemerkte.

»Sie wollten doch, dass ich sie sehe. Oder etwa nicht?« Lukas sah unerschütterlich zu Limbani. »Aber was wollen Sie damit bezwecken?«

»Dies ist meine Sekretärin, Zenabu. Sehen Sie, was ihr angetan wurde? Und es sind Männer wie Merghani, die dafür verantwortlich sind. Unser Land hat schwere Zeiten hinter sich, aber noch viele weitere schmerzhafte Jahre vor sich. Und manche Wunden verheilen nie. Deswegen verzeihen Sie mir, wenn ich Ihrem Anliegen nicht genügend Beachtung beimesse, aber für mich ist das Wohl meiner Landsleute vorrangig. Und dass ihnen Gerechtigkeit widerfährt. Damit so etwas wie bei Zenabu nie wieder passiert!«

»Dann wollen wir beide doch dasselbe«, sagte Lukas. »Wenn Sie mir helfen, die Hintermänner von Merghani und Bulam ausfindig zu machen, können wir vielleicht Waffenlieferungen und damit weiteres Leid verhindern.«

»Dasselbe? Nein, Sie wollen nur kurzfristig Ihren Fall aufklären, aber mir geht es um die Interessen meines Landes. Sie sind nur ein weiterer Kerl aus der westlichen Welt, der glaubt, diesen jahrzehntelang andauernden Konflikt durch ein paar Festnahmen beenden zu können. Dabei sind es Ihre Leute, die immer wieder neues Öl ins Feuer gießen. Sie sind die wahren Bellizisten. Sie halten uns klein und schwach, dadurch, indem sie dafür sorgen, dass unser Konflikt kein Ende finden kann.«

Bevor Lukas etwas auf die Vorwürfe entgegnen konnte, legte ihm Chinemerem die Hand auf den Arm.

»Der Haftbefehl für Merghani ist vor zweieinhalb Monaten ausgestellt worden. Hier steht auch, dass er flüchtig war und in Verdacht stand, sich der LRA angeschlossen zu haben.« Sie reichte Limbani das Papier zurück, das dieser wieder in die Mappe heftete und diese dann seiner Sekretärin übergab. Mit einem Handzeichen entließ er die unglücklich dreinblickende Frau aus der ihr unangenehmen Situation.

»Sie sehen, Herr Horn, dass ich Ihnen nicht helfen kann«, sagte Limbani. »Vor diesem Hintergrund ist ein längerer Aufenthalt Ihrerseits hier im Sudan nicht notwendig. Ich empfehle Ihnen daher, morgen wieder ein Flugzeug zurück nach Deutschland zu besteigen.«

»Ist diese Empfehlung nicht eher ein Befehl?«

»Fassen Sie es auf, wie Sie möchten. Guten Tag, Herr Horn!« Limbanis Blick machte ihm unmissverständlich klar, dass ihre Unterredung beendet war.

Lukas stand auf. »Auf Wiedersehen, Herr Limbani.« Dann wandte er sich zur Tür und ging hinaus, gefolgt von Cookie. Vor der Bürotür wurden sie wieder von demselben Mann in Empfang genommen, der sie auch schon hinauf begleitet hatte. Stumm bedeutete der Mann ihnen, in Richtung des Aufzuges zu gehen. Lukas ging den Flur entlang, als links von ihm plötzlich eine Tür aufging und Limbanis Sekretärin eilig herausgeschossen kam. Sie trug einen ganzen Stapel Akten vor sich her und rannte ungebremst in Lukas hinein. Ein wahrer Papierregen ergoss sich über sie. Die Frau und Lukas gingen beide zu Boden, neben sich konnte Lukas den Sicherheitsbeamten fluchen hören. Sofort entschuldigte sich die Vorzimmerdame mehrfach bei dem Mann und begann hektisch, auf allen vieren, die Papiere vom Boden aufzuklauben. Der immer noch zeternde Sicherheitsmann half ihr dabei, während Cookie neben dem immer noch am

Boden sitzenden Lukas stand. Auch bei ihm entschuldigte sich die Sekretärin jetzt, mehrfach stammelte sie: »Sorry, I'm so sorry, Mister.«

Lukas lächelte und hob ebenfalls ein paar Seiten Papier vom Boden auf und wollte sie ihr geben, aber der Sicherheitsmann riss sie ihm vorher barsch aus der Hand.

»Hotel«, flüsterte ihm die junge Frau plötzlich ins Ohr. Erstaunt blickte Lukas sie an. »Which Hotel?«, wiederholte sie leise und sah in Richtung des Sicherheitsmannes, der davon nichts mitbekam, während er die anderen Papiere aufsammelte.

»Acropole«, raunte Lukas ihr zu, als er sich wieder aufrichtete. Sie nickte kurz, wisperte »eight o'clock« und sammelte weiter ihre fallengelassenen Akten zusammen. Der Sicherheitsmann hatte einen ganzen Stapel loser Blätter zusammen, drückte ihn der Sekretärin in die Hand und sagte ihr noch einige ermahnende Worte. Dann lächelte er freundlich zu Lukas und Cookie und ging den Flur weiter entlang. Lukas warf noch einen Blick auf Limbanis Sekretärin, die ihn aber nicht weiter beachtete.

Nachdem sie das Polizeihauptquartier verlassen hatten, warteten sie im Schatten eines Tamarindenbaumes auf ein Taxi.

»Na, was sagst du jetzt?«, fragte Cookie ihn.

»Ich weiß nicht. Aber ich denke nicht daran, einfach so wieder abzureisen.«

»Dir bleibt keine Wahl. Was meinst du, was Limbani macht, wenn dein Name morgen auf keiner Passagierliste auftaucht?«

Lukas zuckte mit den Schultern. »Warten wir es ab. Ich

habe heute Abend jedenfalls noch ein Date.« Er lächelte die verständnislos dreinblickende Chinemerem an. »Zenabu. Sie hat mich vorhin auf dem Flur gefragt, in welchem Hotel ich wohne. Dieser Zusammenprall war kein Zufall.«

13 /GOOD OL' PALS

ZUR MITTAGSZEIT WAREN Lukas und Cookie wieder zurück im Hotel. Bei der drückenden Hitze von über vierzig Grad waren kaum Menschen auf den Straßen, was ihnen bei der Rückfahrt entgegenkam. Nach dem wenig erfolgreichen Gespräch beim Vize-Polizeichef war Lukas nicht danach zumute, etwas zu essen, aber Cookie schleifte ihn trotzdem mit sich in das kleine Restaurant des Acropole. Es war erstaunlich voll, Lukas wunderte sich, wo all die Leute herkamen. Das Hotel konnte unmöglich so viele Zimmer haben, um alle zu beherbergen.

»Schnell, komm«, sagte Cookie und nahm ihn an die Hand. »Da hinten wird gerade ein Tisch frei.«

»Ist wohl unser Glückstag«, brummte Lukas verdrießlich.

»Und ob. Schließlich leben wir noch. Ist das etwa nichts? Und jetzt such ich dir was Leckeres aus der Karte aus!«

Während Cookie die Speisekarte studierte, sah Lukas

sich im Restaurant um. Nur Ausländer, vor allem Asiaten, hielten sich im Speisesaal auf. Die allermeisten wirkten wie Geschäftsleute, sie trugen teuer aussehende Anzüge und redeten aufgeregt durcheinander. An der Bar saßen zwei Chinesen, die besonders wichtig zu sein schienen. Zumindest schlussfolgerte Lukas dies daraus, dass er zwei Männer - augenscheinlich Europäer - unweit der Asiaten stehen sah. Die verräterische Beule unter deren Jacketts kannte er nur zu gut. Wahrscheinlich störte sich niemand daran, dass hier Waffen getragen wurden.

Der Kellner war mittlerweile an ihren Tisch gekommen. Sofort schnatterte Cookie drauflos und bestellte für sie beide. Lukas verstand kein Wort.

»Was hast du bestellt?«

»Lass dich überraschen, ich bin sicher, es wird dir schmecken«, grinste sie. »Es sei denn, du bist Vegetarier.«

Im Augenwinkel bemerkte Lukas die Hand, die nach seiner Schulter greifen wollte. Er drehte sich blitzschnell auf dem Stuhl herum und packte den Unterarm des Mannes. Es war einer der beiden breitschultrigen Leibwächter des Chinesen. Er hatte leicht graumelierte Haare und eine Nase, die aussah, als sei sie schon mehrfach gebrochen worden.

»Keep cool, Lucky«, sagte der Mann mit schottischem Dialekt und sah ihn dabei belustigt an.

»Geordie?«

»Wie er leibt und lebt«, antwortete der Schotte auf Englisch. »Ich dachte erst, ich seh nicht recht, als ich dich erkannt habe. Wie lange ist das jetzt her? Vier Jahre?«

»Fünf sogar. Was zur Hölle machst du hier? Bist du nicht mehr bei Blackwater?« Lukas wandte sich an

Cookie. »Das ist Geordie McBain, ein alter Freund von mir.«

»Sehr erfreut, Sie kennenzulernen, Ma'am.« Der Schotte zog sich, ohne zu fragen, einen freien Stuhl vom Nachbartisch heran und setzte sich zu ihnen. »Erzähl mal, Lukas. Was machst du jetzt? Bei eurer Spezialeinheit bist du ja nicht mehr. Die Jungs habe ich vor zwei Jahren noch getroffen, die sagten mir, du hättest die Waffe an den Nagel gehängt.« Er blickte zu Cookie. »Sie müssen wissen, dieser Schurke hier ist der verdammt beste Scharfschütze, den die Welt je gesehen hat. Er konnte einem Kojoten auf sechshundert Fuß Entfernung ein Schnurrhaar wegschießen. Manche haben gesagt, er hätte bei einigen seiner Kill-Shots auch unwahrscheinliches Glück gehabt, daher haben sie ihm seinen Spitznamen verpasst.«

»Das ist vorbei. Nun bin ich Polizist und verbringe meine Zeit hauptsächlich mit Papierkram. Schusswaffen versuche ich möglichst zu meiden.«

»Ach ja? Welche Art Papierkram führt denn einen deutschen Polizisten nach Khartum?« Geordie zwinkerte Lukas zu.

»Das Übliche halt. Sag mir lieber, was du jetzt machst. Bist du unter die Personenschützer gegangen?«

»Blackwater gibt's ja nicht mehr, hast du vielleicht mitbekommen. Gab viel schlechte Presse und das übliche ›Söldner des Todes‹-Gerede wurde immer schlimmer. Deswegen bin ich mit drei Kameraden weg von denen und arbeite jetzt auf eigene Rechnung.«

»Für die da?« Lukas blickte an Geordie vorbei zu der Bar, wo die Chinesen saßen.

»Ja. Unsere Petros, die Öl-Chinesen.« Geordie lachte.

»Die machen hier ein Riesengeschäft, sie halten fast alle Rechte an den sudanesischen Ölfeldern.«

»Das gefällt sicher nicht jedem«, sagte Cookie scharfzüngig.

»Oh nein, das tut es nicht, Ma'am. Deswegen bin ich ja da.« Geordie klopfte sich auf die Beule unter seinem Jackett. »Aber hier in Khartum geht es. Es gibt hier sogar ein kleines Chinatown, da sind die Petro-Chinesen unter sich. Nur wenn es mal rausgeht aus der Stadt, zur Besichtigung neuer Ölfelder, dann kann es schon mal brenzlig werden. Ihr glaubt ja nicht, wie viele Guerilla-Gruppierungen sich hier tummeln. NIF, SLA, SLM und dazu noch dutzende andere. Das kann einen manchmal ganz schön in Schweiß bringen.« Er lachte.

»Und Elfenbein?«, fragte Lukas. »Haben deine Chinesen dafür nicht auch eine Schwäche?«

Geordie hörte auf zu lachen und sah ihn prüfend an. »Lucky, du bist doch nicht etwa deswegen hier? Falls doch, dann gebe ich dir einen guten Rat: Vergiss es! Glaub mir, da solltest du besser die Finger von lassen.«

»Das beantwortet nicht meine Frage.«

»Scheiß auf deine Frage«, polterte Geordie. »Lass uns lieber was zusammen trinken, der alten Zeiten willen. Ich lade dich ein. Warte, ich bin sofort wieder zurück.« Der Schotte stand auf und ging zur Bar.

»Reizender Zeitgenosse«, sagte Cookie, als er weit genug weg war. »Er war Söldner?«

»Einer der schlimmsten«, erwiderte Lukas. »Die Blackwater-Leute sind uns bei den Einsätzen ständig über den Weg gelaufen. Mal waren sie auf derselben Seite und mal … nicht.«

»Kommt halt immer drauf an, wer zahlt.«

»Richtig. Darauf kommt es an.« Lukas blickte zum Tresen, wo der Schotte gerade bestellte. »Und es gibt immer jemanden, der mehr zahlt als andere.«

McBain wechselte noch ein paar Worte mit seinem Kollegen und kam dann mit einem Tablett voll mit Drinks zurück an ihren Tisch.

»Hier, Lucky, unsere Lieblingsdrinks. Whisky, Wodka und Rum. Und für die Dame einen Gin Fizz.«

»Das wäre doch nicht nötig gewesen«, erwiderte Cookie. Sie griff sich eines der Whiskygläser und leerte es in einem Zug.

Der Schotte stutzte kurz, dann brach er in schallendes Gelächter aus. »Das nenne ich mal eine Frau ganz nach meinem Geschmack. Wir werden bestimmt noch gute Freunde, meine Liebe.« Er griff sich einen Wodka und schob den zweiten Whisky zu Lukas hinüber. »Also, Lucky. Auf unser Wiedersehen. Freut mich sehr!«

Sie stießen die Gläser aneinander und tranken aus. »Kannst du es dir überhaupt erlauben, hier einfach mit mir zu trinken, während deine Klienten an der Bar sitzen?«

»Mach dir da keine Sorgen, mein Kumpel Nigel passt schon auf. Ist ein ehemaliger SAS-Angehöriger, ein stahlharter Kerl, sag ich dir. Ich muss ihn dir unbedingt vorstellen, du wirst ihn mögen. Und die Chinesen sind hier in Khartum sowieso sicher. Wie schon gesagt, der schwierige Teil unseres Jobs beginnt erst, wenn wir die Stadt verlassen müssen.«

»Na dann.« Lukas schob Geordie einen Rum zu, nahm sich den zweiten und stieß an. Er schüttelte sich kurz, als er den braunen Rum runterschluckte. »Können wir noch mal auf das Elfenbein zurückkommen?«

»Glaub mir, es ist keine gute Idee, sich da einzumischen. Das Geschäft mit Elfenbein ist noch gefährlicher als das Ölgeschäft.« McBain sah ihn ernst an. »Die Leute, die in diesem Zweig tätig sind, zögern nicht eine Sekunde. Wer denen in die Quere kommt …« Er fuhr sich mit dem Zeigefinger über den Hals.

»Weißt du etwas darüber, wo die LRA ihr Elfenbein herbekommt?«

Geordie blickte Lukas mit einer Mischung aus Entsetzen und Unglauben an. »Spinnst du? Erwähne diese drei Buchstaben hier nie wieder.« Er blickte sich zu allen Seiten um, um sicherzugehen, dass niemand etwas mitbekommen hatte. »Als dein Freund muss ich dir dringend davon abraten, in dieser Richtung irgendwas zu unternehmen. Es sei denn, du verspürst Todessehnsucht.«

»Was, wenn es so wäre? Wo müsste ich dann suchen?«

Mit eingefrorener Miene sah der Schotte ihn an. Für einen Moment dachte Lukas, er würde aufstehen und gehen. Aber er blieb.

»Nicht hier in Khartum. Die sind anders als die normalen Wilderer. Sie besorgen sich ihr weißes Gold selber. Die schlagen ihr Lager schlicht und einfach in einem Nationalpark auf und schlachten die Elefanten dort direkt ab.«

»Hat dieser Park auch einen Namen?«

»Garamba. Im Grenzgebiet zwischen dem Süd-Sudan und dem Kongo. Aber das ist schon Monate her, gut möglich, dass die ihren Jagdgrund gewechselt haben. Es gibt in Zentralafrika zahlreiche Reservate, wo Wilderer Elefanten jagen.«

»Nicht im Sudan?«

Der Schotte schüttelte den Kopf. »Hier gibt es keine

Elefanten mehr. Zumindest keine freilebenden. Allerdings ist hier einer der Haupthandelsplätze für Elfenbein.«

»Danke, Geordie.«

»Dafür brauchst du mir nicht danken. Sieh lieber zu, dass du am Leben bleibst«, erwiderte der Schotte, »ich kenne diesen Gesichtsausdruck von dir. Du führst was im Schilde. Aber nimm meinen Rat an, Lucky. Mische dich nicht in irgendwelche Geschäfte hier unten ein. Es wird kein gutes Ende nehmen.«

In diesem Moment kam der Kellner mit dem Essen und stellte mehrere Teller auf den kleinen Tisch. Lukas blickte auf das Essen, das Cookie für sie bestellt hatte.

»Souflaki?«

»Aber sicher. Das Hotel gehört schließlich einem Griechen« Sie grinste ihn an.

Geordie erhob sich von seinem Stuhl. »Dann lasst es euch schmecken. Lukas, es hat mich wirklich sehr gefreut, dich mal wiederzusehen.« Er streckte ihm die rechte Hand entgegen.

»Mich auch, Geordie, mich auch.« Lukas ergriff die Hand des Schotten, der kräftig zudrückte. »Ich pass auf mich auf, versprochen.«

»Gut.« McBain lächelte ein wenig. »Ich mache dann mal wieder meinen Job.« Langsam ging er wieder zu seinem Kollegen an der Seite der Bar.

»Netter Kerl«, sagte Cookie schmatzend und füllte sich ihren Teller auf. »Du solltest auf seinen Rat hören.«

Lukas sagte nichts. Er nahm sich ebenfalls von dem reichlich gefüllten Fleischteller.

14 /AUSFLUG

NACH DEM ESSEN hatte sich Lukas auf sein Zimmer zurückgezogen. Cookie gegenüber hatte er vorgegeben, sich schlafen zu legen, aber er studierte stattdessen die Akte vom BKA und prüfte danach auf einer Karte die Lage des Nationalparks, den Geordie genannt hatte. Nachdem er fünfzehn Minuten über der Landkarte gegrübelt hatte, warf er sie frustriert auf den Boden. Er wusste selbst nicht genau, was er jetzt machen sollte. Faktisch war sein Auftrag hier in Khartum mit dem fehlgeschlagenen Hilfsersuchen bei der Khartumer Polizeibehörde schon erledigt. Um Ärger zu vermeiden, würde ihm nichts weiter übrig bleiben, als morgen den nächsten Flieger nach Deutschland zu besteigen. Lukas vergrub sein Gesicht in seinen Händen und rieb sich die Augen. Er fühlte sich elend, was nicht am Essen oder den Getränken lag. Das Gefühl von Machtlosigkeit überkam ihn und damit verbunden auch eine unbändige Wut. Ein paar kräftige Schläge gegen seine Zimmertür rissen ihn aus der Lethargie.

»Ausflugsservice McBain und Sohn, speziell für Deutsche«, dröhnte der tiefe Bass von Geordies Stimme durch die dünne Holztür. Sofort stand Lukas von dem kleinen Tisch auf und öffnete die Tür. Geordie und sein Kollege aus der Bar standen vor ihm. »Komm, Lucky, heute ist dein Glückstag. Wir haben frei und jetzt machen wir eine kleine Tour durch Khartum, was hältst du davon?«

Lukas warf einen Blick auf seine Uhr. Es war halb zwei. Zenabu würde nicht vor acht Uhr kommen. »Eine Sekunde, bin gleich bei euch.« Lukas räumte die Akte weg und steckte seine Papiere ein. Dann ging er schnell zum Nachbarzimmer, um Cookie Bescheid zu sagen, dass er das Hotel verließ. Dann folgte er Geordie und seinem Kollegen, der sich ihm als Nigel Briggs vorstellte. Sie gingen aus dem Hotel heraus auf die Straße, wo die schlimmste Mittagshitze schon vorbei war. Geordie ging auf einen wuchtigen, blauen Mercedes-Geländewagen zu und öffnete die Tür. Lukas kannte dieses Mercedes-Modell der G-Klasse genau. Auch bei der Bundeswehr waren einige dieser schwer gepanzerten und leider untermotorisierten Fahrzeuge im Einsatz gewesen.

»Gepanzerte Fahrzeuge? Ihr seid wirklich auf Ärger eingestellt.«

»Man kann nicht vorsichtig genug sein«, bemerkte Geordie trocken. »Außerdem haben unsere Petros das Baby hier bezahlt. Das ist ein anderes Kaliber als die langsamen Kisten, die ihr in Afghanistan hattet. Die Kiste hier hat einen V12-Zylinder mit 630 PS und das bei Schutzklasse VR 7. Hier drin bist du so sicher wie in Abrahams Schoß. Und beachte die äußerst geschmackvolle Lederausstattung, die habe ich mir als Upgrade ausgesucht.« Geordie lachte.

Lukas nahm auf dem Beifahrersitz Platz, während Nigel in den Fond stieg. Sofort gab der Schotte Gas und begann sogleich zu erzählen wie ein Reise-Guide. Das meiste von dem was Geordie erzählte, war Lukas bereits bekannt. Khartum, der „Elefantenrüssel“, die Zweistromstadt, gelegen am Zusammenfluss des blauen und weißen Nils. Die Stadt war riesig, die Bevölkerungszahlen waren in den vergangenen zwanzig Jahren förmlich explodiert, was vor allem darin begründet lag, dass die angrenzenden Städte, Omdurman und Bahri, mittlerweile mit Khartum verschmolzen waren. Gemeinsam kam die Agglomeration der drei Städte auf über acht Millionen Einwohner. Die mindestens eine Million Sudanesen, die in Elendsquartieren vor den Toren der Stadt vegetierten, noch nicht mit eingerechnet. Khartum glich einem riesigen Moloch. Auf der einen Seite waren Prestigebauprojekte wie das Fünf-Sterne-Hotel *Burj Al-Fateh*, das sich wie zum Hohn zur prekären Gesamtsituation des Landes pompös in der Innenstadt am Ufer des blauen Nils erhob.

Aber Lukas ahnte, dass Geordie nicht darauf aus war, ihm solche Bauten zu zeigen. Er lenkte den schweren Geländewagen aus dem Stadtzentrum heraus. Sie überquerten eine der beiden Nilbrücken in Richtung Omdurman. Schnell veränderten sich auch die Straßen. Schon kurz nach Verlassen des Stadtkerns waren die Straßen nicht mehr geteert, sondern nur noch bessere befestigte Sandpisten. Aber trotzdem machte Omdurman einen angenehmeren Eindruck als das aufgeräumte Verwaltungs- und Geschäftszentrum von Khartum, welches Lukas bisher nur zu Gesicht bekommen hatte. In Omdurman war es abwechslungsreicher, deutlich orientalischer, wie es sich für eine alte Basarstadt gehörte.

Geordie lenkte den gepanzerten Mercedes auf einen großen Basarplatz und stellte den Wagen kurz vor dessen Eingang ab.

»Lasst uns mal ein wenig über den Basar schlendern«, sagte Geordie.

Lukas folgte ihm und Nigel über den Basar, der ein einziges großes Gewimmel darstellte. Händler schoben Karren mit Obst, Gemüse und anderen Dingen vor sich her. Vor den einzelnen Lehmhütten standen wacklige Tische oder manchmal lagen auch einfach nur Teppiche davor, auf denen allerlei Krempel verteilt lag. Aus dem schattigen Halbdunkel, unter den Markisen und aus den Lehmhütten heraus, starrten Lukas die Augen der Händler an. Sie trugen weiße Dschellabas und kamen sofort lachend auf sie zugelaufen, sobald Lukas und seine zwei Begleiter nahe genug an einem Stand vorbeikamen.

»Looky, looky«, rief ihnen ein alter Mann zu und zerrte an Nigels linkem Arm. »Come, come. Very good price. Ivory!« Der Engländer ließ sich bereitwillig von dem alten Händler in eine staubige Gasse führen, Lukas und Geordie folgten ihm. In der Gasse lagen zu beiden Seiten dutzende weitere Läden. Der Greis zog sie in einen davon hinein. Ein ausgestopftes Babykrokodil glotze Lukas an, als er in den Laden trat. Weitere präparierte Tiere waren in den Regalen verteilt, einige Schlangenhäute hingen von den niedrigen Decken herab. Der Händler ging zu einem Regal, das überfüllt war mit Elfenbeinschnitzereien. Schachfiguren, Schlüsselanhänger, kleine Statuetten, Armreife und sogar Spazierstöcke.

»Good quality. Real Ivory«, pries der Alte das *Sin el fihl*, Elefantenzahn, an.

»Ich dachte, der Handel mit Elfenbein ist verboten?«,

wunderte sich Lukas angesichts der Masse an Tinnef aus Elfenbein in dem kleinen Geschäft.

»Natürlich ist es das«, antwortete Geordie, »aber glaubst du, das interessiert hier jemanden? Das CITES-Abkommen kennt hier niemand oder will es nicht kennen. In Khartum ist der größte Umschlagplatz der Welt für Elfenbein. Nirgendwo sonst wird so offen damit gehandelt wie hier. Wusstest du übrigens, dass in Europa der Handel mit Elfenbein noch erlaubt ist? Zumindest mit den Altbeständen, aus der Zeit vor dem CITES-Abkommen. Im Gegensatz zu den USA und China. Oder hier.« Geordie grinste.

Sie verließen das Geschäft, ohne etwas zu kaufen, was der Händler untröstlich zur Kenntnis nahm und mehrfach den Propheten anrief, wohl, um diesen um gnädigere Kunden zu bitten. Als sie wieder den breiteren Hauptweg des Basars betraten, bemerkte Lukas erst, wie viele Ausländer hier in Gruppen über den Handelsplatz gingen. Einige Europäer, viele Araber und vor allem Asiaten. Die Händler sprachen jede Gruppe in der passenden Sprache an. Lukas konnte Englisch, Arabisch und Chinesisch heraushören.

»Müsst ihr hier öfter einkaufen?«, fragte er Geordie.

»Machst du Witze? Die Chinesen wollen fast jeden Tag zu einem Basar, um Elfenbein zu kaufen. Manchmal habe ich das Gefühl, es interessiert sie noch mehr als die Ölfelder. Einer unserer Klienten kümmert sich fast ausschließlich um den Aufkauf von Elfenbein.«

»Hast du keine Skrupel?«

»Ich? Warum? Ich handel nicht damit, ich sorge nur für die Sicherheit meiner Klienten.«

»Hauptsache, das Geld stimmt, nicht wahr?«

»Genau. Du kennst meine Einstellung dazu, Lucky. Ich weiß, du hast es schon damals nicht gerne gesehen, aber so ist es nun mal. Ich werde eben gerne gut bezahlt.«

Ein Schrei übertönte das schrille Durcheinander der Stimmen auf dem Basar. Lukas sah einen Mann, einen Schwarzafrikaner, wegrennen. Zwei hellhäutigere Männer verfolgten ihn und bekamen ihn schließlich zu fassen. Einer nahm den Mann in den Schwitzkasten, während ihm der andere etwas aus den Taschen zog. Offensichtlich hatten zwei Händler einen Dieb geschnappt. Einige Worte auf Arabisch wurden gebrüllt. Dann warf der Mann den Dieb, den er im Schwitzkasten hielt, auf den staubigen Boden und verpasste ihm einen harten Tritt in die Seite. Stöhnend krabbelte der Dieb, ein Junge von höchstens achtzehn Jahren, der eine verschlissene Jeans und ein ärmelloses Hemd trug, über den Boden. Aber der aufgebrachte Kaufmann dachte nicht daran, ihn einfach so davonziehen zu lassen. Ein weiterer Mann kam herbei und reichte dem Händler, der wie alle anderen Verkäufer auch einen weißen Dschellaba trug, einen Stock. Damit hieb er auf den unglücklichen Jungen ein, der sich flach auf den Boden legte und die Hände schützend über seinen Kopf hielt. Er gab keinen Laut von sich, als der Händler den Stock wieder und wieder über seinen Rücken peitschen ließ. Blutige Striemen zeigten sich auf dem geschundenen Rücken, der Händler brüllte noch lauter. Zwei weitere Männer rissen den Dieb auf die Beine und schleiften ihn dem Händler hinterher in eine der vielen Gassen. Sofort machten alle weiter, als wäre nichts geschehen. Die eben noch zuschauende Menschenmenge löste sich schnell auf, die Touristen gingen ihrer Wege, während die Händler versuchten, sie zu »looky, looky« zu verführen.

»Was machen sie jetzt mit ihm?«

»Wenn der Junge Glück hat, schlagen sie ihm nur die Hand ab«, sagte Nigel, der sich während der Szene von einem der Karren einen Apfel gekauft hatte. »Wenn er Pech hat …« Er biss in den Apfel hinein.

»Lasst uns weitergehen«, sagte Geordie ruhig.

Lukas blickte noch einmal in Richtung der Seitengasse, wo die Händler mit dem Dieb verschwunden waren. Es war ihm, als hörte er einen erstickten Schrei.

15 / ZENABU

NACH DEM BESUCH des Basars fuhr Geordie über einige Umwege zurück ins Hotel. Es war später Nachmittag, als sie wieder dort eintrafen. Nigel verabschiedete sich schnell und verschwand auf sein Zimmer, während der Schotte noch mit Lukas in der kleinen Lobby des Acropole stehenblieb.

»Wie hat es dir in Khartum gefallen?«

»Entzückende Stadt«, erwiderte Lukas. Er wusste, warum Geordie ihn herumgefahren und auf diesen Basar mitgenommen hatte. »Aber du weißt, dass du mich damit nicht beeindrucken kannst. Dafür habe ich schon zuviel gesehen. Dieser kleine Ausflug wäre nicht nötig gewesen.«

Der Schotte nickte ihm zu. »Das war mir klar, dass dich das nicht abschreckt. Trotzdem hatte ich gehofft, du siehst die Aussichtslosigkeit deines Auftrages ein, wenn es um Elfenbein geht. Die Menschen hier werden niemals damit aufhören. Erst wenn auch der letzte Elefant und das letzte Nashorn erlegt sind, dann vielleicht.«

»Deine positive Einstellung habe ich immer bewundert«, sagte Lukas sarkastisch. »Aber manchmal genügt schon ein kleines Sandkorn im Getriebe, um einen großen Prozess zu stoppen.«

»Und du glaubst, das könntest du sein?« Geordie sah ihn dezent spöttisch an. »Lucky, ich hoffe, wir sehen uns hier morgen nicht wieder. Flieg nach Hause. Du hast doch Frau und Kind, für die du sorgen musst.« Der Schotte streckte ihm die Hand entgegen. »Mach's gut!«

»Werde ich. Du auch.« Lukas schüttelte Geordies Hand und ging dann die Treppe nach oben zu seinem Zimmer. Er atmete tief durch, als er den klimatisierten Raum betrat. Die Erwähnung von Frau und Kind hatte ihn härter getroffen als jedes andere Wort zuvor. Lukas zog seine Brieftasche aus der Hose hervor und nahm ein kleines Bild heraus. Die Fotografie zeigte ihn gemeinsam mit Caroline und Emilia. Sie war einige Monate vor ihrer Trennung entstanden, bei einem Ausflug nach Hagenbeck. Emilia strahlte vor Glück in die Kamera, während Caro ihren Kopf zu Lukas geneigt hatte und ihn zärtlich ansah.

Kaum zu glauben, dass das jetzt schon so lange her ist, dachte Lukas. Er warf noch einen letzten Blick auf das Bild, bevor er es wieder in seine Brieftasche steckte und diese auf den Tisch legte. Dann zog er sein durchgeschwitztes Poloshirt über den Kopf und ging ins Badezimmer. Eine Dusche würde ihm jetzt guttun.

Kräftiges Klopfen weckte ihn auf. Lukas hob müde den Kopf. Er hatte sich nach dem Duschen aufs Bett gelegt, um kurz auszuruhen. Dabei musste er eingeschlafen sein. Draußen war es bereits dunkel. Um seine Hüften trug er nur ein Handtuch, als er langsam zur Tür stolperte. Er öffnete die Tür einen Spalt und blickte in das wütende Gesicht von Cookie.

»Hey, du Schlafmütze, wir haben Besuch. Zieh dich an und dann komm rüber in mein Zimmer!« Damit machte Cookie auf dem Absatz kehrt und verschwand wieder in ihren Raum, während Lukas ihr verdutzt nachsah. Er schüttelte den Kopf und schloss die Tür. Schnell zog er sich eine leichte Cargohose und ein kurzärmliges weißes Hemd an, nahm sich noch einen Bissen von einer Banane vom Obstteller und ging dann hinüber in Cookies Zimmer. Hier war es deutlich wärmer, als in seinem durch die Klimaanlage heruntergekühlten Raum. Cookie hatte ihr Fenster geöffnet. Ihr Zimmer war ein exaktes Ebenbild von seinem, an dem kleinen Tisch saß die schlanke, junge Frau, die sie heute Morgen im Polizeihauptquartier kennengelernt hatten. Erneut versetzte ihr Anblick Lukas einen kleinen Stich. Zenabu war eine schöne Frau, selbst die Verstümmelungen in ihrem Gesicht konnten das nicht verbergen. Aber trotzdem kostete es einiges an Überwindung, sich den grausamen Narben in ihrem Antlitz stellen zu müssen. Wut stieg in Lukas auf, Wut auf diejenigen, die imstande waren, einer jungen Frau so etwas anzutun.

»Guten Abend«, sagte sie auf Englisch. »Du hast mit Mr. Limbani über Kasim Merghani und Dante Bulam gesprochen?«

»Ja, das ist richtig«, erwiderte Lukas und setzte sich zu ihr an den Tisch, während Cookie links neben ihm stehenblieb. »Kannst du uns etwas über sie erzählen?«

Zenabu sah ihn für einen Moment eindringlich an. Lukas konnte den Schmerz in ihren Augen erkennen. »Ich weiß, wo ihr Versteck war, ihre Einheit. Und wer sie befehligt hat.«

Lukas blickte erstaunt zu Cookie, dann wandte er sich wieder Zenabu zu. »Erzähl weiter, bitte.«

»Viele unserer Polizisten haben sich der LRA angeschlossen. Sie glauben nicht mehr an uns, sie wollen lieber für Kony kämpfen und für harte Dollars.« Zenabu blickte ihn an, doch schien ihr Blick durch ihn hindurch zu gehen. »Dafür morden sie. Elefanten, Nashörner, Menschen. Sie machen vor nichts halt.« Tränen liefen ihr Gesicht herab. Cookie reichte ihr ein Taschentuch und sagte einige Worte auf Sudanesisch zu ihr.

»Haben die dir das angetan?«, fragte Lukas.

Zenabu nickte. »Das mit meinem Gesicht war nicht das Schlimmste, was sie mit mir gemacht haben«, antwortete sie mit tonloser Stimme. Danach redete sie noch leiser auf Sudanesisch weiter. Chinemerem nahm ihre Hand und küsste sie, als ob sie ein kleines Kind trösten wollte. Sie blickte zu Lukas. »Sie war schwanger, als sie ihr das angetan haben. Das Kind hat es nicht überlebt.«

Lukas sah in die tränengefüllten Augen von Zenabu. »Wo muss ich suchen?«

»Kafia Kingi. Dort haben sie ihr Versteck. Jeder aus der Regierung weiß das, auch Limbani, aber sie unternehmen nichts, weil sie von dem Handel mit Elfenbein ebenso profitieren. Die LRA beliefert vor allem die Chinesen mit Elfenbein und die werden von unserer Regierung besonders hofiert. Deswegen wird dir die Polizei auch nicht helfen.« Sie blickte ihn prüfend an. »Wirst du trotzdem gehen?«

»Nein, wird er nicht«, sagte Cookie plötzlich. Sie blickte Lukas an und sagte auf Deutsch: »Das ist Wahnsinn. Du kannst da nicht hin. Kafia Kingi liegt in der Darfur- Region, dort herrscht Krieg.«

»Aber du wolltest doch unbedingt Rache nehmen. Du wolltest den Mörder deiner Mutter eigenhändig töten, das waren deine Worte.«

»Das werde ich auch«, entgegnete Cookie, »aber das hat doch mit dir nichts zu tun. Das ist nicht dein Kampf!«

»Warum zögerst du?«, fragte Zenabu dazwischen.

»Was ist, wenn die rausfinden, dass du bei mir warst?«, fragte Lukas besorgt.

Zenabu lachte glockenhell. Ein fröhliches Lachen, wie es Lukas niemals von ihr erwartet hätte. »Was sollen sie mir denn antun? Ich habe keine Angst mehr vor denen. Ich will nur noch eines: Rache.« Mit kaltem Blick sah sie Lukas an. »Töte sie. Töte sie alle.«

Na toll, dachte Lukas. *Sind denn hier alle nur auf Rache und Mord aus?*

»Ein Mann alleine kann gar nichts ausrichten!« Cookies Stimme klang plötzlich sehr hart. »Und du musst für niemanden Rache nehmen und töten.«

»Was ist mit Jürgen? Soll ich einfach vergessen, was die ihm angetan haben?« Er fühlte plötzlich wieder eine alte Wut in sich aufsteigen.

»Nein. Aber denk an Hamburg! Du hast dort schon Männer getötet. Bulam und Merghani sind bereits tot. Genügt das denn nicht?«

»Sie waren nur Handlanger. Ich will den Kerl schnappen, der hinter ihnen die Fäden zieht, sonst werden die immer weitermachen und nichts wird sich ändern.«

»Ingwon«, sagte Zenabu laut. »Mikel Ingwon, er ist die rechte Hand von Kony. Zuständig für die Rekrutierung neuer LRA-Soldaten und für den Elfenbeinhandel. Mit

Sicherheit steckt er dahinter. Wenn man ihn ausschaltet, dann gibt es die Chance auf Veränderung.«

Lukas sah die junge Frau ernst an. »Ist er auch in Kafia Kingi?«

»Ingwon kann überall im Sudan sein. Selbst hier in Khartum. Ich habe ihn schon öfter hier gesehen. Niemand traut sich an ihn heran, die Polizei nicht und auch die Armee nicht. Er bewegt sich frei und verspottet die Behörden. Es gibt mehrere Haftbefehle am Internationalen Gerichtshof gegen ihn. Ein wahres Monster.«

Mit der rechten Hand strich Lukas sich über die Stirn, er wollte gerade zu einer Frage ansetzen, aber Zenabu schien seine Gedanken zu lesen.

»Du kannst ihn hier nicht festnehmen. Niemand kann das. Aber er ist nicht unverwundbar.«

»Lukas, sei vernünftig«, sagte Cookie. »Lass uns morgen zurückfliegen. Wir können doch auch in Deutschland versuchen etwas zu bewirken.«

»Das wäre das erste Mal«, spottete Zenabu. Ihre Gesichtszüge hatten sich verändert, waren härter geworden. Die junge, schüchterne Frau, die er noch am Morgen im Büro von Limbani gesehen hatte, schien verschwunden zu sein.

Lukas dachte an die Worte, die Stralau ihm mit auf den Weg gegeben hatte.

Sudan. Das ganze Land ist ein einziger Sündenpfuhl. Niemand wird sich darum scheren, wenn du einen Mörder umbringst. Du kannst das, Lukas. Du hast es schon früher getan. Für Deutschland. Für die Freiheit. Warum nicht auch für Jürgen?

Die Frage beschäftigte ihn nun schon seit Tagen. Wäre es nicht gerecht?

»Alles in Ordnung?« Cookies Frage riss ihn aus seinen Überlegungen.

»Ja. Ich habe nur darüber nachgedacht, ob es nicht besser wäre, wenn Zenabu in die deutsche Botschaft geht und Asyl beantragt.«

»Auf keinen Fall. Ich werde nicht weglaufen und mich verstecken. Ich bleibe und kämpfe.«

»Verstehe«, sagte Lukas und stand auf.

»Wo willst du hin?«

»Ich muss mal kurz telefonieren, bin gleich wieder da.« Er verließ den Raum und ging über den Flur zu seinem Zimmer zurück. Dort nahm er sein Handy vom Tisch und wählte die Nummer von Stralau.

»Lukas, endlich. Wie ist das Wetter in Khartum?«, begrüßte Victor Stralau ihn. »Hier sind es zwölf Grad und es regnet.«

»Ein Traum. Lassen wir das Wetter mal einen Moment außer Acht«, sagte Lukas ernst. »Ich habe eine gute und eine schlechte Nachricht.«

»Die schlechte zuerst.«

»Von der hiesigen Polizei ist keinerlei Unterstützung zu erwarten. Wohl eher das Gegenteil.«

»Das kommt nicht unerwartet. Und die gute Nachricht?«

»Ich habe einen Namen und eine Spur. Mikel Ingwon, Mitglied bei der LRA und verantwortlich für Elfenbeinschmuggel und Mord. Seine Einheit hält sich angeblich in Kafia Kingi auf, südliche Darfur-Region.« Lukas konnte hören wie sein Chef auf seiner Laptop-Tastatur am Tippen war. Dann hörte er einen leisen Pfiff.

»Bingo. Ein echter Märchenprinz - oder wohl eher das böse Monster aus dem Märchen. Wenn nur die Hälfte von dem stimmt, was hier steht, dann hast du dir den kleinen afrikanischen Bruder von bin Laden ausgeguckt. Ich schicke dir eine Mail, damit du weißt, mit wem du es zu tun hast.«

»Macht es Sinn, ohne Unterstützung der Behörden hierzubleiben und Jagd auf den Mann zu machen? Ich habe nicht mal eine Waffe.«

»Wir haben doch darüber geredet. Egal was passiert, ich werde alles tun, um dir Ärger vom Hals zu halten. Aber du musst diesen Ingwon finden und ausschalten.«

»Der Vize-Polizeichef hat mir heute Morgen deutlich zu verstehen gegeben, dass es besser für mich wäre, das Land schnellstens zu verlassen.«

»Mach dir keine Sorgen, um den werde ich mich kümmern. Der gute Mann wird schnell andere Dinge haben, die seine Aufmerksamkeit auf sich ziehen werden.«

Entspannt lehnte er sich im Fahrersitz des Autos zurück und nahm einen letzten Zug von seiner Zigarette, bevor er sie im Aschenbecher des Wagens in der Mittelkonsole ausdrückte. Er blies den Rauch aus dem halb geöffneten Fenster in die Nacht hinaus. Dann nahm er sein Handy in die Hand, suchte nur kurz, bis er den Kontakt fand und auf ›Wählen‹ drückte. Es klingelte nur einmal.

»Ja?« Es war nur ein Wort, aber es verriet ihm alles. Die Angst, die Feigheit tropfte geradezu aus der Stimme heraus.

»Ihre Sekretärin ist gerade bei dem Deutschen und singt ihm Lieder vor, wie ein kleines Vögelchen. Können Sie mir erklären, wie es dazu kommen konnte?«

»Ich, ich … also …«, Limbani stammelte, während er sich verzweifelt eine Ausrede zurechtlegen wollte. »Sie muss irgendeinen der Toten auf den Bildern erkannt haben, anders …«

»Ich hatte Sie gewarnt, Winston. Wenn Sie Ihren Laden nicht im Griff haben, bin ich leider gezwungen einzuschreiten. Sie wissen, was das bedeutet?«

Es verging ein Moment, aber schließlich hauchte Limbani ein schwaches »Ja« in den Hörer.

»Gut. Dann sorgen Sie dafür, dass Ihre Leute in den nächsten Stunden einen großen Bogen um das ACROPOLE machen. Ich werde mich der Sache jetzt annehmen. Verstanden?«

»Was ist mit Zenabu? Werden Sie ihr auch …«, die Stimme des Vize-Polizeichefs versagte.

»Lassen Sie das meine Sorge sein. Ich werde tun, was nötig ist. Wozu Sie unverkennbar nicht imstande sind.« Er drückte auf das rote Hörer-Symbol auf dem Display und blickte in den Rückspiegel. »Geht hinein. Tötet den Deutschen und seine Begleiterin. Aber macht es leise, ich will kein unnötiges Aufsehen erregen. Die Sekretärin bringt ihr zu mir.«

Die drei Männer auf der Rückbank nickten ihm zu und begannen, Schalldämpfer auf ihre Waffen zu schrauben. Dann stiegen sie aus und überquerten die Straße, in Richtung des Hotels.

Ingwon holte sein Zigarettenetui hervor und entnahm eine weitere Kippe. Er zündete sich die Zigarette an und blickte geduldig auf das Fenster im ersten Stock des Hotels, wo noch Licht brannte.

»Alles klar, ich melde mich dann morgen wieder.« Lukas beendete das Gespräch mit Stralau und steckte sein Smartphone in die Hosentasche. Er atmete einmal tief durch und ging zum Fenster. Die Stadt lag im Dunkeln, die Straßenbeleuchtung war nur spärlich eingeschaltet. Ein aufglimmender Funke erregte seine Aufmerksamkeit. In einem Auto, das gegenüber dem Hotel parkte, saß ein Mann und rauchte. Hatte Limbani schon jemanden geschickt, um ihn zu überwachen? Ein Klopfen an der Tür ließ ihn schließlich vom Fenster weggehen. Wahrscheinlich hatte Cookie die Geduld verloren.

»Tut mir leid, das Gespräch hat etwas länger gedauert als …« Lukas stockte, er hatte die Tür einen Spalt weit geöffnet, aber davor stand nicht Cookie, sondern ein ihm unbekannter Mann in einer schwarzen Uniform. Der Fremde hielt eine schallgedämpfte Waffe auf ihn gerichtet und grinste ihn heimtückisch an. Augenblicklich drehte sich Lukas zur Seite weg, der erste Schuss zischte beinahe lautlos an seiner Hüfte vorbei und schlug durch die Tischplatte hindurch in den Fußboden ein. Der Schütze fluchte und stieß die Tür vollends auf. Bevor er die Pistole ein weiteres Mal abfeuern konnte, sprang Lukas auf ihn zu und packte seinen Waffenarm. Er drückte den Arm nach unten, ein weiterer Schuss löste sich und verfehlte Lukas' linken Fuß nur knapp. Mit der linken Hand schlug der Angreifer auf ihn ein, aber Lukas konterte sofort mit einem harten Kopfstoß, mit voller Wucht donnerte er seinen Schädel auf den Kiefer des Mannes. Es knackte und der Fremde schrie auf und löste seinen Griff um die Waffe ein wenig. Das reichte Lukas aus, um ihm die Pistole aus der Hand zu reißen. Dabei verdrehte er dem Mann den Zeigefinger bis aufs Äußerste, sodass dieser schließlich brach. Bevor Lukas die Waffe auf den Mann richten konnte, zuckte dieser auch schon mehrfach zusammen. Das Zischen mehrerer schallgedämpfter Schüsse war schwach zu hören. Tot sackte sein Angreifer auf den Boden. Hinter ihm konnte Lukas einen weiteren Mann in schwarzer Uniform sehen. Er feuerte unbeirrt weiter. Aus der Hocke hechtete Lukas hinter den Tisch, packte diesen an den Beinen und riss ihn zur Seite nieder. Die Waffe verlor er dabei wieder. Ein lautes Poltern erklang aus dem Nachbarzimmer, gefolgt von Schreien.

Cookie, Zenabu. Ich muss zu ihnen, dachte Lukas.

Er griff nach der Obstschale, die beim Umwerfen des Tisches neben ihn auf den Boden gefallen war. Eine Kugel durchschlug die Tischplatte, hinter der er saß, und ging denkbar knapp daneben. Dann sprang Lukas auf die Beine und schleuderte die Obstschale auf den Schützen. Sie verfehlte ihn zwar, zwang ihn jedoch zum Ausweichen. Mit einem Satz schnellte Lukas über den Tisch hinweg und erwischte den Mann mit der rechten Faust direkt an der Schläfe. Ausgeknockt fiel dieser zu Boden. Ohne weiter auf den Kerl zu achten, hob Lukas eine Waffe auf und rannte zum Nachbarzimmer, wo die Tür offen stand.

In der Mitte des Raumes stand breitbeinig noch ein Mann in der pechschwarzen Uniform. Vor ihm lag der Körper einer Frau. Cookie.

Zenabu war nirgendwo zu sehen.

»Waffe weg«, sagte Lukas und richtete seine Pistole auf den Mann, der sich langsam zu ihm umdrehte. Seine Waffe ließ er nicht fallen, sondern hielt sie in der rechten Hand am langen Arm nach unten ausgestreckt. »Versuch es nicht«, sagte Lukas auf Englisch.

Sein Gegenüber sah ihn prüfend an. Lukas blickte

ihm fest in die Augen. Einen Moment lang bewegte sich keiner von ihnen, nicht einmal gezwinkert wurde. Dann riss der Schwarze die Waffe hoch. Lukas drückte sofort ab. Einmal. Zweimal. Dreimal. Der Attentäter taumelte rückwärts durch das Zimmer. Er sah an sich herunter, auf die drei Einschusslöcher in seiner Brust, aus denen das Blut herausschoss. Ein letztes Mal versuchte er, seine Waffe zu heben, aber Lukas feuerte erneut. Die Kugel traf mitten in die Stirn. Der Mann taumelte zwei weitere Schritte zurück und stürzte dann durch das geöffnete Fenster nach draußen. Lukas ging sofort zu Cookie, die bewusstlos auf dem Boden lag. Sie atmete noch.

»Hey, alles okay?« Er rüttelte an ihrer Schulter. Eine knarzende Tür ließ ihn herumfahren. Im Rahmen der Badezimmertür stand Zenabu.

»Lebt sie noch?«, fragte sie mit zittriger Stimme. »Sie hat mir das Leben gerettet. Er wollte gerade auf mich schießen, aber sie hat sich sofort auf ihn gestürzt. Ich glaube, er hat sie getroffen.«

Lukas drehte Cookie auf den Rücken. Er sah Blut auf dem Boden, das aus ihrem rechten Oberarm lief.

»Schnell. Gib mir ein Handtuch oder sonst was zum Verbinden!«

Ingwon sah ungeduldig auf die Uhr. Seine Männer waren vor fünf Minuten in das Hotel gegangen, eine weitere Zigarette hatte er schon wieder ausgemacht. Da sah er plötzlich aus dem Fenster im ersten Stock eine Gestalt auf den Gehsteig stürzen. Es gab nur einen dumpfen Aufprall, keinen Schrei. Er seufzte innerlich und griff zu seinem Handy.

»Chester, ich brauche hier sofort weitere Männer. Schick mir alle, die in weniger als fünf Minuten hier sein können!«

Sein Blick ging wieder zu dem Fenster im ersten Stock, wo sich nichts rührte. Der Tote lag unbemerkt auf dem Gehweg darunter, keine Menschenseele war auf der Straße unterwegs. Trotzdem würde es nicht lange dauern, bis jemand etwas merkte. Limbani würde für sein Geld heute noch richtig arbeiten müssen. Ingwon zog seine Glock aus dem Schulterholster und lud die Waffe einmal durch, bevor er ausstieg.

»So, das müsste reichen bis wir im Krankenhaus sind. Meinst du, du schaffst das?« Lukas sah Cookie besorgt an.

»Ist der HSV unabsteigbar? Natürlich schaffe ich das«, antwortete sie trotzig.

»Dann lasst uns los, aber so unauffällig wie möglich.« Lukas half ihr auf die Beine.

»Meinst du, es ist unauffällig, wenn du mit einer Pistole im Gürtel durch die Gegend läufst?«, fragte Zenabu ihn, als sie aus dem Zimmer auf den Hotelflur traten.

»Immer noch unauffälliger als bei dem Kerl da vorne«, sagte Cookie. Lukas blickte zum Ende des Flurs, wo ein ebenfalls schwarz gekleideter Mann mit einer Pistole in der Hand die Treppe heraufkam.

»Schnell, zurück ins Zimmer«, rief Lukas und schob die Frauen vor sich her in den Raum zurück. Eine Kugel pfiff leise an seinem Kopf vorbei und schlug in den Türrahmen ein. Er schlug die Tür zu, drehte den Schlüssel im Schloss herum und schob den kleinen Tisch davor.

»Das würde nicht mal einen Zwerg aufhalten«, bemerkte Cookie spöttisch.

»Scheint dir ja wieder besser zu gehen. Dann lassen wir das mit dem Krankenhaus«, erwiderte Lukas bissig.

»Wenn wir nicht gleich was unternehmen, brauchen wir das wirklich nicht mehr, dann wohl eher ein Leichenschauhaus!«

»Ich überlege ja schon«, sagte Lukas und lief zum Fenster. Das Zimmer war im ersten Stock, nicht wirklich hoch gelegen. Ein ziemlich breiter Sims umlief das gesamte Hotel. Auf dem Gehweg unter dem Fenster lag der Tote, ansonsten war niemand zu sehen, bis auf … »Scheiße!« Blitzschnell zog er den Kopf wieder zurück ins Zimmer, als Schüsse in seine Richtung abgegeben wurden. »Wir sitzen in der Falle.«

»Das sind Ingwons Männer, ganz sicher«, sagte Zenabu seltsam abwesend. »Du darfst nicht zulassen, dass die mich lebend kriegen. Bitte erschieß mich vorher!«

Lukas blickte die zitternde Frau an, die ihn mit Verzweiflung in den Augen ansah. »So weit wird es nicht kommen. Wir werden einen Weg hier rausfinden.«

Ein harter Schlag ließ die Zimmertür erzittern.

»Jetzt wäre doch ein guter Zeitpunkt für deinen Meisterplan«, sagte Cookie.

Bevor Lukas etwas erwidern konnte, hörte er von draußen das laute Aufröhren eines ihm bekannten Motors. Geordies Mercedes! Erneut wagte er sich vorsichtig ans Fenster, der Tote auf dem Gehsteig war verschwunden, aber die Blutlache war deutlich zu sehen und auch eine Schleifspur über dem Boden, die vom Hotel wegführte. Nur zwei Meter von der Blutpfütze entfernt, stoppte nun der dunkelblaue Mercedes-Geländewagen von Geordie.

»Raus aus dem Fenster, auf den Sims. Schnell!« Lukas half der verletzten Cookie hinaus und schob sie nach links. Zenabu folgte ihr schnell, als ein weiterer harter Stoß die Tür in den Angeln beben ließ. Aber Lukas konnte auch eine Männerstimme gedämpft durch die Tür hören, die leise fluchte. Statt eines weiteren Schlags wurde nun am Türschloss herumhantiert. Lukas konnte sehen, wie der Schlüssel sich langsam zu drehen begann. Er begab sich zu den beiden Frauen auf den Sims und sah sich kurz prüfend um. Sie standen keine drei Meter über dem Gehsteig, hoch, aber nicht zu hoch, um zu springen. Von den Schützen war auf der Straße nirgendwo etwas zu sehen. Aus dem Mercedes stiegen gerade drei Personen aus, aber niemand, den er kannte. Es waren zwei Chinesen und ein breitschultriger Kerl mit militärischem Kurzhaarschnitt, wahrscheinlich ein weiterer von Geordies Mitarbeitern.

»Meinst du, du schaffst das?«, fragte er an Cookie gewandt. Sie zögerte mit einer Antwort. Lukas konnte hören, wie der kleine Tisch, den er im Zimmer vor die Tür geschoben hatte, quietschend über den Boden geschoben wurde. »Springt!« Er nahm Cookie an die Hand und sprang mit ihr vom Sims herunter. Lukas landete nur knapp neben der großen Blutlache auf seinen Beinen, während Cookie mit einem Schmerzensschrei zu Boden fiel. Die beiden Chinesen und der Söldner, die gerade im Begriff waren, in das Hotel zu gehen, drehten sich erschrocken zu ihnen herum. Lukas sah den Autoschlüssel in der Hand von einem der Chinesen und war mit ein paar schnellen Schritten bei ihm.

»Entschuldigen Sie, ich muss mir den mal ausleihen.« Er schnappte sich den Autoschlüssel aus dem Griff des verdutzten Mannes. Der breitschultrige Leibwächter wollte sofort nach seiner Waffe greifen, aber Lukas war schneller und knockte den Mann mit einem Schlag mit dem Griffstück seiner Pistole an dessen Schläfe sofort aus. Die beiden Chinesen liefen auf der Stelle in das Hotel, aber Lukas beachtete sie nicht weiter. Hinter sich hörte er, wie Zenabu auf dem Gehsteig landete. Sofort lief er zu ihr, half ihr auf und zog dann Cookie ebenfalls auf die Beine.

»Ich glaub, ich habe mir den Fuß gebrochen«, wimmerte sie.

»Ach was, höchstens verstaucht. Komm, wir müssen hier weg.« Er öffnete den Wagen mit der Fernbedienung im Schlüssel und stützte sie bis zum Wagen, dann schob er sie auf die Rückbank. Zenabu stieg auf der Beifahrerseite ein. Als Lukas auf dem Fahrersitz Platz nahm, konnte er erkennen, wie die zwei aufgebrachten Chinesen in Begleitung mehrerer Männer aus der Hotellobby heraus gerannt kamen. Geordie war direkt zwischen ihnen. Fast zeitgleich klirrten zwei Schüsse auf das Dach des Mercedes, die jedoch an dem gepanzerten Wagen abprallten. Lukas startete den Motor und fuhr los, er ließ die Scheibe an der Beifahrerseite ein wenig herunterfahren und rief Geordie zu: »Ich leih ihn mir nur kurz aus, du bekommst ihn heil zurück, versprochen!« Dann trat er aufs Gaspedal. Er konnte den wütenden Schotten noch seinen Namen rufen hören, bevor er um die Ecke bog.

Ingwon blickte dem davonbrausenden Mercedes nur kurz nach.

»Idiot!« Er schlug seinem Untergebenen mit der flachen Hand ins Gesicht. »Hol dir die anderen und dann seht zu, dass die Leichen hier verschwinden. Ihr habt zehn Minuten!« Er verließ das Zimmer und ging über den Flur in den anderen Raum, wo ebenfalls einer seiner Männer tot auf dem Boden lag. Ein weiterer lag bewusstlos daneben. Aber Ingwons Augen hatten etwas anderes erspäht, wonach er sich bückte und es aufhob. Eine Brieftasche. Dann zückte er sein Handy und wählte Limbanis Nummer.

»Halten Sie Ihre Männer noch mindestens eine halbe Stunde von hier fern. Egal wer anruft und nach der Polizei schreit. Verstanden?« Er legte sofort wieder auf und kümmerte sich um die Brieftasche, die er gefunden hatte. Nach einigem Suchen zog er einen Ausweis daraus hervor, einen Dienstausweis vom deutschen Bundeskriminalamt. Das Lächeln kehrte in sein Gesicht zurück. Es wurde sogar noch breiter, als er in einem weiteren Fach in dem Portemonnaie noch ein Bild fand, das den Mann vom Ausweis gemeinsam mit einer Frau und einem kleinen, blonden Mädchen zeigte. Er fotografierte das Bild in seiner Hand, ebenso den Dienstausweis und verschickte die Bilder mit dem Smartphone an eine deutsche E-Mail-Adresse. Danach wählte er erneut eine Nummer. Es klingelte eine Weile, dann sprang der Anrufbeantworter an.

»Guten Abend, Herr Goosenbach, ich hoffe, ich störe nicht. Ich habe Ihnen gerade zwei Fotos geschickt. Wir müssen uns um die Personen darauf kümmern.«

Zufrieden steckte Ingwon sein Handy weg und verließ das Zimmer wieder. Seine Männer waren dabei, die Toten in Leichensäcke zu stopfen und aus dem Hotel zu bringen. Er ging den Flur entlang und schritt gemächlich die Treppe hinab, wobei er sich eine Zigarette anzündete. Unten in der Lobby stritten zwei aufgebrachte Chinesen mit einem großen Mann, wahrscheinlich ein Engländer. Hinter diesem saß in einem der Sessel ein weiterer Mann, der sich einen Eisbeutel an die Stirn hielt. Ingwon nahm einen tiefen Zug von der Zigarette und blies den Rauch genüsslich aus, als er an den Männern vorbeiging. Der Blick des großen, grauhaarigen Kerls traf seinen. Er nickte ihm nur kurz zu und verließ das Hotel.

16 /*RISIKO*

LUKAS LENKTE den schweren Mercedes durch die nächtlichen Straßen Khartums. Es fehlte nur noch die alte Uniform und er hätte sich in der Zeit zurückversetzt gefühlt. Er warf einen Blick in den Rückspiegel.

»Wie geht's dir?«, fragte er besorgt, als er das blasse Gesicht von Cookie sah.

»Mach dir keine Sorgen, alles gut. Ich brauche nur etwas Ruhe - und eine Bluttransfusion.«

»Verstanden. Wo geht es denn hier zum nächsten Krankenhaus?«, fragte er an Zenabu gewandt.

Die Schwarze blickte ihn verständnislos an. »Bist du verrückt? Wir können in kein Krankenhaus fahren, in dem wir sicher wären. Ich schwöre dir, keine fünf Minuten nach unserem Eintreffen wären wir tot!«

»Wir müssen aber irgendwo hin, du siehst doch, wie stark sie blutet.«

»Wie ernst ist es dir, Ingwon zu finden?«

»Was soll denn die Frage jetzt?«

»Bist du bereit, ein Risiko auf dich zu nehmen?«

»Ich befinde mich bereits mitten im Risiko, wie du vielleicht gemerkt hast.«

»Dann lass uns noch einen Schritt weitergehen«, sagte Zenabu ernst. »Ich kann uns hier rausbringen, raus aus Khartum. Zum Radom-Nationalpark bei Kafia Kingi. Und dort kann ihr auch geholfen werden.«

Lukas musterte seine Beifahrerin kurz. In ihren Augen konnte er Stärke und Entschlossenheit sehen. Dann blickte er wieder in den Rückspiegel. Cookie war bewusstlos auf der Rückbank zusammengesunken.

»Also gut. Wohin soll ich fahren?«

Zenabu lächelte ihn an. »Immer geradeaus.«

Es war fast Mitternacht, als sie auf einem kleinen, abgelegenen Transportflughafen in Bahri eintrafen. Zenabu ließ ihn vor einer baufälligen Halle anhalten und ging erst einmal alleine hinein. Lukas kümmerte sich unterdessen darum, Cookie einen ordentlichen Druckverband mit Hilfe des Verbandskastens aus dem Mercedes anzulegen. Er war gerade fertig, als Zenabu aus der Halle in Begleitung eines Mannes wieder herauskam. Der Kerl trug einen blauen, ölverschmierten Overall und hielt einen riesigen Schraubenschlüssel in der Hand.

»Lukas, das ist David. Er wird uns hier rausfliegen, noch heute Nacht.«

»Freut mich zu hören.«

Der Mann richtete den Schraubenschlüssel auf Lukas und stieß ihn dann leicht gegen seine Brust. »Du wirst gut auf Zenabu aufpassen, verstanden?«

»Natürlich«, erwiderte Lukas. Er drückte den Schraubenschlüssel zurück.

»Gut«, erwiderte David ernst. »Ich mache die Maschine startklar.« Er ging zurück in die Halle.

»Du darfst ihm das nicht übelnehmen. Er macht sich nur Sorgen um mich.«

»Und dann lässt er zu, dass du nach Kafia Kingi fliegst?«

»Ich kann sehr überzeugend sein, wenn ich etwas will«, sagte Zenabu mit einem Lächeln im Gesicht. Jetzt, im Zwielicht der schummrigen Beleuchtung vor der Halle, sah Lukas die Verstümmelungen in ihrem Gesicht nicht mehr. Aber dafür konnte er umso mehr erahnen, welch eine Schönheit sie vor der grausamen Tat gewesen war.

»Das glaube ich gerne. Wir sollten sehen, dass wir hier schnell wegkommen. Der Wagen hat ein eingebautes GPS-Ortungssystem, es kann nicht mehr lange dauern, bis mein Freund Geordie hier mit seinen Männern auftaucht. Und er wird sauer sein, diese Begegnung möchte ich mir gerne ersparen.«

Wie zur Bestätigung hörte er aus der Halle, wie ein Flugzeugmotor gestartet wurde und eine klapprige, alte Cessna Caravan herausrollte. Lukas schnappte sich Cookie und schleppte sie zu der Maschine hinüber. David stieg aus und half ihm, sie ins Flugzeug zu legen. Lukas und Zenabu stiegen ebenfalls in das Flugzeug ein und kurz darauf rollten sie auch schon auf die Startbahn.

»Können wir einfach so starten?«, fragte Lukas skeptisch.

»Aber sicher. Mach dir keine Sorgen, ich verfüge über eine Sondererlaubnis für solche Fälle«, erwiderte David ruhig und funkte den Tower an. Die Startfreigabe erfolgte postwendend. Als sie in der Luft waren, atmete Lukas tief durch und lehnte sich in seinem Sitz zurück. Er ahnte, dass seine Probleme jetzt erst richtig einsetzten. Mit der Rechten zog er sein Smartphone aus der Tasche und rief seine Mails ab. Stralau hatte ihm wie versprochen eine Mail mit Informationen über Mikel Ingwon geschickt und dazu noch ein paar weitere Anweisungen. Die letzte lautete: »Töten, wenn möglich.«

Lukas schaltete das Smartphone aus, um den Akku zu schonen. Als er es zurück in die Tasche schob, merkte er, dass ihm etwas Wichtiges fehlte. Seine Brieftasche.

17 / BEFÖRDERUNG

HAMBURG

DANIEL WISCHTE seine schweißnassen Hände am Polster des Sessels ab und kontrollierte dann noch einmal, ob seine Krawatte korrekt saß. Die Sekretärin seines Chefs lächelte ihn von ihrem Schreibtisch aus an, wohlwissend, wie nervös er war. Hinter Daniels Stirn arbeitete es. Was konnte der Grund für dieses überraschend anberaumte Gespräch sein? Zu Schulden hatte er sich nichts kommen lassen, da war er sich sicher. Leider hatte er aber auch keine besonderen Erfolge vorzuweisen, seine Monatszahlen bewegten sich im durchschnittlichen Bereich. Das Geschäft war hart.

»Möchten Sie einen Kaffee oder Wasser haben?«, fragte ihn die Sekretärin.

»Nein danke, ich möchte nichts.« Er versuchte, Gelassenheit in seiner Stimme auszustrahlen. Das Telefon der Vorzimmerdame klingelte. Sie zwinkerte ihm kurz zu und nahm den Hörer ab. Sie sagte nur ein Wort und legte dann wieder auf.

»Sie können jetzt hineingehen. Herr Goosenbach erwartet Sie.«

Wie von einem Stromschlag getroffen sprang Daniel auf, rückte erneut seine Krawatte zurecht und ging dann auf das Büro seines Chefs zu. Es war das erste Gespräch, das er mit ihm unter vier Augen führen würde, bisher hatten sich die wenigen Male, in denen er mit Gregor Goosenbach gesprochen hatte, auf ein paar Sätze in größeren Abteilungsrunden oder auf gezwungenen Smalltalk bei Firmenveranstaltungen beschränkt. Er atmete noch einmal tief durch, dann öffnete er die Bürotür.

»Ah, Herr Keiliger, wie schön Sie zu sehen. Kommen Sie, nehmen Sie doch bitte hier Platz.« Gregor Goosenbach saß an seinem Besprechungstisch, vor sich eine Mappe aufgeschlagen, und spielte mit einem Füllfederhalter in seiner rechten Hand. Daniel setzte sich gegenüber von Goosenbach an den wuchtigen Teakholztisch. Obwohl Gregor Goosenbach im selben Alter wie er war, fühlte sich Daniel seltsam klein und unterlegen in seiner Gegenwart.

»Guten Tag.«

»Lassen Sie mich gleich zum Punkt kommen, Herr Keiliger. Sie haben ja sicher mitbekommen, dass sich hier in der Bank einiges geändert hat in den letzten Tagen, seit mein Vater in den wohlverdienten Ruhestand übergetreten ist. Aber ich möchte es nicht bei einer Änderung an der Spitze des Bankhauses belassen. Es sind weitere Personalwechsel vonnöten, damit wir wieder etwas frischen Wind in unser bisweilen doch sehr angestaubtes Traditionshaus bekommen.« Goosenbach hatte ihm die ganze Zeit fest in die Augen geschaut, nun senkte er den

Blick auf die Mappe vor sich. »Sie sind einer der Kandidaten, die ich mir hierfür gut vorstellen könnte, Herr Keiliger. Ihre Ergebnisse in den zwei Jahren, die Sie jetzt bei uns tätig sind, können sich durchaus sehen lassen, vor allem in Anbetracht des schwierigen Umfelds.«

Daniel spürte, wie sein Herz bis hoch zum Hals schlug. Vor Aufregung brachte er nur ein leicht ersticktes »Wirklich?« heraus.

»Ja. Die Stelle, die ich hierfür im Auge habe, würde neu geschaffen werden. Eine neue Abteilung speziell für unsere Auslandsgeschäfte. Natürlich bringt dieser Posten eine große Verantwortung mit sich und ich will Ihnen nicht verhehlen, dass ich auch einen umfassenderen Arbeitsaufwand als bisher erwarte. Dies wird ein Posten, auf dem ich Sie mehr oder weniger rund um die Uhr brauchen werde. Dafür kann ich Ihnen aber auch erheblich höhere Bezüge als bisher anbieten.« Goosenbach lächelte ihn an. »Glauben Sie, dem gewachsen zu sein?«

»Natürlich«, sagte Daniel. »Aber es ist nur ... Worüber reden wir hier genau? Ich müsste das vielleicht vorher noch mit meiner Lebensgefährtin abstimmen, wenn es eine so zeitintensive Stelle wird.«

»Aber gewiss. Die Familie sollte bei so einer Entscheidung immer miteinbezogen werden«, sagte Goosenbach verständnisvoll. »Etwas anderes habe ich auch nicht erwartet. Ihre Frau und Ihre Tochter waren doch auch bei unserem Sommerfest im letzten Jahr, nicht wahr?«

»Ja, das waren sie.« Daniel fühlte sich unwohl. »Nun, Sie müssen wissen, ich bin nicht verheiratet und das Kind hat meine Freundin mit in die Beziehung gebracht.«

Goosenbach lachte freundschaftlich. »Das müssen Sie

doch nicht extra erwähnen. Heutzutage sind solche Patchwork-Konstellationen doch keine Seltenheit mehr. Hauptsache, alle Beteiligten sind damit glücklich. Sprechen Sie mit Ihrer Freundin über mein Angebot. Wie wäre es, wenn Sie mir die Antwort morgen Abend mitteilen? Bei einem gemeinsamen Abendessen? Ich lade Sie und Ihre kleine Familie ein.«

»Äh, das … Gerne.« Daniel war zu perplex, um einen klaren Gedanken zu fassen. Passierte das gerade wirklich?

»Sehr gut, das freut mich. Und bis dahin«, Goosenbach reichte ihm einen braunen Umschlag, »lesen Sie sich doch mein Angebot genau durch. Ich bin schon sehr gespannt auf Ihre Antwort.« Er erhob sich von seinem Stuhl. Daniel tat es ihm gleich.

»Das werde ich. Bis morgen.« Langsam verließ Daniel das Büro und zog die Tür hinter sich zu.

»Wie ist es gelaufen?«, fragte ihn die Sekretärin erwartungsvoll.

Daniel antwortete ihr nicht sofort, sondern zog ein Blatt Papier aus dem Umschlag, den sein Chef ihm gegeben hatte. Als er die sechsstellige Zahl auf dem Arbeitsvertrag las, wurden seine Augen groß. »Doch, ist ganz gut gelaufen«, sagte er leise.

Gregor Goosenbach lehnte sich zufrieden in seinem Sessel zurück. Es war fast zu einfach. Als er die Bilder gesehen hatte, die Ingwon ihm gemailt hatte, erkannte er die Frau sofort wieder. Er konnte sich daran erinnern, wie einer seiner Mitarbeiter, Daniel Keiliger, einige Zeit krankheitsbedingt ausfiel, weil er mit dem Ex-Mann seiner Frau eine

Auseinandersetzung gehabt hatte. Ihm gefiel es zwar nicht, dass er sich selbst so aktiv in die Geschehnisse einbringen musste, aber bei den zu erwartenden Erlösen konnte er sich keine Skrupel leisten. Bis zum morgigen Abend hatte er noch genügend Zeit, um Vorkehrungen zu treffen. Vor allem, um für sein Alibi zu sorgen.

18 / ENYAMA

SUDAN, RADOM-NATIONALPARK

DIE CESSNA SETZTE HEFTIG auf dem buckligen Untergrund auf. Lukas und die anderen wurden kräftig durchgeschüttelt, als die Maschine langsam auf eine kleine Ansiedlung zusteuerte. Aus einem der Gebäude, einer länglichen, braunen Holzbaracke, kamen fünf Männer in tarnfarbenen Uniformen auf sie zu. Alle hielten Gewehre in der Hand.

»Das Begrüßungskomitee steht schon bereit«, sagte Lukas.

»Keine Sorge, das sind Parkranger. Aber wir sind nicht angemeldet, deswegen gehen die auf Nummer sicher. Lass mich erstmal mit denen reden.« David stoppte die Cessna und stellte den Motor aus. Er stieß die Tür auf und stieg mit sichtbar ausgestreckten Händen aus. Einer der Parkranger ging auf ihn zu und begrüßte ihn fröhlich, als er ihn erkannte.

»Sehen alle Parkranger aus wie Soldaten?«, fragte Lukas.

»Das muss sein. Sie befinden sich schließlich auch in

einem Krieg«, sagte Zenabu. »Aber warte, bis du sie besser kennenlernst, die sind alle sanft wie Lämmer.«

David winkte ihnen zu und gab Zeichen, dass sie aussteigen sollten. Zenabu stieg zuerst aus, während Lukas der verletzten Cookie half, die Maschine zu verlassen.

»Lass nur, es geht schon. Ich kann das auch alleine«, protestierte sie schwach.

»Gewiss, aber ich wollte auch mal Kavalier sein.« Mit der untergehakten Chinemerem ging Lukas langsam zu David und Zenabu hinüber, die sich mit dem Parkranger unterhielten. Als der großgewachsene Schwarze sie sah, verhärteten sich seine Gesichtszüge auf der Stelle. Lukas erkannte sofort, dass es nicht seinetwegen war. Der Ranger sagte einige Sätze auf Sudanesisch, die hart in Lukas' Ohren klangen.

»Können wir das nicht später besprechen?«, erwiderte Cookie schwach auf Deutsch. »Ich wurde angeschossen, wie du vielleicht siehst.«

»Ein Jammer, dass der Schütze nicht besser gezielt hat«, entgegnete der Parkranger mitleidlos, ebenfalls auf Deutsch. Er drehte sich um und rief zwei weitere Männer herbei, gab ihnen Anweisungen und schnell nahmen die beiden Lukas die erschöpfte Chinemerem ab und brachten sie zu der Baracke hinüber. Dann wandte sich der Ranger an Lukas. »Und Sie sind?«, fragte er, ins Englische wechselnd.

»Lukas Horn. Ich bin Beamter des deutschen …«

»Was haben Sie mit meiner Schwester zu schaffen, Herr Horn?«, fragte der Ranger scharf.

»Ihre …? Sie wurde mir als Unterstützung bei meinen Ermittlungen zugeteilt.«

Der große Schwarze musterte ihn genau, dann streckte er ihm die Hand entgegen. »Mein Name ist Enyama Nyimang. Ich leite diese Station.«

Überrascht ergriff Lukas die Hand des Mannes. »Ich wusste nicht, dass Coo … Chinemerem einen Bruder hat. Ich meine, Sie hat es gesagt, aber …«

»Sie waren sich nicht sicher, ob sie Sie angelogen hat? Das konnte sie schon immer gut. So ziemlich das einzige Talent, das sie besitzt.« Ein sarkastisches Lachen folgte. »Lassen Sie uns erstmal hineingehen, es wird ein heißer Tag werden.«

Enyama ging ihnen voraus. Als sie bei den Baracken ankamen, stürmte ein Schäferhund in einem Wahnsinnstempo auf sie zu. Eine Staubwolke stob hinter ihm auf. Zenabu erschrak und suchte Schutz hinter Lukas. Kurz vor Enyama bremste der Hund laut bellend ab. Cookies Bruder kniete sich hin, kraulte den Hund ausgiebig hinter den Ohren und sagte einige sudanesische Worte zu dem Tier.

»Das ist Milou, ein belgischer Malinois. Mein Partner und meine Lebensversicherung hier draußen.« Der Hund blickte Lukas an und fletschte knurrend die Zähne. »Er mag es nicht, wenn Fremde ihn anstarren«, erklärte Enyama. Er sagte ein Wort zu dem Hund und sofort hörte dieser auf zu knurren. »Wir haben hier eine ganze Hundestaffel aufgebaut, sie helfen uns beim Aufspüren von Schmugglern. Sie sind auf Elfenbein spezialisiert. Es besteht kein Grund, vor Milou Angst zu haben«, sagte Enyama mit Blick auf Zenabu. Er sagte leise ein Wort und der Hund preschte wieder davon.

»Beeindruckendes Tier«, sagte Lukas.

»Nicht wahr? Aber jetzt lassen Sie uns reingehen, wie wäre es mit Frühstück?«

»Eine gute Idee, ich bin am Verhungern«, sagte Zenabu, sichtlich erleichtert, dass der Hund fort war.

»Na, dann kommt schnell, bevor meine Männer alles verputzen. Bei denen könnte man mitunter glauben, eine Dürreperiode steht uns bevor.« Enyamas Art zu lachen hatte etwas Ansteckendes.

Im Hauptraum des sehr behelfsmäßig aussehenden Barackenbaus saßen ein Dutzend Männer in Uniform an einer langen Tischreihe. Auf dem Tisch standen mehrere Brote, einige halbe Käseräder und lange Salamis. Die finsteren Blicke der Männer erinnerten Lukas ein wenig an eine wilde Hundemeute, die befürchtete, dass man ihnen das Futter wegnehmen wollte. Enyama sagte einige Sätze und sofort rückten ein paar der Männer links und rechts zur Seite und schafften so Platz am Tisch für ihre Gäste.

»Bitte, nehmt Platz und esst. Es ist genug für uns alle da«, sagte Enyama.

Lukas griff sich das Brotmesser und schnitt sich eine Scheibe Brot ab, die er mit Käse belegte. Enyama, der neben ihm saß, sah ihn interessiert an.

»Jetzt erzählen Sie bitte. Wonach genau ermitteln Sie hier? Wenn meine Schwester involviert ist, vermute ich, dass Elfenbein mit im Spiel ist«, seine Stimme wurde ernst, »aber in diesem Fall kann ich Ihnen schon sagen, es wird zu nichts führen. Ganz gleich, was Sie zu erreichen hoffen.«

Lukas kaute noch einen Moment auf dem trockenen, harten Brot herum. Er konnte die Blicke der anderen Parkranger an dem Tisch spüren. Als sein Mund wieder leer war, antwortete er: »Komisch. In Khartum haben mir die Leute was Ähnliches gesagt. Wie es scheint, möchte niemand so recht den Elfenbeinhandel unterbinden.« Es folgte Totenstille. Die Männer, die gerade noch mit Essen beschäftigt waren, hatten innegehalten und starrten ihn jetzt an. Und es waren keine freundlich gesinnten Blicke. Auch in Enyamas Blick war wieder die Härte zurückgekehrt, mit der er seine Schwester zuvor angesehen hatte. Lukas spürte Zenabus Hand auf seinem linken Arm. Die Sudanesin sah ihn ernst an und bewegte den Kopf leicht hin und her.

»Okay, das war vielleicht etwas unglücklich ausgedrückt«, setzte Lukas an, um die Stimmung wieder zu beschwichtigen, »was ich eigentlich sagen wollte, ist, dass man in Khartum von Seiten der Behörden nicht bereit war, mir Unterstützung zukommen zu lassen.«

»Unterstützung? Wozu? Um uns dummen Rangern mal zu zeigen, wie es richtig gemacht wird?« Einer der Männer war aufgestanden und stützte sich mit beiden Armen auf dem Tisch ab, wobei er sich gefährlich nahe zu Lukas hinüberbeugte. Der erregte Ranger hatte Arme, die ihn an Elefantenbeine erinnerten. Im Gesicht des Mannes war eine deutlich sichtbare Narbe zu erkennen und er hatte mehrere Zahnlücken in seinem Gebiss.

»Setz dich wieder, Joseph«, beruhigte Enyama die Situation. Der Mann warf Lukas noch einen bösen Blick zu, dann folgte er der Anweisung. »Kommen Sie mit, ich möchte Ihnen etwas zeigen.«

Gemeinsam mit Cookies Bruder verließ Lukas die Baracke und ging durch das kleine Camp der Ranger. Er sah weitere kleine Holzhütten, wahrscheinlich die Wohngebäude der Männer, außerdem ein Gebäude mit einem roten Kreuz in einem weißen Kreis, die Krankenstation.

Kurz dahinter konnte er einen großen Hundezwinger sehen, in dem sich mindestens noch sechs weitere von den belgischen Schäferhunden aufhielten. Sie gingen an der Krankenstation vorbei und machten einen Schlenker nach links, hier war so etwas wie ein Freiluft Fitness-studio aufgebaut. Mehrere abgenutzte Hantelbänke, etliche Gewichte und ausrangierte Autoteile, vor allem Stahlfelgen und Bremsscheiben, lagen herum. Aus den Autoteilen hatten sich die Männer behelfsmäßig Gewichte gebaut.

»Unser Fitnessbereich«, sagte Enyama. »Zurzeit nehmen wir keine neuen Mitglieder auf, machen Sie sich also keine Hoffnungen.« In seiner Stimme schwang wieder die feine Ironie mit, die Lukas vorhin schon so sympathisch fand. Etwas abseits des Trainingsplatzes lag eine weitere kleine Hütte, die baufälligste, die Lukas bisher im Camp gesehen hatte. Davor stand allerdings ein Parkranger, mit einer Kalaschnikow im Arm. Als er Enyama auf sich zukommen sah, nahm der Mann sofort eine strammere Haltung an. Enyama zog einen Schlüssel aus seiner Tasche und öffnete damit die Tür der Hütte.

»Hier, bitte, Herr Horn. Dies ist alles, was wir geschafft haben.«

Lukas machte einen Schritt in die Hütte hinein. Weiter als diesen einen Schritt kam er auch nicht hinein, da der Rest komplett mit Stoßzähnen aufgefüllt war. Staunend begutachtete Lukas die Elefantenstoßzähne, die alle beschriftet waren, mit Datum und Koordinaten.

»Das ist alles Elfenbein, das wir in den letzten sechs Monaten von Wilderern sichergestellt haben.«

»Ich dachte, es gibt keine Elefanten mehr im Radom-Nationalpark?«

»Das stimmt. Aber die Wilderer reisen hier durch, um Grenzen zu umgehen. Das Elfenbein war für den Verkauf in Khartum bestimmt.«

Lukas drehte sich zu Enyama herum. »Scheinen doch erfolgreiche Monate gewesen zu sein.« Ein spöttischer Blick war alles, was Lukas zur Antwort erhielt. »Oder nicht?«

»Sie wissen gar nichts. Während wir diesen kümmerlichen Rest sichergestellt haben, konnte eine Menge, mindestens fünfzig dieser Hütten, ins Ausland transportiert werden. Hauptsächlich durch die LRA. Und wir mussten schon hierfür teuer bezahlen. Ich habe in den letzten Monaten vier meiner Männer eingebüßt. Wir kämpfen auf verlorenem Posten.«

»Hören Sie, es tut mir leid. Ich wollte weder Sie noch Ihre Männer beleidigen. Ich bin mir sicher, dass Sie alles Menschenmögliche tun, um den Elfenbeinhandel zu unterbinden. Ich weiß sicherlich nicht viel, aber genug, um zu wissen, dass Sie bei diesem Kampf jede Unterstützung brauchen, die Sie kriegen können!«

»Wie könnten Sie uns unterstützen? Haben Sie Geld für neue Waffen, für bessere Ausrüstung meiner Männer mit schusssicheren Westen? Können Sie uns vielleicht den Hubschrauber besorgen, auf den wir schon seit Jahren warten?«

»Nein, das kann ich alles nicht. Aber vielleicht kann ich Ihnen auf andere Art behilflich sein.« Lukas machte eine Pause. »Indem ich Mikel Ingwon verhafte und damit die LRA an weiterem Elfenbeinhandel hindere.«

Enyama stutzte kurz, dann legte er den Kopf in den Nacken und lachte schallend. Als der Wachmann ihn fragend ansah, erklärte Enyama ihm auf Sudanesisch, was

Lukas gesagt hatte. Auch der Wachmann stimmte in das Gelächter mit ein.

»Nun, ich gebe zu, gegen das Verschwinden von Ingwon hätte ich nichts einzuwenden«, sagte Enyama, nachdem er genug gelacht hatte, »aber leider glaube ich nicht an Wunder.«

»Okay. Und was wäre, wenn ich ihm, statt ihn zu verhaften, eine Kugel in den Kopf jage?« Lukas blickte Cookies Bruder ernst in die Augen.

»Glauben Sie wirklich, Sie kämen nahe genug an Ingwon heran? Niemand schafft das.«

»Vielleicht muss ich gar nicht so nahe an ihn heran. Wie sieht es mit Ihrer Bewaffnung aus? Haben Sie gute Gewehre hier?«

Enyama schloss die Tür der Elfenbein-Hütte. »Kommen Sie.«

Mit langen Schritten ging er durch das Lager zurück und hielt auf eine der kleineren Baracken zu. Als sie die Hütte erreichten, hielt Enyama die Tür für Lukas auf und ließ ihn vorausgehen. Dann schaltete er das Licht in der fensterlosen Bretterbude ein. Es dauerte einen Moment, bis die Glühbirne ihre volle Leuchtstärke erreicht hatte. Lukas sah an den Wänden des quadratischen, geschätzt fünf mal fünf Meter langen Baus unzählige Waffen aller Art hängen. Russische Kalaschnikows, deutsche G36 oder amerikanische M16-Gewehre, dazu noch etliche Uzis und verschiedene Handfeuerwaffen. Lukas Blick verharrte aber auf der rechten Wand, wo das einzige Möbelstück, ein Stahlschrank, stand. Enyama ging zu dem Schrank, holte seinen Schlüsselbund hervor und öffnete den Waffenspind. Dann holte er ein Gewehr heraus und reichte es Lukas.

»Ein Barrett M82? Wie sind Sie an das gekommen?«, fragte Lukas und besah prüfend das amerikanische Scharfschützengewehr, das er in einer modifizierten Version während seiner Bundeswehrzeit als G82 kennengelernt und als Standardwaffe genutzt hatte. Die deutsche Variante besaß das bessere Zielfernrohr, aber auch die US-Standardausführung war ausreichend, um bis tausendfünfhundert Meter Entfernung genau zu treffen.

Enyama holte noch eine Schachtel Munition aus dem Schrank und reichte sie ebenfalls Lukas.

»Wir haben sie Wilderern abgenommen. Die sind besser bewaffnet als wir.« Enyama stockte kurz. »Leider. Mit diesem Gewehr wurden zwei meiner Männer getötet.«

»Da haben Sie noch Glück gehabt«, sagte Lukas ruhig und wog die Munition in seiner rechten Hand. »Das Magazin fasst zehn Schuss. Wenn ein guter Schütze hinter dem Lauf sitzt, dann bedeutet das zehn Tote.«

»Und? Sind Sie einer?«, fragte Enyama knurrig.

»Ich war mal einer. Aber jetzt ... Ich habe seit zwei Jahren keinen Schuss mehr aus diesem Gewehr abgegeben.«

»Dann wird es Zeit, dies zu ändern.«

Eine Stunde später war alles aufgebaut. Lukas stand in der Mitte des Camps, von den Rangern umringt. Auch Zenabu und David, der Pilot, standen dabei. Sie alle warteten auf den Landrover, der aus der Entfernung auf sie zugebraust kam und dabei eine riesige Staubwolke aufwirbelte. Der Wagen hielt schließlich wenige Meter neben Lukas und Enyama stieg aus.

»Also, Herr Horn. Dann zeigen Sie mir mal, wie es um

Ihre Schießkünste bestellt ist.« Der Chef der Parkranger deutete mit dem Finger in die Ferne. Lukas nickte. Er kniete sich hin. Vor ihm lag das auf der Klappstütze aufgestellte M82, mit dem Lauf in die Richtung ausgerichtet, in die Enyama gerade gewiesen hatte. Das Kastenmagazin mit 10 Kugeln Kaliber .50 BMG war bereits eingesetzt. Lukas streckte sich bäuchlings ganz aus und bezog hinter dem Gewehr Stellung. Er umfasste das Gewehr mit der linken Hand am Lauf, zog es ein wenig dichter an sich heran und brachte sein rechtes Auge an das Okular des Zielfernrohrs. Seine Wange schmiegte sich an die Schulterstütze, die wie eingerastet an seiner Schulter saß. Seine Beine hatte er gespreizt, mit nach außen gedrehten Füßen. Das linke Bein zog er ein wenig an, die Sohle drückte er tief in den sandigen Boden. Jetzt hatte er eine ausgezeichnete Position. Er schaute durch das Zielfernrohr auf das Ziel, das Enyama ihm aufgebaut hatte. Ein alter, knorriger Baum. In etwa achthundert Metern Entfernung. An einem langen waagerechten Ast hatte Enyama vier Flaschen mit Seilen befestigt. Die Flaschen hingen am Hals aufgehängt in kurzen Abständen nebeneinander und bewegten sich nur ganz sachte hin und her.

Lukas erfasste das erste Ziel. Durch das Zielfernrohr hatte er beinahe das Gefühl, es sei zum Greifen nahe. Das Fadenkreuz der Optik lag nun genau über dem Ziel. Sein Zeigefinger umfasste den Abzug und nahm den Druckpunkt auf. Lukas atmete aus, entspannte sich. Das Zielkreuz hüpfte leicht im Takt seines Herzschlags. Wieder atmete er tief aus, wartete zwei, drei Sekunden und atmete tief ein. Ein kurzes Ausatmen und dann hielt er die Luft an. Dann war das Fadenkreuz still. Er drückte ab.

»Daneben«, kommentierte Enyama, der mit einem Fernglas vor den Augen neben ihm stand, ruhig. Einige der Ranger lachten.

Lukas schoss rasch. Er feuerte vier weitere Schüsse in einem schnellen Intervall, systematisch von rechts nach links. Er konnte das Splittern der Flaschen nicht hören, aber zufrieden sah er vier Seile an einem Ast hängen, die nun nichts mehr zu tragen hatten.

Lukas stand wieder auf und klopfte sich den Staub von Hemd und Hose.

»Der erste Schuss war bei kaltem Lauf nur zum Aufwärmen«, erklärte er Enyama, der das Fernglas mit beiden Händen vor der Brust hielt und ihn mit hochgezogener Augenbraue ansah. Einen Moment lang sagte niemand etwas. Dann rief Enyama etwas auf Sudanesisch. Die anderen Ranger klatschten in ihre Hände und wiederholten den Ausruf.

»Du hast sie beeindruckt«, erklärte Zenabu, die sich hinter seinem Rücken an ihn angepirscht hatte.

»Freut mich«, erwiderte Lukas erleichtert. »Ich bin selber überrascht.«

Enyama kam zu ihm und legte ihm die Hand auf die Schulter. »Es wird Zeit, dass wir uns mal eingehender unterhalten. Kommen Sie mit.«

Lukas folgte dem Chef der Parkranger in dessen private Hütte. Die Tür stand weit offen. In der Mitte des Wohnraums lag ausgestreckt auf einem Teppich der belgische Schäferhund, Milou. Das Tier richtete sich sofort auf, als Enyama und Lukas eintraten. Mit wachsamem Blick verfolgte der Hund jeden von Lukas' Schritten.

»Er sieht hungrig aus«, bemerkte Lukas.

»Keine Sorge, er wird Sie nicht fressen.«

Das Zimmer war spärlich eingerichtet. Ein kleiner Schreibtisch mit einem schäbig aussehenden Drehstuhl sowie ein durchgesessenes Zweiersofa mit abgewetztem Lederbezug, mehr Möbelstücke gab es nicht. Enyama nahm auf dem Drehstuhl hinter dem Schreibtisch Platz. Lukas ließ sich auf das Sofa niedersinken und spürte schmerzhaft das Holzgestell unter der Polsterung.

»Und nun würde ich gerne alles über Ihre Ermittlungen hören und den Grund Ihres Hierseins erfahren.« Der Schäferhund legte sich zu Enyamas Füßen wieder hin, beobachtete Lukas aber weiterhin ganz genau.

Lukas erzählte dem Ranger von den Morden in der Zollhalle in Hamburg sowie der anschließenden Jagd auf die Sudanesen und ihren deutschen Helfer. Auch den Besuch seiner Schwester Chinemerem ließ er nicht aus. Als er von dem Besuch beim Vize-Polizeichef Winston Limbani erzählte, schienen Enyamas Augen kurz aufzublitzen, aber er hörte weiterhin zu und unterbrach Lukas nicht. Schließlich berichtete Lukas noch von dem Anschlag im Hotel und ihrer Flucht zum Flugplatz.

»Und wie soll es jetzt weitergehen? Sie haben immer noch vor, Jagd auf Mikel Ingwon zu machen, obwohl Sie unbewaffnet und ohne Unterstützung sind?«

»Ich kann jetzt nicht mehr aufhören«, sagte Lukas. »Die wissen, wer ich bin. Ich nehme an, dieser Limbani steht ebenfalls auf der Gehaltsliste der LRA. Außerdem habe ich in meinem Hotelzimmer in Khartum meine Brieftasche vergessen. Selbst wenn ich jetzt abreise und nach Hamburg zurückkehre, muss ich damit rechnen, dass die weiter hinter mir her sein werden. Da ist es mir lieber, ich komme denen zuvor.«

»Verstehe.« Enyama kraulte den Hund hinter den

Ohren. Lukas wartete auf eine weitere Reaktion. Eine Minute verstrich, dann sagte Enyama: »Bevor ich Ihnen meine Hilfe zusage, möchte ich ein Versprechen von Ihnen haben.«

»Und das wäre?«

»Sie müssen beenden, was Sie angefangen haben. Egal was passiert. Wenn wir Ingwon nicht erwischen, wird die LRA ansonsten Vergeltung üben und uns alle töten.«

19 /ELEFANTENWAISEN

Nachdem Lukas sein Versprechen abgegeben und Enyama ihm daraufhin seine Unterstützung zugesagt hatte, führte der Parkranger ihn noch einmal durch das Camp. Diesmal erzählte Enyama mehr über die Infrastruktur und die Aufgaben, die die Ranger im täglichen Kampf gegen Wilderer zu erledigen hatten. Sie verweilten eine Zeitlang beim Hundezwinger und Lukas konnte bei einer Trainingseinheit für die kleine Hundestaffel zusehen. Mit unerschütterlicher Sicherheit erschnüffelten die Hunde verstecktes Elfenbein, ganz gleich, ob Nashornhörner, die unter Kleidungsstücken in einem Koffer oder Elefantenstoßzähne, die zwischen Ölkanistern unter einer Plane versteckt waren. Auch die Demonstration im Einsatz der Hunde gegen Wilderer, hier dargestellt durch einen Ranger im Ganzkörperschutzanzug, geriet sehr überzeugend. Der Mann wurde in Sekundenschnelle von einem angreifenden Hund zu Boden gebracht, wo sich das Tier weiter in den Schutzanzug verbiss. Lukas konnte sich nicht vorstellen, dass ein Mann nach so einer Attacke unbeschadet wieder aufstehen konnte. Wenn er überhaupt je wieder aufstand.

Vom Hundezwinger gingen sie weiter in Richtung der Krankenstation. Erst jetzt sah Lukas, dass das Gebäude nicht nur eine einfache Holzbaracke war, sondern aus weiß gekalktem Mauerwerk errichtet war. Er erwartete, dass Enyama seine Schwester besuchen wollte, aber dieser ging an der Krankenstation vorbei.

»Was ist zwischen Ihnen und Chinemerem vorgefallen?«, wollte Lukas wissen.

»Sie hat alles verraten, woran ich glaube. Und was noch viel schlimmer ist: Sie hat der LRA geholfen, das Elfenbein zu schmuggeln.«

»Sie sagte, sie hat es aus Angst um ihre Mutter und Tante getan.«

Enyama schnaubte wütend. »Das hat sie Ihnen erzählt? Diese falsche Schlange. Unsere Mutter ist schon lange tot. Ebenso wie alle anderen unserer Verwandten. Unser ganzes Dorf wurde damals, vor fünfzehn Jahren, von den Dschandschawid vernichtet. Zu dieser Zeit habe ich geschworen, mein Leben dafür einzusetzen, um gegen sie zu kämpfen. Chinemerem hat es vorgezogen, das Land zu verlassen. Sie hätte es dabei belassen können, aber stattdessen …« Er verstummte, als ein aufgeregter junger Mann auf sie zugelaufen kam und sofort wie ein Wasserfall zu reden begann.

»Kommen Sie«, sagte Enyama an Lukas gewandt, »wir müssen nach den Elefanten sehen.« Er lief mit langen Schritten zu dem Landrover, der nicht weit von ihnen entfernt stand.

»Welche Elefanten? Ich dachte, es gibt hier keine

mehr?«, fragte Lukas, als er sich auf den Beifahrersitz des Wagens schwang.

Enyama startete den Landrover. »Richtig. Aber wir hoffen, dies bald wieder ändern zu können.« Dann gab er Gas und ließ die Reifen durchdrehen, bis sie Bodenhaftung bekamen und der Wagen nach vorne davonschoss.

Nach einer zehnminütigen, wilden Fahrt erreichten sie eine weitere kleine Ansiedlung. Hinter den Gebäuden konnte Lukas allerdings einen großen, sehr stabil aussehenden Eisenzaun erkennen. Enyama stoppte den Landrover direkt vor einem roten Backsteinbau, aus dem eine zierliche Frau heraustrat, zu Lukas' Überraschung gefolgt von Zenabu, die einen großen Strohhut trug. Die andere Frau redete sofort mit Enyama und die beiden verschwanden im Haus.

»Wie bist du hierhergekommen?«, fragte Lukas die lächelnde Zenabu,

»Einer der Ranger hat mich mit rausgenommen. Ich wollte mir unbedingt die Elefanten ansehen, ich habe bisher noch nie einen aus der Nähe gesehen.«

»Elefanten? Was ist das denn hier, ein Zoo?«

»Hat Enyama es dir denn nicht erzählt? Das hier ist ein Waisenhaus, hauptsächlich für Elefanten, deren Muttertiere von den Wilderern getötet wurden, aber auch andere Tiere, wie Nashörner, sind hier untergebracht. Enyama und seine Männer haben es komplett allein aufgebaut, ohne jegliches Hilfsmittel.«

»Beeindruckend. Aber woher kommen denn die Tiere, wenn es doch im Sudan keine Elefanten mehr gibt?«

»Von überall her«, sagte Enyama, der wieder aus dem Gebäude herauskam, gefolgt von der Frau. »Andere Ranger aus den umliegenden Nationalparks anderer

Länder bringen die Jungtiere zu uns. Aus Zakouma, Garamba oder Okapi. Meistens, weil ihre Einrichtungen schon überfüllt sind oder sie schlicht keine Zeit haben, sich um die Jungtiere zu kümmern. Aber wenn es um die Tiere geht, dann klappt die Zusammenarbeit unter unseren Ländern ganz gut. Egal, ob aus dem Tschad, Kongo oder der Zentralafrikanischen Republik - zumindest zwischen den Parkrangern funktioniert die Kooperation.« Er ging an Lukas vorbei und bedeutete Zenabu und ihm, zu folgen. Sie umrundeten das Gebäude und gingen auf das dahinterliegende Tor zu. Unterwegs stellte er Lukas noch die andere Frau als Dr. Mariam Debembe vor, die sie ebenfalls begleitete. Das Zauntor bestand aus zwei großen Stahlrahmen, die mit einem Metallgitter bespannt waren. Enyama löste die Verriegelung und zog einen Flügel so weit auf, dass sie das Gehege betreten konnten. Es war eine ziemlich große Fläche, Lukas schätzte sie mindestens doppelt so groß wie das Elefantengehege, das er aus Hagenbecks Tierpark kannte. In der rechten Ecke war ein großer Stall aus zusammengewürfeltem Material errichtet worden. Darauf hielten sie nun zu. Bevor sie den Stall erreichten, kamen laut trötend zwei Elefantenkälber mit hohem Tempo aus dem Unterstand herausgejagt, verfolgt von zwei Männern, wahrscheinlich ihren Pflegern. Zenabu erschrak und griff nach Lukas' Arm und klammerte sich daran fest, während die beiden übermütigen Elefantenkinder an ihnen vorbeitobten. Einer der beiden Männer, die ihnen folgten, warf einen übergroßen Fußball auf die leere Fläche vor ihm. Sofort stürzte sich einer der Elefanten auf den Ball und verpasste diesem einen Schlag mit seinem Rüssel.

»Die sind ja richtig munter.«

»Ja, diese beiden schon. Die sind nun auch schon fast ein Jahr bei uns«, sagte Enyama und ging weiter. »Aber wir haben vor einer Woche ein weiteres Kalb bekommen. Aus dem Garamba-Nationalpark, mein Kollege Sadiq Mulhali hat es hergebracht, nachdem er es bei dem Kadaver seiner Mutter gefunden hatte.«

»Die ersten zwei Wochen sind immer die kritischen«, fuhr Mariam Debembe fort, die hinter Enyama herging. »Manche Elefanten kommen nicht über den Verlust hinweg und verweigern jegliche Nahrungsaufnahme und geben sich schließlich ganz auf. Wir können dann meistens nichts tun, außer zuzusehen.«

Sie betraten den Stall, der neben Stroh auch mit einigen Matratzen und Wolldecken ausgestattet war.

»Die Pfleger schlafen hier bei den Elefanten«, erklärte Dr. Debembe und beantwortete die Frage, die sie in Lukas' Blick erkannte. »Sie brauchen eine Rundumbetreuung.«

Ein weiterer Pfleger kam aus einer Box am Ende des Stalls auf sie zu. Der Mann sah übermüdet aus, mit tiefen Sorgenfalten auf der Stirn. Er wechselte einige Worte mit Enyama und ging dann mit ihm zusammen zurück in die Box. Lukas, dessen rechter Arm immer noch von Zenabu umklammert wurde, folgte ihnen und blieb vor dem Eingang in die Box stehen.

Ein kleiner Elefant lag mit einer Wolldecke halb zugedeckt auf der Seite und schien vor sich hin zu dösen. Enyama kniete sich neben den Kopf des Tieres und legte seine linke Hand hinter dessen Ohr. Dann redete er auf das regungslose Tier ein.

»Wie alt ist er?«, fragte Lukas.

»Es ist eine Sie, vermutlich drei Monate alt. Wir haben

ihr den Namen Sadeqi gegeben, nach dem Ranger, der sie aus Garamba herbrachte.«

»Was fehlt ihr?«, fragte Lukas.

»Körperlich nichts«, antwortete Mariam Debembe, »aber seelisch schon. Die Trauer über den Verlust ihrer Mutter könnte sie ebenfalls das Leben kosten. Wir hatten gehofft, dass sie sich schnell mit den anderen beiden Elefanten hier anfreundet und so darüber hinwegkommt, aber bisher …«

Lukas sah zu Enyama, der immer noch über dem Elefanten gebeugt dahockte. Dann hob der Ranger den Kopf und sagte zu ihm: »Helfen Sie mir mal. Wir müssen versuchen, sie auf die Beine zu stellen.«

Erst jetzt bemerkte Lukas, dass Zenabus Hand immer noch seinen Arm festhielt. Er lächelte sie an und hob den Arm. »Oh«, sagte sie und entließ ihn aus dem Griff. Dann ging er in die Box zu Enyama.

»Ich übernehme den Kopf, versuchen Sie, das Hinterteil hochzuziehen.«

Gemeinsam versuchten sie, den kleinen Elefanten aufzurichten, aber sie mühten sich vergebens ab. Nur ein leises, protestierendes Schnauben ließ das kleine Elefantenkalb vernehmen. Enyama rief den Pfleger zur Verstärkung herbei. Mit vereinten Kräften gelang es ihnen schließlich, dass Sadeqi sich erhob und aufstellte - wohl auch genervt von den drei Männern, die an ihr rumzerrten und drückten. Sie stellte ihre Ohren auf und hob den Rüssel. Enyama sagte lachend ein paar Worte auf sudanesisch zum Elefanten und scheuchte das Tier dann aus der Box heraus. Tatsächlich setzte sich Sadeqi in Bewegung und war nach einem kurzen Spurt aus dem Stall heraus und wurde draußen von den beiden anderen Elefanten mit einem Tröten empfangen. Fast schüchtern gesellte sie sich zu ihren beiden Artgenossen, ohne jedoch deren Enthusiasmus zu teilen.

Mit verschränkten Armen stand Enyama in der Stalltür und beobachtete die Szene.

»Es wird noch etwas dauern, aber ich denke, sie wird es schaffen. Wir werden sie jetzt jeden Tag dazu zwingen, rauszugehen und sich mit den anderen beiden zu beschäftigen. Die Zeit der Trauer ist vorbei.«

Bei den letzten Worten des Rangers blickte Lukas zu Zenabu hinüber, die mit leicht glasigem Blick die Elefanten beobachtete.

20 /ARM IN DER SCHLINGE

HAMBURG

MIT SCHNELLEN SCHRITTEN lief Morten über die Straße zum LKA-Gebäude herüber. Sein linker Arm hing im Neunzig-Grad-Winkel in einer Schlinge und war an seinem Oberkörper fixiert. Die Schussverletzung lag nun vier Tage zurück und Morten hatte die Untätigkeit bereits am zweiten Tag nicht mehr ausgehalten, als Lukas ihm erzählte, dass er in den Sudan fliegen würde, um dort die Spur weiterzuverfolgen. Zu Hause fiel Morten die Decke auf den Kopf. Buchstäblich. Seine Nachbarn hatten gestern Abend eine heftige Feier. Normalerweise störte es Morten nicht, ganz im Gegenteil. Er war bewusst in ein Viertel mit vielen Studenten-WGs gezogen, um dort am Partyleben teilzuhaben und ab und zu auch mal einen süßen Studenten abzuschleppen. Aber gestern Abend platzte unter dem Druck der wummernden Bässe und dem Gespringe der Gäste aus der Wohnung über ihm eine tellergroße Scheibe Putz von der Decke und zerschellte auf seinem Fußboden. Das war für ihn Fingerzeig genug, dass es an der Zeit war, die Wohnung endlich zu verlassen und etwas zu unternehmen. Also hatte er heute Morgen seinem Arzt einen Besuch abgestattet und sich dienstfähig schreiben lassen. Zwar mit der Einschränkung ›nur Innendienst‹, aber das war Morten herzlich egal. Zufrieden betrat er das Gebäude und fuhr mit dem Fahrstuhl hoch in den sechsten Stock, wo die Räume lagen, in denen das BKA untergebracht war.

»Da schau an, wen haben wir denn da? Haben die Schwestern im Krankenhaus dich zu sehr genervt und du hattest mal wieder Bock auf ein paar knackige Männerärsche?« Mit einem schmierigen Grinsen im Gesicht begrüßte ihn sein Kollege Dieter Bruckmann.

»Aber bestimmt nicht auf deinen. Mach dir keine Hoffnungen, Didi. Ich bin schwul, aber nicht blind!«

Noch ehe Bruckmann etwas erwidern konnte, schob sich Morten aus dem Fahrstuhl an ihm vorbei und ging zu seinem Schreibtisch. Er setzte sich auf seinen Stuhl und inspizierte das Chaos von Papieren, die alle mit den Morden im Hamburger Hafen zu tun hatten. Die verwunderten Blicke der übrigen Kollegen ob seiner Anwesenheit ignorierte er, er grüßte sie auch nicht. Von keinem dieser Kerle hatte er eine gute Meinung. Alles Idioten. Da war er sich mit Jürgen und Lukas stets einig gewesen. Aber nun war er allein. Jürgen war tot und Lukas auf dem besten Wege, es ihm nachzutun. Warum musste er auch unbedingt alleine in den Sudan fliegen?

»Ist kein Zeichen von gutem Benehmen, hier einfach reinzukommen und sich nicht bei seinem neuen Vorgesetzten zu melden.«

Morten drehte sich auf seinem Stuhl herum, zu der Stimme hinter seinem Rücken. Vor ihm stand ein grauhaariger Mann in einem dunkelblauen Anzug, schlank und beinahe so groß wie er selbst. In seinen Augen lag etwas Durchdringendes, Autoritäres. »Herr Stralau, nehme ich an?« Morten stand von seinem Stuhl auf und reichte Stralau die rechte Hand. »Morten Jonasson.«

»Geht doch.« Sein neuer Chef wandte sich um, ohne auf seine ausgestreckte Hand zu reagieren. »Kommen Sie mit, Jonasson.«

Etwas verdutzt nahm Morten die Hand runter und folgte dem Grauhaarigen dann in Oberhofers altes Büro.

»Schließen Sie die Tür und setzen Sie sich.«

Stumm befolgte Morten die Anweisung von Stralau und setzte sich auf den Lederstuhl vor dessen Schreibtisch. Stralau starrte auf den Bildschirm, der links schräg auf dem Tisch stand, und las. Einige Minuten lang dauerte dieser Zustand an, bis Morten schließlich sagte: »Wenn es um meine Anwesenheit hier geht, ich war beim Arzt, er hat mir Dienstfähigkeit bescheinigt.« Er legte das Attest auf den Schreibtisch, doch Stralau reagierte nicht darauf.

»Was können Sie mir anbieten?«, fragte Stralau nach weiteren schweigsamen Minuten. »Ich meine, außer der Fähigkeit, sich anschießen zu lassen und Jungs auf den Hintern zu starren.«

Normalerweise wäre Morten die Kinnlade runtergeklappt. Oder er hätte dem Kerl gleich eine verpasst. Aber Lukas hatte ihn vorgewarnt. Im Krankenhaus hatte er ihm einiges über Stralau erzählt. Morten war sich sicher, dass dieser ihn nun auf die Probe stellte.

»Nun, ich habe bei den Bundesjugendspielen mal eine Siegerurkunde errungen«, erwiderte Morten im schnoddrigen Hamburger Tonfall.

»Mit anderen Worten, Sie sind eine nutzlose Wurst, die sich hier nur auf Staatskosten durchschleppen lässt.«

Stralau sah ihn jetzt ernst an. »Jürgen kannte ich mein halbes Leben lang. Er war ein guter Polizist, kein herausragender, aber einer, der sich immer zu einhundert Prozent für die Sache eingesetzt hat. Lukas Horn hingegen ist ein top ausgebildeter Elitesoldat, der aus den falschen Gründen dachte, er wäre hier besser aufgehoben. Deswegen habe ich ihm einen Auftrag gegeben, der seinen Fähigkeiten besser entspricht.«

»Sie meinen, er soll für Sie töten.«

»Wohingegen Sie, Herr Jonasson, absolut kein Talent besitzen, dass für mich von Nutzen wäre. Also, gehen Sie nach Hause, suchen sich jemanden, der Ihnen die Eier krault und verschwenden Sie nicht länger meine Zeit.«

Morten blieb perplex sitzen und starrte zu Stralau, der sich wieder auf seinen Bildschirm konzentrierte.

»Worauf warten Sie noch?«, fragte dieser, ohne den Blick vom Monitor abzuwenden.

»Lukas ist mein Freund. Sie Arschloch haben ihn in sein Verderben geschickt, das wissen Sie genau. Ich bin hier, weil ich ihm helfen will, egal wie. Geben Sie mir ein Flugticket nach Khartum, ich fliege ihm hinterher. Auch wenn Ihnen sein Leben scheinbar egal ist.«

Amüsiert sah Stralau vom Monitor hoch und sah ihm ins Gesicht.

»Wie schon gesagt, ich habe Lukas eine Aufgabe gegeben, die wie für ihn gemacht ist. Unterschätzen Sie ihn nicht. Er hat mehr Talente, als Sie denken. Es wird Zeit, dass er sich dessen auch selbst wieder bewusst wird.« Stralau musterte ihn eingehend. »Wie weit sind Sie bereit zu gehen, um Lukas zu helfen?«

»So weit wie nötig«, antwortete Morten und ließ seinen linken Arm aus der Schlinge fallen.

»Gut. Dann habe ich vielleicht doch Verwendung für Sie. Schnappen Sie sich den Kollegen Bruckmann und fahren mit ihm zu einer Personenüberwachung.«

»Wie bitte? Ich höre wohl nicht recht. Ich will nicht nutzlos im Auto mit diesem Versager rumsitzen, sondern in den Sudan, um Lukas zu helfen.«

»Um Lukas zu helfen, ist es zu spät. Er gilt seit gestern als flüchtig. Die Polizei im Sudan ist auf der Suche nach ihm.« Stralau drehte den Monitor so, dass Morten draufblicken konnte. Er sah den Steckbrief mit dem Bild aus Lukas' Dienstausweis.

»Was zur Hölle …?«

»In dem Hotel, wo er untergebracht war, gab es anscheinend eine Schießerei. Seitdem ist er von der Bildfläche verschwunden. Ich habe mit ihm gestern noch telefoniert. Er hatte eine Spur von Mikel Ingwon, einem hochrangigen LRA-Mitglied. Ich nehme an, er verfolgt diese jetzt. Leider habe ich seitdem keinen Kontakt mehr zu ihm. Ich nehme an, er ist außerhalb jeglicher Empfangsmöglichkeiten.«

»Aber warum ist die Polizei hinter ihm her?«

»Ingwon hat anscheinend an den richtigen Positionen Schmiergelder verteilt. Aber keine Sorge, das wird sich bald erledigt haben, wenn Lukas ihn erwischt.«

»Und wenn nicht?«

Stralaus Augen verengten sich. »Das ist keine Denkweise, die ich schätze. Ich vertraue meinen Männern hundertprozentig.«

»Warum vertrauen Sie mir nicht? Warum muss ich mit Bruckmann sinnlosen Dienst schieben?«

»Beweisen Sie mir, dass ich mich auf Sie verlassen

kann. Außerdem ist Ihr Dienst nicht sinnlos. Sie geben Lukas sozusagen Rückendeckung.«

»Wie das?«

»Die Personenüberwachung betrifft seine Ex-Frau und seine Tochter. Sie sollen sicherstellen, dass den beiden hier keine Gefahr droht.«

»Aber wieso sollten Caro und Emilia hier in Hamburg in Gefahr sein?«

»Ingwon kennt Horns Namen. Es wird für ihn ein Leichtes sein, herauszubekommen, dass er eine Tochter hat. Und dass die LRA gute Kontakte nach Hamburg hat, wissen wir ja leider zu Genüge. Also, Herr Jonasson, beweisen Sie mir, dass Sie ein guter Beamter und ein guter Freund sind und sorgen Sie dafür, dass den beiden nichts zustößt!«

21 /JAGDFIEBER

SUDAN, RADOM-NATIONALPARK

Am Abend assen Lukas und Zenabu wieder gemeinsam mit den Rangern in der Baracke. Hin und wieder warf einer der Männer Lukas noch einen argwöhnischen Blick zu, aber ansonsten war alles ruhig. Nach dem Essen bekam Lukas von Enyama noch einen Stapel Kleidung in die Hand gedrückt. Es war dieselbe tarnfarbene Uniform, wie sie auch die Parkranger trugen.

»Das sollte passen. Ist auf jeden Fall besser als das, was Sie jetzt tragen. Ich versuche noch, Stiefel für Sie zu finden. Welche Größe?«

»Vielen Dank. Größe 12 für die Stiefel.«

»Ziemlich groß. Könnte schwierig werden, aber ich schaue mal, was ich finden kann. Bis morgen früh.«

»Gute Nacht.«

Als Lukas gemeinsam mit Zenabu die Baracke verlassen wollte, legte sich eine große, schwere Hand auf seine Schulter und hielt ihn fest. Als er sich umdrehte, blickte er in das grimmige Gesicht von Joseph, dem

Ranger, den er beim Frühstück durch seine unbedachte Äußerung verärgert hatte.

»Hast du kurz Zeit?«

»Klar.« Lukas wandte sich an Zenabu. »Geh ruhig schon vor«, er machte eine Pause und sah Joseph ins Gesicht, »wenn ich in zehn Minuten nicht in der Hütte bin, komm her und rette mich.«

Zenabu grinste und tätschelte Lukas den Arm. »Aber sicher.« Dann verließ sie die Baracke.

»Keine Sorge, ich werd' dir den Hals schon nicht drehen«, sagte Joseph.

»Umdrehen«, verbesserte ihn Lukas, was ihm sofort einen bösen Blick einbrachte. »Also, was gibt es?«, lenkte er schnell ab.

»Du hast vorhin gut geschossen. Um ehrlich zu sein, keiner von uns hier kann so gut schießen, nicht einmal Enyama. Uns fehlt die Ausbildung.« Joseph legte den Kopf verlegen zur Seite, was bei seinen breiten Schultern irgendwie komisch aussah. »Deswegen wollte ich dich fragen, ob du es mir beibringen kannst.«

Lukas überlegte einen Moment, dann legte er seinen Kleiderstapel, den er immer noch in den Händen hielt, auf einen Tisch ab. »Darf ich deine Waffe sehen?«

Der Ranger ging zurück zu seinem Platz und holte sein Gewehr, das er hinter seinen Stuhl an die Wand gelehnt hatte. Ein AK-47, eine Kalaschnikow. Er reichte es Lukas. Sofort begann Lukas damit, das Sturmgewehr zu zerlegen. Er entfernte das Magazin, danach drückte er den Sperrknopf am Ende der Verschlussfeder und hob den Verschlussdeckel ab.

»Wann hast du die Waffe zuletzt zerlegt und gereinigt?«, wollte er von Joseph wissen.

»Zwei Wochen her.«

»Ehrlich!«

»Noch nie.«

»Nicht gut«, sagte Lukas und zog die Verschlussfeder mit Führungsstange nach hinten raus. »Das AK-47 ist zwar auch im verschmutzten Zustand erstaunlich zuverlässig, aber die Genauigkeit leidet schon darunter.« Er legte die Teile der komplett zerlegten Kalaschnikow auf den Tisch vor sich ab. »Nur mit einer gut gereinigten Waffe wirst du auch präzise schießen können.«

»Du willst, dass ich die Waffe jetzt putze?«

»Nein. Ich empfehle es dir nur. Reinige sie einmal ordentlich und dann kann ich dir morgen zeigen, wie du damit auch was triffst.«

»Warum glaubst du, dass ich bisher nichts getroffen habe?«

»Hast du?« Lukas sah Joseph prüfend an.

»Nein«, erwiderte dieser leicht zerknirscht. »Enyama sagt immer, es würde mehr bringen, wenn ich die Waffe jemanden an den Kopf werfe.«

Lukas lachte. »Okay, ich verstehe. Keine Sorge«, sagte er dem niedergeschlagen dreinblickenden Joseph, »Ich kann dir zumindest beibringen, wie du auf das Werfen der Waffe verzichten kannst. Morgen. Wenn die Waffe gereinigt ist.« Er nahm seine Kleidung vom Tisch und überließ Joseph die Reinigung.

Lukas ging mit der Kleidung unter dem Arm zu der Hütte, die links neben der Krankenstation stand. Sie war leer, hier wohnten früher ein paar Ranger, die jetzt tot waren. Hier waren Lukas, Zenabu und David, der Pilot, untergebracht. Es war beinahe stockdunkel, als er durch das Camp auf die Hütte zuging, deren Fenster zum Glück hell erleuchtet waren. Als er in die Hütte kam, saß Zenabu alleine in dem kleinen Raum, der als Gemeinschaftszimmer fungierte und von dem vier Türen in die Schlafzimmer abgingen. Toiletten oder Badezimmer gab es in den Gebäuden nicht, dafür gab es im Camp nur ein zentrales Gebäude oder die Krankenstation. Zenabus Augen verfolgten ihn, als eintrat und seine Kleidung in sein Schlafzimmer brachte. Als er wieder herauskam, sagte sie zu ihm: »Ich möchte morgen mitkommen.«

»Das halte ich für keine gute Idee.«

»Warum nicht? Ich kann auch schießen.«

»Darum geht es nicht. Du bleibst hier bei Cookie.«

»Wieso glaubst du, mir das befehlen zu können?« Sie stand auf und baute sich direkt vor Lukas auf. Mit wütendem Blick sah sie ihn an, ähnlich einer sprungbereiten Raubkatze. Lukas sah ihr ins entstellte Gesicht. Die abgeschnittene Nase, von der nur eine kleine Erhebung übrig war und die fehlenden Ohren, die nur noch kleine, vernarbte Stumpen waren. Die vollen Lippen, die sie einst hatte, waren nur noch schmale, stark vernarbte Linien in ihrem Gesicht. Und doch sah sie ihn mit Stolz und Selbstbewusstsein an, wie Lukas es nur von Caro gewohnt gewesen war. »Findest du mich abstoßend?«

»Nein«, antwortete er wahrheitsgemäß.

»Was hält dich dann davon ab, mich zu küssen? Ich beweise dir, dass ich eine vollständige Frau bin.«

»Davon bin ich überzeugt.« Er legte ihr einen Arm um die schlanke Taille und zog sie an sich heran. Für einen Moment sah er ihr in die tiefbraunen Augen, dann presste er seine Lippen auf den Rest ihrer. Rückwärts gehend zog er sie mit in sein Zimmer.

. . .

Am nächsten Morgen schlich er sich früh aus dem Raum, darauf bedacht, Zenabu nicht zu wecken, und zog die Uniform an, die eine Nummer zu klein für ihn war, aber dennoch einigermaßen passte. Zumindest würde er keinen Gürtel benötigen. Als er an sich heruntersah, fühlte er sich durch den Flecktarndress wie um Jahre zurückversetzt. Ein fremdes Land. Der Staub. Die Waffen. Und allgegenwärtig die Gefahr des Todes. Was Lukas am meisten daran wunderte: Es gefiel ihm.

Er zog sich seine verstaubten Straßenschuhe an, die nicht für die Savanne hier draußen gemacht waren, aber er hoffte, dass Enyama noch ein paar Stiefel für ihn hatte auftreiben können. Dann zog er sein Smartphone aus der Tasche und schaltete es ein. Aber wie zuvor gab es hier kein Netz, keinen Empfang. Er steckte es wieder zurück.

Nicht weit von seiner Hütte entfernt stand Enyama neben dem Landrover. Lukas sah die Sonne langsam am Horizont aufsteigen.

»Guten Morgen.«

»Morgen.« Enyama drückte ihm eine Pistole im Holster in die Hand. »Ich hoffe, damit kommen Sie genauso gut zurecht wie mit einem Gewehr.«

Lukas zog die Waffe heraus. Eine Beretta M9. Zufrieden steckte er die Waffe ins Holster zurück und befestigte das Holster mit dem Riemen an seinem rechten Oberschenkel. »Sehr gut. Wenn du jetzt noch ein paar Stiefel in meiner Größe hättest, wäre es perfekt.«

»Da muss ich dich leider enttäuschen, es waren nirgends ein paar Stiefel in deiner Größe aufzutreiben.«

Lukas zuckte mit den Schultern. »Na gut, es wird auch so gehen.«

»Probier mal die hier. Sind meine alten.« Joseph stand

plötzlich hinter ihm und hielt ihm ein paar schmutzige, deutlich verschlissene Kampfstiefel unter die Nase. »Ist Größe 12.«

»Danke.« Lukas nahm die Stiefel und probierte den rechten sofort an. Die Innensohlen waren reichlich ausgelatscht, aber ansonsten saß der Stiefel wie angegossen. »Wie für mich gemacht.« Er zog auch den linken Stiefel an und legte seine Schuhe in den Kofferraum des Landrovers.

»Dann kann es losgehen«, sagte Enyama und nahm auf dem Fahrersitz Platz.

»Wo fahren wir hin? Ich nehme nicht an, dass die LRA Wegweiser zu ihren Lagern aufgestellt hat?« Lukas stieg auf der Beifahrerseite ein, während Joseph auf die Rückbank kletterte, die er auch alleine ganz gut ausfüllte.

»Nein, das nicht. Sie haben mehrere Lager. Einige kennen wir, von früheren Einsätzen. Bisher haben wir jedoch direkte Konfrontationen vermieden. Das einzige Lager, das ständig besetzt ist, ist Kafia Kingi, aber das ist quasi das Hauptquartier der LRA, dort können wir nicht hin.«

»Niemand geht da hin«, brummte Joseph von der Rückbank. »Nicht einmal der Teufel persönlich.«

»Verstanden. Aber was ist mit Ingwon? Wo wird er sein? In Kafia Kingi wohl nicht.«

»Es gibt viele Dörfer im Radom. Insgesamt leben circa sechzehntausend Menschen im Park.«

»Eine ganz schöne Zahl. Wie groß ist der Radom eigentlich?«, wollte Lukas wissen.

Enyama holte eine Karte aus dem Handschuhfach und entfaltete sie. Mit Bleistift wurden einige Linien eingezogen, die die Umrisse des Nationalparks darstellten. »Die Gesamtfläche beträgt über elftausend Quadratkilometer.

Der größte Teil liegt allerdings im Süd-Sudan. Es schließen noch weitere Parks direkt an den Radom an, wie der Parc Nat Andre Felix in der Zentralafrikanischen Republik, wobei die Grenzen … na ja, recht fließend sind. Durch den Darfur-Konflikt sind etliche Menschen in den Radom geflohen und haben hier kleine Ansiedlungen errichtet, die auf keiner Landkarte verzeichnet sind. Ingwon mag es, zum Zeitvertreib einige von ihnen aufzusuchen und niederzumetzeln. Diese Dörfer dienen dann wahlweise als Ausbildungscamp oder Elfenbeinlager. Zuletzt wurde aus der Gegend von Gushara ein Vorfall gemeldet.« Er tippte auf einen Punkt im Süden der Karte. »Die Kinder und Frauen wurden als vermisst gemeldet. Ich würde vorschlagen, wir fangen dort an zu suchen. Vielleicht ist die Spur noch heiß.«

Lukas nickte. »Klingt logisch. Dann los.«

»Wir sind noch nicht vollzählig«, sagte Enyama und faltete die Karte wieder zusammen. Anschließend legte er Daumen und Mittelfinger der linken Hand an die Lippen und ließ einen schrillen Pfiff folgen. Sofort kam der Malinois im Höchsttempo auf den Landrover zugesprintet. Joseph öffnete die hintere Tür und der belgische Schäferhund sprang ohne zu zögern auf die Rückbank. »Jetzt können wir los.« Enyama startete den Motor und fuhr langsam los. Dann kramte er eine Kassette aus der Mittelkonsole und schob sie in den Schlitz im Autoradio. »Tradition. Diesen Song hören wir immer, wenn wir auf der Suche sind.«

Bei den ersten Klängen von *»The Seeker«* aus den zwei kleinen, blechern klingenden Lautsprechern in den vorderen Türen konnte Lukas sich ein Grinsen nicht verkneifen.

. . .

Sie fuhren mehrere Stunden in südlicher Richtung durch den Park. Die Landschaft, die in der Umgebung des Rangerlagers zum Großteil aus trockener Buschsteppe bestand, änderte sich, je südlicher sie kamen. Kleine Wälder waren zu sehen, sumpfige Landschaften und es wurde spürbar hügeliger. Was Lukas aber vermisste, waren die Tiere. Außer ein paar Vögeln war nichts zu sehen. Als er Enyama danach fragte, antwortete dieser zurückhaltend: »Der Radom wurde 1979 in die UNESCO-Liste der weltweiten Biospährenreservate aufgenommen. Aber als Mitte der 80er-Jahre die Hungersnot im Sudan ausbrach, war auch hier im Park nicht viel zu retten. Es wurden einige Arten hier komplett ausgerottet, durch Wilderei. Antilopenarten, wie die Tora-Antilope oder der Defassa-Wasserbock und etliche mehr. Den Rest haben die kriegerischen Konflikte erledigt. Einige Antilopen und Giraffen gibt es dennoch im Park, aber meist halten die sich in den Waldgebieten auf.«

»Und wir tun unser Bestes, damit diese auch ungestört hier leben können«, fügte Joseph hinzu.

Nach einer Weile kamen sie an einem Fluss vorbei und nicht weit abseits des Weges konnte Lukas schon einige Häuser erkennen. Doch als sie näher kamen, erkannte er, dass es sich nur noch um ausgebrannte Gerippe handelte. Nur ein Gebäude in der ehemaligen kleinen Siedlung stand noch unversehrt da. Ein Kreuz war auf dem Dach angebracht. Enyama lenkte den Landrover bis direkt vor die Kirche und stoppte dann.

»So wie es aussieht, ist die Spur schon kalt.« Joseph stieg gemeinsam mit Milou zuerst aus. Der Hund begann sofort, mit der Nase auf dem Boden, das Dorf abzusuchen.

»Wonach sucht er?«, fragte Lukas.

»Er kennt das Prozedere. Zuerst untersucht er das Gelände auf Minen. Wir haben vor drei Jahren eine ähnliche Situation vorgefunden. Nur hatte die LRA einige Minen im Dorf und im Umkreis gelegt. Einer meiner Männer ist auf eine getreten.«

»Hat ihm die Beine weggerissen, bis hoch zu den Eiern. Er hat geschrien wie am Spieß, bis er nach einigen Minuten verblutet war. Keiner von uns hat sich in seine Nähe getraut, weil wir Angst hatten, ebenfalls auf eine Mine zu treten.« Joseph starrte wütend auf ein verkohltes Haus. Dann trat er gegen einen verbrannten, schräg stehenden Balken und das Gerippe fiel unter einer aufstobenden Aschewolke in sich zusammen.

»Seid ihr euch sicher, dass dies hier von der LRA angerichtet wurde?«

»Das werden wir gleich wissen«, sagte Enyama und Pfiff einmal nach Milou. Er schickte den Hund auf den Weg zur Kirche, die nur wenige Meter vor ihnen stand. Trotzdem bewegten sich weder Enyama noch Joseph, bevor der Hund nicht Entwarnung gegeben hatte. Ein kurzes Bellen war das Signal. Danach ging Enyama auf die Kirchentür zu. Lukas folgte ihm, die rechte Hand immer dicht neben dem Holster an seinem Oberschenkel haltend. Dunkles, eingetrocknetes Blut war auf der Holztür zu sehen, neben einigen Einschusslöchern. Vorsichtig stieß Enyama die Tür auf und blieb einen Moment an der Türschwelle stehen.

»Wir können rein.«

Als Lukas ebenfalls in die Kirche trat, erblickte er den

Schädel sofort, genau wie Enyama. Es lag ein beißender Verwesungsgeruch in der Luft. Auf dem kleinen Altar lag ein Menschenkopf. Er starrte sie aus leeren Augenhöhlen an. Lukas erinnerte sich sofort an den Schädel im Container, der zu Füßen von Jürgens Leiche lag. Er ging auf den Altar zu und streckte seine Hand nach dem Schädel aus.

»Was hast du vor?«, fragte Enyama.

»Ich will nur was kontrollieren.« Lukas drückte vorsichtig auf den Unterkiefer und ein abgeschnittenes Ohrläppchen kam im Mund zum Vorschein. Wie bei dem Toten in Hamburg.

»Ingwon. Das ist seine Art, uns mitzuteilen, dass er hier das Sagen hat. Er hält sich für unangreifbar. Deswegen hat er auch den Pfarrer getötet.«

»Den Pfarrer?«

»Ich kannte ihn. M'Dele. Ein guter Mann. Ein mutiger Mann. War mehr Entwicklungshelfer als Pfarrer. Zog ständig durch den Park und hat versucht, den Flüchtlingen zu helfen, hier neu anzufangen. Zeigte ihnen, wie man Hirse und Rohrzucker anbaut. Er gab den Menschen Hoffnung.« Enyama holte ein Dreieckstuch aus seiner rechten Beintasche und legte es über den Kopf. »Aber hier gibt es keine Hoffnung mehr.«

22 / HALS IN DER SCHLINGE

SIE BEGRUBEN den Kopf des Pfarrers hinter der Kirche, der Körper war nirgends zu finden. Joseph hatte das Holzkreuz hinter dem Altar abgenommen und es nun als Grabkreuz verwendet. Enyama sprach ein kurzes Gebet auf Sudanesisch, dann gingen sie wieder zum Hauptplatz des ehemaligen Dorfes zurück. Etwas ratlos ließ der Ranger seinen Blick zwischen den verbrannten Häusern hin und her schweifen.

»Wie geht's jetzt weiter? Der Pfarrer wurde bereits vor mindestens vier Tagen getötet.«

»Ich nehme an, Ingwon ist mit seinen Männern noch weiter nach Süden gefahren. Er hat sicherlich die Frauen und Kinder des Dorfes hier mitgenommen.«

»Das macht die Sache nicht einfacher.«

»Nein, absolut nicht. Aber vielleicht können wir das auch zu unserem Vorteil nutzen. Die LRA-Männer werden nun etwas abgelenkt sein, weil sie sich um die Frauen kümmern werden.«

»Dann sollten wir weiterfahren.«

»Können wir nicht noch eine Schießübung machen? Ich habe gestern Nacht extra noch das Gewehr gereinigt«, warf Joseph ein.

»Ich habe ihm versprochen, ihm zu zeigen, wie man ein Ziel auch trifft«, erklärte Lukas dem fragend dreinblickenden Enyama. Er wandte sich an Joseph. »Aber ich fürchte, das wird noch etwas warten müssen. Falls Ingwon mit seinen Männern hier noch in der Nähe sein sollte, wäre es nicht sehr klug, hier zu laut zu sein. Aber keine Sorge, es wird noch Gelegenheit geben, dich im Schießen zu unterweisen.«

Joseph nickte zustimmend. Ein leises Knurren von Milou ließ die Männer den Blick nach Norden drehen, die Richtung, aus der sie gekommen waren. Eine kleine Staubwolke war zu sehen, die sich über dem hohen Savannengras schnell verwehte. Enyama ging zum Landrover und holte aus dem Kofferraum das M82 heraus. Er richtete das Gewehr auf die Staubfahne und blickte durch das Zielfernrohr.

»Da kommt ein Geländewagen. Scheint unserer Spur zu folgen.«

»Wir sollten die gebührend empfangen«, sagte Joseph.

»Werden wir.« Er reichte Lukas das Scharfschützengewehr. »Da hinten ist eine kleine Anhöhe, von da …« - »… habe ich ein ausgezeichnetes Schussfeld«, beendete Lukas den Satz und ergriff das Gewehr.«

»Okay. Joseph und ich gehen hier in Stellung.«

Schnell lief Lukas den kleinen Hügel hinauf und legte sich in Position. Durch das Okular der Zielvorrichtung beobachtete er den Geländewagen, der nun schnell näherkam. Es war ein Toyota Land Cruiser, ganz in Weiß. Auf der Motorhaube und auf den Türen waren noch die

Umrisse der Aufkleber zu erkennen, die früher an diesem Fahrzeug angebracht waren. *Ein altes UN-Fahrzeug*, schoss es Lukas durch den Kopf. Nun konnte er auch das Gesicht des Fahrers erkennen. Verärgert stand er auf und rannte den Hügel wieder hinunter.

»Was ist los?«, rief Enyama ihm zu. Der Ranger stand mit Milou an der rechten Ecke der Kirche.

»Ich weiß, wer da kommt.«

»Wer?«

»Lass dich überraschen.«

Sie brauchten nicht lange zu warten, bis der Toyota in das verwüstete Dorf einfuhr und neben ihrem Landrover zum Stehen kam. Wie Lukas es erwartet hatte, ging Enyama mit wütendem Gesicht auf den Land Cruiser zu, als er erkannt hatte, wer den Wagen lenkte.

»Was machst du hier?«, brüllte er seine Schwester an.

Cookie stieg aus und stellte sich mit verschränkten Armen vor ihren Bruder, den Kopf in den Nacken gelegt, und schaute ihn trotzig an.

»Ich möchte helfen.«

»Helfen? Wem? Uns oder deinen Freunden von der LRA?«

»Das ist nicht fair. Ich bin hier, um meinen Fehler wiedergutzumachen«, erwiderte sie schmallippig.

»Du kannst nicht ungeschehen machen, was du getan hast, ist getan. Es ist nicht wiedergutzumachen, egal was du tust. Geh einfach wieder!«

Erst jetzt bemerkte Lukas, dass eine weitere Person aus dem Toyota ausgestiegen war und um den Wagen herum auf ihn zuging. Zenabu.

»Du hast nicht adieu gesagt.«

»Ich wollte dich nicht wecken«, sagte Lukas. »Ihr hättet nicht herkommen dürfen.«

»Das ist mein Kampf. Ich habe mehr Recht, hier zu sein, als du«, gab sie fauchend zurück.

»Aber deine Chancen, diesen Kampf zu gewinnen, sind gleich null. Ich hingegen habe eine Chance.«

»Glaubst du das wirklich? Dann hast du immer noch keine Ahnung, mit wem du es zu tun hast.«

»Oh doch, das weiß ich nur zu gut«, erwiderte Lukas ungerührt. »Ich bin für solche Einsätze ausgebildet worden. Das ist, was ich am besten kann.«

»Naja, gestern Nacht warst du auch nicht schlecht«, sagte Zenabu und ließ ihre Augen aufblitzen.

»Danke für die Blumen. Trotzdem musst du wieder zurück.«

Die Lautstärke im Disput zwischen Enyama und Chinemerem hatte sich noch gesteigert. Lukas hatte die letzten Wortwechsel nicht mehr verfolgt, aber jetzt wurde er hellhörig, als er Cookie sagen hörte: »Ich weiß, wo ihr Ingwon finden könnt.«

»Woher?« Enyama sah seine Schwester mit kaltem Blick an. Lukas befürchtete für einen Moment, dass er sich auf sie stürzen würde.

»Ich habe mit ihm gesprochen. Als er in Hamburg war.« Sie sah zu Lukas herüber. »Er hat mir von einem Lager erzählt, in dem noch mehr Elfenbein auf den Verkauf wartet, und ich sollte schon die Vorkehrungen treffen, es durch den Zoll zu bringen.« Sie senkte den Kopf.

Enyama drehte sich um und ging zum Landrover. Er öffnete die Fahrertür und holte die Landkarte heraus. »Zeig es uns auf der Karte«, forderte er Cookie unwirsch auf und breitete die Karte auf der Motorhaube des Toyota aus. Cookie trat neben ihren Bruder und Lukas bemerkte wie die beiden, die unterschiedlicher nicht aussehen konnten, doch eine Gemeinsamkeit hatten. Sowohl der großgewachsene Enyama wie auch die kleine Chinemerem hatten eine ganz bestimmte Art, ihren Kopf zur Seite zu legen. Nun blickten die ungleichen Geschwister auf die Landkarte auf der Motorhaube.

»Also, wo ist dieses Lager?«

»Hetz mich nicht so! Wo sind wir hier? Wir müssen zum Fluss.«

»Zu welchem? Hier gibt es mehrere Flüsse.« Enyamas Stimme verriet seine Ungeduld.

»Beim Umbelasha.«

»Der Fluss geht einmal quer durch den gesamten Park. Geht's vielleicht etwas genauer?«

»Dort gibt es einen gesicherten Übergang in den Süd-Sudan. Mehr weiß ich auch nicht.«

Enyama erwiderte nichts, sondern blickte zu Joseph, der sich am Heck des Toyota aufgebaut hatte. Mit grimmigem Gesicht nickte er seinem Chef zu.

»Alles in Ordnung?«, fragte Lukas, der die besorgten Mienen der beiden Ranger sah.

»Amara«, sagte Enyama. »Ein kleines Dorf, das in der Nähe des Umelasha gelegen ist. Es gilt als zweites Hauptquartier der LRA gleich nach Kafia Kingi. Wenn Ingwon sich dort aufhält, haben wir keine Chance an ihn heranzukommen.«

»Soll das heißen, ihr gebt auf?«, fragte Zenabu ungläubig.

»Wenn er wirklich in Amara sitzt, dann hat er ein

ganzes Bataillon der LRA bei sich, es wäre Selbstmord, dort hinzugehen«, erwiderte Enyama ruhig.

»Vielleicht müssen wir gar nicht so dicht ran«, sagte Lukas und stellte das M82 senkrecht auf die Schulterstütze.

Enyama schüttelte den Kopf. »Das Gelände um das Dorf ist auf Kilometer hinweg flach und gut einsehbar. Einer der Gründe, warum sie dort einen Stützpunkt eingerichtet haben.«

»Ich würde es mir trotzdem gerne ansehen.«

»Und ich begleite dich!«

Lukas sah Zenabu ernst an. »Oh nein, das wirst du nicht. Du wirst mit Cookie zurück zur Ranger-Station fahren.« Er blickte ihr fest in die Augen, sie hielt trotzig stand.

»Ist gut, ihr habt ja recht«, ging Cookie dazwischen. »Wir werden wieder zurück zur Station fahren.« Sie fasste Zenabu am Arm. »Na, komm schon, Lukas hat recht. Es ist einfach zu gefährlich und wir wären sowieso keine große Hilfe.«

»Aber …«

»Kein Aber, komm.« Cookie zog Zenabu hinter sich her und führte sie zur Beifahrerseite des Toyota.

Lukas stellte sich neben Enyama. »Glaubst du, sie fahren wieder zurück?«

»Niemals. Chinemerem ist viel zu dickköpfig. Das war sie schon immer. Sie werden uns weiter folgen.«

»Das befürchte ich auch.«

»Aber solange sie hinter uns bleiben, kommen sie uns nicht in die Quere. Das muss genügen.« Enyama nahm die Karte von der Motorhaube des Land Cruiser und faltete sie sorgfältig zusammen. Cookie schob sich an ihm vorbei und stieg auf den Fahrersitz.

»Also, wir sehen uns dann in der Station wieder«, sagte sie lächelnd zu ihrem Bruder.

»Sicher.«

Lukas, die beiden Ranger und Milou sahen dem fortfahrenden Geländewagen eine Weile nach, bis er hinter einem kleinen Waldstück verschwand.

»Willst du wirklich nach Amara fahren?«

»Nein, natürlich nicht. Das ist nicht der Ort, den meine Schwester meinte.« Enyama lächelte. »Ich habe das nur gesagt, um sie auf eine falsche Fährte zu führen. Wir werden zu einem anderen Ort fahren, hundert Kilometer von Amara entfernt: Um Gudul. Ein kleiner Ort, versteckt gelegen zwischen einer kleinen Hügelkette. Der sicherste Ort, um ungesehen die Grenze zum Süd-Sudan zu überschreiten.«

»Was ist, wenn die Frauen wirklich nach Amara fahren?«

»Das werden sie nicht. Zumindest, wenn sie noch einen Funken Verstand besitzen. Kommt«, sagte Enyama entschlossen, »Wir müssen los. Und versuchen, die beiden abzuhängen.«

Über eine Stunde preschten sie mit dem Landrover auf und ab durch den Park, immer weiter nach Süden vordringend. Mehrfach durchfuhr Enyama dabei kleinere Flüsse und Bachläufe. Von dem weißen Toyota war hinter ihnen nichts zu sehen. Zufrieden lenkte Enyama den Landrover durch ein kleines Waldstück hindurch, als er plötzlich abrupt stoppte.

»Was ist los?«, wollte Lukas wissen.

Enyama antwortete nicht, sondern zeigte nur mit dem Finger in Richtung zwei Uhr. Lukas sah dort ein Tier liegen. Sofort stiegen sie alle aus. Die beiden Ranger entsicherten ihre Kalaschnikows und gingen langsam auf das am Boden liegende Tier zu. Lukas zog die Beretta aus dem Holster und folgte ihnen. Lautes Vogelgezwitscher begleitete sie. Bei dem Tier handelte es sich um eine Antilope, die genaue Art konnte er nicht bestimmen. In das rechte Vorderbein hatte sich ein Fangeisen tief vergraben, wahrscheinlich dabei auch den Knochen zermalmt. Aber das Tier zappelte nicht vor Schmerz. Ein aufgesetzter Schuss direkt in das Herz hatte das Leiden beendet.

»Sie sind noch hier«, flüsterte Enyama. »Joseph, geh du links weiter. Lukas und ich gehen rechts.«

Joseph nickte und verschwand langsam zwischen den Bäumen. Gemeinsam mit Enyama schritt Lukas vorsichtig durch den Wald. Sie waren etwa hundert Schritte von dem Antilopenkadaver entfernt, als sie auf einer kleinen Lichtung einen alten, kleinen Militärlastwagen stehen sahen.

»Ich geh von vorne an ihn ran, du von hinten«, sagte Enyama und ging gefolgt von Milou weiter. Lukas hastete zum hinteren Ende der Lichtung. Er konnte niemanden in der Nähe des Lasters sehen. Vorsichtig näherte er sich der Ladefläche, die mit einer olivgrünen Plane abgedeckt war. Er hob die Plane an und erblickte mehrere tote Tiere darunter. Er ließ die Abdeckung wieder herunter, als er hinter sich ein Rascheln hörte. Beim Umdrehen sah er einen Mann in Tarnuniform weglaufen und zwischen den Bäumen verschwinden. Sofort nahm Lukas die Verfolgung auf. Er hatte gerade die Lichtung verlassen, als er einen Schuss hörte, aus weiter Entfernung. Der Klang einer

Kalaschnikow. Bevor er weiter darüber nachdenken konnte, sah er den Flüchtigen vor sich einen Haken nach links schlagen, der Mann lief direkt in die Richtung, wo sie die tote Antilope entdeckt hatten. Lukas holte schnell auf und erwischte den Kerl, als er kurz vor dem Antilopenkadaver war. Mit einem Tritt in dessen Beine brachte er den Flüchtenden zu Fall. Sofort richtete Lukas seine Waffe auf den am Boden Liegenden.

»Keine Bewegung!«

Schwer atmend starrte ihn der Schwarze an, dann begann dieser plötzlich lauthals zu lachen. Ehe Lukas reagieren konnte, wurde ihm von hinten eine Schlinge über den Kopf geworfen und sofort stramm zugezogen. Der Draht schnitt ihm tief in die Haut und er spürte Blut an seinem Hals herunterlaufen. Er ließ die Beretta fallen und versuchte, mit den Händen nach der Drahtschlinge zu fassen. Vergeblich. Der Schwarze vor ihm war inzwischen wieder aufgestanden und sagte ein paar Worte auf Sudanesisch. Lukas verstand sie nicht, aber instinktiv wusste er auch so, was der Mann gesagt hatte.

Töte ihn.

Die Schlinge wurde noch enger gezogen, er röchelte und langsam begann die Welt vor seinen Augen zu verschwimmen und in Dunkelheit zu versinken. Dann löste sich plötzlich ein kleiner Schatten aus der Schwärze und sprang an ihm vorbei auf den Mann vor ihm zu. Der stieß einen erstickten Schrei aus. Dann fiel ein Schuss. Lukas sank auf die Knie und fiel kraftlos zur Seite. Der Draht um seinen Hals hatte sich gelockert. Nach Luft ringend, fummelte Lukas mit der rechten Hand an der Schlinge herum. Es gelang ihm, den Draht, der sich tief in seinen Hals gegraben hatte aus der Wunde herauszuziehen. Gierig sog er die Luft ein. Die linke Hand presste er sich auf die Verletzung, die wie Feuer brannte. Nun sah er auch genau, was sich vor ihm abspielte. Milou, der belgische Malinois, hatte sich auf den Mann gestürzt und war gerade dabei, diesem die Kehle aufzureißen. Die Schreie des Mannes verstummten augenblicklich, als der Schäferhund ihm die Stimmbänder herausriss. Kurz darauf kippte der Kopf des Mannes schlaff zur Seite, doch der Hund hörte nicht auf, wie verrückt am Hals zu zerren. Erst ein Ruf von Enyama stoppte den Hund in seiner Raserei.

»Alles in Ordnung bei dir?«, fragte Enyama und kniete neben ihm nieder.

»Geht so«, krächzte Lukas heiser und nahm seine linke Hand vom Hals.

»Warte hier, das haben wir gleich.« Mit schnellen Schritten eilte Enyama zu ihrem Landrover, der nicht weit entfernt stand, und kehrte mit dem Verbandskasten zurück. Sofort und mit geübten Handgriffen legte ihm der Ranger einen Verband um den Hals an. Lukas' Blick erfasste inzwischen den zweiten Toten, den Mann, der am Ende der Schlinge gestanden und zugezogen hatte. Enyama hatte ihm in den Rücken geschossen. »Warum bist du ihm alleine gefolgt, das war leichtsinnig.«

»Ich weiß, aber … Au, es war keine Zeit, dir Bescheid zu geben.« Lukas tastete den Verband ab.

»Zufrieden?«

»Vielen Dank. Dafür und fürs Leben retten.«

»Bedank dich lieber bei Milou. Ich hatte erst vor, in die andere Richtung zu laufen, weil ich einen Schuss gehört hatte. Aber der Hund lief in die entgegengesetzte Richtung. Also habe ich seinen Instinkten vertraut.« Der Malinois hatte sich in der Zwischenzeit neben Enyama auf den

Boden gelegt. Seine Schnauze war blutverschmiert und er hechelte kräftig. Lukas warf noch einen Blick auf die Leiche des Mannes mit der aufgerissenen Kehle.

»Du hattest recht, der Hund ist wirklich eine Lebensversicherung hier draußen.«

»Und ob er …« Enyama fuhr herum, als er das Trampeln der Schritte hinter ihnen bemerkte. Joseph hob beschwichtigend die Arme hoch.

»Ganz ruhig, ich bin's nur«, keuchte der kräftige Schwarze. Er beugte sich vornüber und stützte sich mit den Händen auf seinen Oberschenkeln ab, um wieder zu Atem zu kommen. Dann blickte er auf die beiden Leichen. »Ihr hattet wohl Ärger?«

»Lukas hat Bekanntschaft mit den Methoden der LRA gemacht«, erwiderte Enyama.

»Nicht zu übersehen. Ich habe auch einen von ihnen verfolgt, leider war er zu schnell für mich. Ich habe auch geschossen, aber …«

»Nicht getroffen. Wie immer. Macht nichts.« Enyama klopfte Joseph ermutigend auf die Schulter. »Aber mit einem Überraschungsbesuch bei Um Gudul wird nun nichts mehr werden. Wir müssen uns etwas anderes ausdenken.«

Lukas zwang sich wieder auf die Beine. Er stand erst noch etwas wackelig, aber der Taumel legte sich schnell wieder.

»Vielleicht auch nicht. Sie werden nicht erwarten, dass wir jetzt noch direkt etwas unternehmen, wo sie gewarnt sind.«

»Du kannst es wohl nicht erwarten, dass sie dir den Kopf abschneiden, oder?«

»Noch mal passiert mir das nicht.« Lukas hob die

Beretta vom Boden auf und steckte sie zurück in das Holster.

»Trotzdem, mir ist nicht wohl dabei, jetzt noch weiter zu gehen«, sagte Enyama nachdenklich.

»Ingwon erwartet mich sowieso«, sagte Lukas. »Er wusste, dass ich in Khartum bin, und hat seine Killer auf mich angesetzt. Sicher weiß er auch, dass ich immer noch im Land bin, außerdem muss ich ihn erwischen, bevor er mir zuvorkommt.« Lukas dachte an seine verlorene Brieftasche.

Dann gab es eine Explosion.

23 /KARRIERELEITER

HAMBURG

»ICH WILL ABER NICHT!« Emilia verschränkte die Arme vor dem Brustkorb und blieb mit trotziger Miene im Flur stehen.

Caroline seufzte. In Momenten wie diesen erinnerte ihre Tochter sie frappierend an Lukas. Genauso sturköpfig.

»Du kommst mit, keine Widerrede«, sagte sie streng.

»Hör mal, wenn du mitkommst, dann verspreche ich dir, dass wir bald alle gemeinsam in den Heidepark fahren. Und wenn du auch noch ein wenig lächelst, dann spendiere ich nachher noch ein Eis.« Daniel kam aus dem Wohnzimmer in den Flur und war damit beschäftigt, sich seine Krawatte zu binden. Trotzdem fand er genau den richtigen Tonfall, um Emilias Trotzigkeit zu vertreiben.

»Versprochen? Heidepark und Eis!«

»Ehrenwort.« Daniel hob die rechte Hand zum Schwur.

»Einverstanden.«. Emilia lächelte schlitzohrig. »Ich ziehe mir nur noch schnell meinen Lieblingspulli an.« Sie rannte die Treppe hoch in ihr Zimmer.

»Hey, mir hast du nichts versprochen, dafür, dass ich dich heute begleite«, sagte Caroline gespielt vorwurfsvoll zu Daniel.

»Ach nein? Das muss ich wohl vergessen haben. Oder ich habe mir noch eine Überraschung für heute Nacht aufgehoben.« Daniel grinste sie lasziv an.

»Soso. Du glaubst also, ich bin so eine, die sich mit ein bisschen Sex abspeisen lässt?« Sie machte einen Schritt auf ihn zu und packte ihn am Schlips.

»Wer hat denn was von einem bisschen Sex gesagt? Heute Nacht werden neue Rekorde definiert!«

»Mach keine Versprechen, die du nicht halten kannst.« Caroline hauchte ihm die Worte ins Ohr.

»Mach ich doch nie«. Daniel legte die rechte Hand auf ihren Hintern und zog sie ganz dicht an sich heran.

»Ich bin fertig«, flötete Emilia fröhlich, während sie die Treppe hinunterhüpfte. »Können wir bitte los? Nicht, dass wir am Ende noch zu spät kommen!« Sie öffnete die Haustür und ging hinaus.

»Deine Tochter. Immer ein gutes Timing«, seufzte Daniel.

»Aber sie hat recht. Wir müssen jetzt los. Sonst kommen wir wirklich noch zu spät. Den Rest heben wir uns für später auf.« Sie klopfte Daniel mit der flachen Hand zweimal auf den Schritt und folgte Emilia dann nach draußen.

»Das ist echt widerlich! Ich werde mich nachher bei Stralau über dich beschweren, wenn du das Ding nicht sofort weglegst!« Dietmar Bruckmann war stinksauer.

Zumindest versuchte er, so rüberzukommen. Aber Morten ließ sich davon nicht beeindrucken.

»Wo ist denn dein Problem? Habe ich mich etwa je beschwert, wenn du dir irgendwelche Tittenmagazine angesehen hast und dir der Sabber dabei aus den Mundwinkeln lief?«

»Schön vorsichtig, Jonasson! Sonst vergesse ich meine gute Kinderstube und verpasse dir eine, blöder Homo!«

»Ach ja? Du kannst es ja gerne mal versuchen, aber vorher muss ich dir noch jemanden vorstellen.« Morten legte das Männermagazin - oder, wie Didi es nannte, Schwulenblatt - auf das Armaturenbrett und hob seine Fäuste. »Das sind Tootsie und Bootsie. Die beiden Streichelmonster des Todes.«

Bruckmann blickte ihn völlig entgeistert an. »Du spinnst echt total. Die ganzen Schwänze haben dir das Gehirn vernebelt.«

»Also, das kann ... Scheiße.« Morten erblickte den blauen SUV gerade noch rechtzeitig, als dieser um die Straßenecke bog. Hastig startete er den Motor ihres Volvos und fuhr mit quietschenden Reifen hinterher.

»Hey, verdammt! Was ist denn nun schon wieder los?«

»Unsere Zielpersonen machen einen Ausflug. Da hinten fahren sie.« Morten folgte dem Wagen von Caros Lebensgefährten unauffällig durch den abendlichen Stadtverkehr. Sie fuhren etwas aus der Stadt heraus, zu einem exklusiven Golfklub. Der SUV bog auf den Privatweg ab, der zum Restaurant des Klubs hinaufführte. Auf halber Strecke versperrte ein Metalltor den weiteren Weg. Vor dem Tor stand eine große silberne Säule. Morten, der an der Einfahrt der Privatstraße gestoppt hatte, konnte sehen, wie das Fenster der Fahrerseite des SUV herunterfuhr und Daniel seine Hand zu der Säule ausstreckte und anscheinend eine Zahlenkombination eintippte. Das Tor schwang daraufhin auf und gab den Weg frei.

»Verdammt«, fluchte Morten und schlug kräftig auf das Lenkrad.

»Macht doch nichts. In diesem Golfklub sind die wohl sicherer als bei sich zu Hause. Was soll denen schon groß passieren? Lass uns einfach hier warten, bis sie wieder rauskommen«, sagte Bruckmann.

Mit einem unguten Gefühl im Magen blickte Morten zu dem Metalltor, sagte aber nichts.

Feine Kiesel knirschten unter den Reifen des Wagens, als Daniel ihn die Auffahrt zu dem Nobelrestaurant hinauflenkte. Caro kontrollierte noch einmal ihr Make-up im kleinen Spiegel der Sonnenblende.

»Du siehst toll aus«, sagte Daniel zu ihr.

»Das will ich auch hoffen, ich habe über eine Stunde gebraucht, um mich so herzurichten.«

»Verplemperte Zeit«, sagte Daniel. »Ich meine, du sahst auch vorher schon großartig aus«, schob er schnell hinterher.

»Gerade noch die Kurve gekriegt«, lobte Emilia von der Rückbank.

»Okay, wir sind da.« Daniel stoppte den Wagen direkt vor dem Eingang des Restaurants. Sofort kam ein Mann im weißen Jackett zur Fahrertür geeilt. Daniel stieg aus und gab dem Parkwächter den Autoschlüssel. Dann half er Caro beim Aussteigen. Emilia war schon selbst ausgestiegen und wollte gerade die wenigen Treppenstufen zum Restauranteingang hochlaufen.

»Emilia, warte«, rief Caro, halb flüsternd. »Wir gehen da gemeinsam rein. Ganz gesittet!« Zu ihrer Überraschung hörte ihre Tochter sogar auf sie, ohne zu maulen. Sie hakte sich bei Daniel ein und ging mit ihm gemeinsam in das Fünf-Sterne-Restaurant. »Dein Chef muss echt eine Menge Einfluss haben, hier bekommt man sonst nur einen Tisch nach monatelanger Vorbestellung.«

»Der Besitzer ist ein guter Kunde unserer Bank«, erwiderte Daniel leise. »Herr Goosenbach bekommt hier immer einen Tisch, egal wann.«

Am Eingang nahm sie der Chef de Rang in Empfang und führte sie sofort zu einem Tisch im hinteren Bereich des Restaurants, direkt am Fenster gelegen, mit Blick auf die imposante Grünanlage des Klubs. Sofort nachdem sie sich an ihren Tisch gesetzt hatten, kam ein Kellner und stellte eine Wasserkaraffe auf den Tisch und reichte ihnen die Speisekarten.

»Vielen Dank. Wir warten mit dem Bestellen noch, bis Herr Goosenbach eintrifft«, sagte Daniel und legte die Karten erst einmal beiseite. Aber Emilia nahm sich trotzdem schon eine und blätterte darin herum.

»Wann wart ihr verabredet?«, fragte Caroline und blickte auf ihre Smartwatch, ein Geschenk von Daniel. 19:25 Uhr.

»Um halb acht.«

Morten blickte auf die Uhrzeit im Display des Bordcomputers. 19:35 Uhr. Er trommelte mit den Fingern nervös auf dem Lenkrad herum und dachte daran, was Stralau ihm gesagt hatte. Über die guten Kontakte der LRA nach Hamburg. Vielleicht waren es ja richtig gute Kontakte, die sogar bis in einen elitären Golfklub reichten? Ein Ort, an dem man wunderbar zuschlagen konnte. Im Normalfall würde es mindestens fünfzehn Minuten dauern, bis die Polizei hier eintreffen würde.

»Kannst du das Getrommel bitte seinlassen! Du machst mich wahnsinnig damit!«

»Entschuldige. Ich habe nachgedacht.«

»Gute Idee. Denk leise weiter.«

»Ich glaube, ich sehe besser mal da drinnen nach, ob auch alles in Ordnung ist.«

»Du weißt schon, was *›unauffällig beschatten‹* bedeutet? Im Idealfall sollen die Beschatteten nichts davon mitbekommen.«

»Schon klar. Ich werde ganz unauffällig sein, keine Sorge.« Morten stieg aus und lief die Straße bis zum Zaun entlang und schlug sich dann nach links in die Büsche.

»Verdammter schwuler Hornochse«, fluchte Bruckmann vor sich hin. Dann griff er sich Mortens Zeitschrift vom Armaturenbrett.

Im Restaurant trommelte Caroline mit den Fingern auf der Tischplatte herum, unterbrach kurz und blickte auf ihre Applewatch. 19:45 Uhr.

»Kommt dein Chef immer zu spät?«

»Nein, das ist ziemlich untypisch für ihn«, sagte Danial und holte sein Smartphone hervor. »Ich rufe ihn wohl besser mal an.«

Doch ehe Daniel wählen konnte, kam der Chef de Rang an ihren Tisch.

»Herr Goosenbach lässt sich entschuldigen. Er wurde im Verkehr aufgehalten und wird in spätestens fünfzehn Minuten hier sein. Sie können gerne schon mit der Vorspeise beginnen.«

»Oh ja, ich nehme Pommes«, entfuhr es Emilia.

Der Chef de Rang lächelte. »Ich werde sofort jemanden schicken, der ihre Bestellung aufnimmt.« Mit einem freundlichen Nicken verabschiedete er sich.

»Emilia, müssen es wirklich Pommes sein? Schau doch lieber erst mal in die Karte«, mahnte Caro ihre Tochter.

»Habe ich schon. Da stehen nur lauter Dinge, die ich nicht mag. Pommes gehen immer und die sind auch in der Karte.«

Daniel rutschte unruhig auf seinem Stuhl hin und her. Er lockerte seinen Krawattenknoten etwas.

»Hey, mach dir mal keine Sorgen. Wird schon alles gutgehen.«

»Ich mach mir keine Sorgen. Ich bin nur etwas aufgeregt. Diese neue Stelle ist meine große Chance. Wenn der Vertrag unter Dach und Fach ist, können wir bald umziehen.«

Bei Daniels letzten Worten wurde Emilia hellhörig. »Umziehen? Warum denn das? Unser Haus ist doch total schön und außerdem wohnen meine Freundinnen in unserer Straße.«

»Na ja, jetzt nicht sofort. Aber auf lange Sicht. Mit meinem neuen Gehalt eröffnen sich uns ganz andere Möglichkeiten.«

»Mama, willst du auch umziehen?«

»Keine Sorge Schatz, das werden wir alle gemeinsam

besprechen. Niemand trifft hier eine Entscheidung alleine. Und schon gar nicht voreilig.« Caroline bedachte Daniel mit einem bösen Blick. Das Geräusch zerspringenden Geschirrs ließ sie von Daniel weg und zum Kücheneingang hinüberschauen.

Die Tür sprang schlagartig auf und der Chef de Rang stolperte rückwärts hinaus. Eine Faust traf ihn mitten ins Gesicht und brachte ihn zu Fall. Zwei Männer betraten den Speiseraum des Restaurants. Einer hielt eine Pistole in der Hand, der andere ein großes Messer. Als die restlichen Gäste die Männer bemerkten, brach Panik unter ihnen aus. Der Mann mit der Waffe hob diese in die Luft und feuerte einmal in die Decke.

»Ruhe! Keinem wird etwas passieren, wenn alle tun, was ich sage. Sie werden jetzt alle Ihre Handys auf den Tisch legen. Wenn auch nur einer versucht, einen Notruf abzusetzen, dann wird es Tote geben!«

Die Gäste taten, was der Mann verlangte. Alle legten ihre Mobiltelefone auf den Tisch. Auch Caro, Daniel und Emilia. Niemand sagte ein Wort.

»Sehr schön. Es freut mich, dass sie so gut kooperieren. Dann dürfen Sie jetzt alle aufstehen und das Gebäude verlassen. Aber schön langsam, verstanden?«

Die Gäste sahen einander verwirrt an, erhoben sich aber schnell von ihren Plätzen und gingen zum Ausgang.

»Hey, Sie da hinten!« Der Bewaffnete sprach direkt in Carolines Richtung. »Sie drei bleiben genau da, wo Sie sind. Alle anderen raus hier!«

Während der Mann mit der Waffe die Gäste, die das Restaurant verließen, genau im Auge behielt, näherte sich der andere Kerl mit dem Messer in der Hand ihrem Tisch. Caro spürte ihr Herz schneller schlagen und setzte sich mit ihrem Stuhl dichter an Emilia heran und legte ihren Arm um sie. Sie beobachtete den schwarzhaarigen Mann, als er sich ihrem Tisch näherte. Er sah südländisch aus und in seinem Gesicht war auf der linken Wange eine lange Narbe.

»Guten Abend, Herr Goosenbach.« Der Narbenmann baute sich direkt vor Daniel auf und richtete das Messer auf ihn.

»Nein, nein. Sie irren sich. Mein Name ist Keiliger, ich bin hier mit Herrn Goosenbach verabredet. Er ist noch nicht hier.«

Das Gesicht des Mannes verriet keinerlei Regung. Caro erschien es so, als ob er von dieser Information nicht überrascht war. Der Mann sagte ein paar Worte in einer anderen Sprache zu seinem Komplizen, der in derselben Sprache antwortete.

»Nun gut, Herr Keiliger. Dann werden Sie weiter hier auf Ihren Chef warten. Die Frau und das Kind werden uns begleiten.«

Morten hielt sich die schmerzende linke Schulter, die wie Feuer brannte. Er war unbeholfen über den Zaun geklettert und war wie ein nasser Sack auf die andere Seite gefallen. Genau auf seine Schulter. Zum Glück war niemand da, der ihn sehen konnte. Nun ging er langsam über den extrem gut gepflegten Rasen auf das Restaurant zu. Er hielt sich links und ging einmal um das Gebäude herum. Schnell fand er den Personaleingang und öffnete die Tür vorsichtig. Er betrat einen langen Korridor, der vorbei an einigen Lagerräumen direkt zur Küche führte.

Von dort hörte er aufgeregte Stimmen und noch ehe er sich ein Versteck suchen konnte, kamen plötzlich mehrere Mitarbeiter eilig auf den Flur und rannten auf ihn zu.

»Hier ist noch einer von denen«, schrie eine Frau entsetzt auf. Alle blieben schlagartig stehen und blickten Morten panisch an.

Morten verstand sofort und zog seinen Dienstausweis aus der Tasche und hielt ihn in die Höhe. »Jonasson, Bundeskriminalamt. Kann mir einer sagen, was hier vor sich geht?«

Sofort liefen die Angestellten weiter und drängten sich an ihm vorbei ins Freie. Nur die Frau, die ihn zuerst entdeckt hatte, blieb bei ihm stehen. »Zwei bewaffnete Kerle sind hier eingedrungen, sahen aus wie Araber, vermutlich Terroristen. Sie haben gesagt, wir sollen das Gebäude sofort verlassen, haben uns unsere Handys abgenommen und sind dann rein zu den Gästen.«

»Alles klar. Gehen Sie raus. Mein Partner wartet in einem Wagen an der Straße. Führen Sie Ihre Kollegen dahin.« Die Frau nickte und lief erleichtert ihren Kollegen hinterher nach draußen. Morten zog sein Handy aus der Tasche und wählte Bruckmanns Nummer. »Hör mir zu, Dietmar, hier drin sind zwei bewaffnete Kerle. Sie haben die Angestellten gezwungen, das Restaurant zu verlassen. Die kommen jetzt in deine Richtung. Ruf Verstärkung und die Kollegen vom SEK. Und gib Stralau Bescheid!«

»Verstanden. Was hast du vor?« Man konnte über Bruckmann denken, was man mochte, aber wenn es ernst wurde, war er sofort zu einhundert Prozent bei der Sache. Morten warf einen Blick auf die mit Restaurantkleidung voll behangene Garderobe.

»Ich glaube, ich werde etwas zu Essen servieren.« Er legte auf.

»Steh auf. Wird's bald?« Der Mann mit dem Messer packte Caroline am Arm und zog sie brutal nach oben.

»Aua, Sie tun mir weh.«

»Das Gör auch«, rief der andere Kerl seinem Komplizen zu.

»Hören Sie, das ist nicht nötig. Herr Goosenbach wird gleich hier sein«, flehte Daniel verzweifelt. »Lassen Sie …«

»Willst du mir etwa sagen, was ich zu tun habe?«, fragte der Mann mit dem Messer und ließ Caro los. »Du hast hier gar nichts zu melden, klar?« Er packte Caros lange Haare und setzte das Messer an. Emilia schrie laut auf, aber mit einem schnellen Schnitt trennte der Mann Caro eine Handvoll Haare vom Kopf. Die abgeschnittenen Strähnen hielt er Daniel vors Gesicht. »Was machst du jetzt? Ich könnte deine Kleine hier Stück für Stück in Einzelteile schneiden und du würdest nichts tun!« Er warf Daniel die Haare ins Gesicht.

»Mama«, schluchzte Emilia und klammerte sich fest an Caro.

»Schluss mit dem Geheule«, raunzte der Mann Emilia an. »Wir gehen jetzt.« Er packte Caro wieder am Arm.

Hinter dem Mann mit der Waffe schwang plötzlich die Tür zur Küche erneut auf. Ein großgewachsener blonder Mann in einer blauen Jeans und einer weißen Kellnerjacke, die ihm offensichtlich einige Nummern zu klein war, betrat den Gastraum. Mit der rechten Hand balancierte er ein Tablett, auf dem ein Teller mit Pommes frites stand.

Caro erkannte Morten Jonasson, einen von Lukas' Kollegen, sofort, sagte aber kein Wort. Sie drückte Emilia leicht auf die Schulter, die den Hinweis verstand.

»Hatte jemand Pommes bestellt?«, fragte der Blonde fröhlich.

Der Mann mit der Pistole drehte sich zu Morten herum. Er war nur zwei Meter von ihm entfernt. Es war ein kräftiger Kerl, aber gute zwei Köpfe kleiner als er selbst. Beim Panoramafenster am Ende des Raums sah er Caro und Emilia, die direkt neben einem weiteren Kerl standen, der ein Messer in der Hand hielt. An Caros Gesichtsausdruck konnte er sehen, dass sie ihn sofort erkannt hatte. Ihnen gegenüber stand Caros neuer Lebensgefährte.

»Oh, ich komme wohl ungelegen«, sagte er langsam und blickte dem Mann mit der Waffe genau in die Augen. Seine Augen flackerten, er war angespannt.

»Pech für dich«, sagte dieser zu ihm und richtete die Waffe direkt auf ihn. Der andere Mann sagte etwas zu ihm. Morten erkannte die Sprache sofort. Albanisch. Der Mann mit der Pistole nickte und sagte zu Morten: »Verpiss dich oder ich schieße dir ein Loch in den Kopf!«

»Also keine Pommes?«, fragte Morten verständnislos und hielt das Tablett extra niedrig, als ob er es dem Kerl servieren wollte.

»Bist du taub? Du sollst dich verpissen!« Der Mann regte sich auf. So sehr, dass er mit der Waffe zu fuchteln begann. Darauf hatte Morten spekuliert. Der andere Albaner rief noch etwas, aber da hatte Morten schon gehandelt. Er warf dem Mann vor ihm das Tablett mit den heißen Pommes, die er eben noch schnell aus der Fritteuse in der Küche auf den Teller geworfen hatte, mitten ins Gesicht. Der schrie auf, schaffte es aber noch, seine Pistole abzufeuern, doch der Schuss verfehlte Morten meterweit. Morten zog seine Waffe hinten aus dem Gürtel hervor und feuerte auf den Mann vor sich. Der brach getroffen zusammen. Von hinten hörte er Caro schreien. Sie hatte sich auf den anderen Mann gestürzt, aber dieser hatte aufgepasst und ihr einen harten Schlag versetzt. Caro stolperte nach hinten, prallte gegen die Scheibe und sackte dort zu Boden. Morten sah Blut aus ihrer Nase laufen.

»Keine Bewegung«, brüllte Morten. Aber sofort packte sich der Mann Emilia und hielt sie wie einen Schutzschild vor sich. Dazu drückte er ihr das Messer an die Kehle.

»Wirf die Waffe weg oder ich verpasse der Kleinen hier ein neues Lächeln!« Morten blickte zu Caros Freund, der wie angewurzelt nur wenige Schritte neben dem Mann stand. Wenn es Morten gelänge, den Kerl ein wenig zu beschäftigen, könnte er versuchen, ihn von hinten zu überwältigen.

»Lassen Sie das Mädchen gehen!«

»Vergiss es. Wirf endlich deine Waffe weg, wird's bald. Meine Hand ist schon ganz unruhig!« Er hielt Emilia das Messer genau vors Gesicht.

Was dann geschah, hatte Morten nicht erwartet.

Emilia ließ ihren Kopf nach vorne schnellen und biss dem Kerl in die Hand mit dem Messer. Der schrie auf und versuchte die Hand wegzuziehen, aber Emilia vergrub ihre Zähne noch tiefer in seiner Hand.

»Schnapp ihn dir«, rief Morten dem Freund von Caro

zu, aber der Typ rührte sich keinen Millimeter. »Los!« Keine Reaktion.

Stattdessen schaffte es der Kerl, seine Hand aus Emilias Kiefer zu befreien. Er packte das Mädchen und hob sie vor sich in die Höhe. Morten hatte kein freies Schussfeld.

»Du Miststück«, fauchte der Mann Emilia an und wollte mit dem Messer ausholen. In diesem Moment sprang Caro ihm mit einem Schrei von hinten auf den Rücken. Mit beiden Händen zerkratzte sie ihm das Gesicht. Der Kerl schrie auf und ließ Emilia fallen, warf dann seinen Kopf zurück und donnerte ihn genau gegen Caros Schädel. Er packte die Benommene und hob sein Messer.

»Hey«, rief Morten. Der Albaner reagierte und erkannte seinen Fehler sofort. Er hielt Caro am ausgestreckten Arm fest und Emilia lag noch weiter von ihm weg. Er hatte keinen Schutz mehr. Morten drückte ab. Die Kugel traf den Mann mitten in die Brust und ließ ihn gegen die Panoramafensterscheibe taumeln, wo er tot zusammensank.

24 / IN DER FALLE

SUDAN

ALS SIE DIE EXPLOSION HÖRTEN, liefen Lukas und die beiden Ranger sofort zum Landrover. Milou schaffte es in letzter Sekunde, bevor Enyama den Motor startete, in den Wagen zu springen. Sie fuhren in die Richtung, aus der sie die Explosion vermuteten. Nachdem sie aus dem kleinen Waldstück herausgekommen waren, sahen sie in einigen hundert Metern Entfernung im hohen Savannengras schwarzen Rauch aufsteigen. Der Landrover preschte wie ein Pflug durch das hohe Gras. Fünfzig Meter vor der Rauchsäule stoppte Enyama. Sie sahen einen weißen Toyota Land Cruiser, der dabei war, vollständig auszubrennen. Lukas stieg mit gezogener Waffe im Anschlag aus und ging langsam auf das brennende Wrack zu. Er ging so dicht heran, wie es die Brandhitze zuließ. Mit zusammengekniffenen Augen suchte er nach den Insassen.

»Da war niemand drin, als der Wagen explodiert ist«, rief er den beiden Rangern zu, die nun ebenfalls ausgestiegen waren. Enyama kam zu ihm, sah sich prüfend links und rechts um, was aufgrund des hohen Grases nicht viel brachte.

»Wir sitzen in der Falle«, sagte er zu Lukas. »Ich bin wie ein Anfänger hineingetappt.«

Sie hörten mehrere Autotüren zuschlagen. Laute Kommandos wurden gerufen.

»Wir müssen hier sofort weg.«

Lukas nickte. »Gute Idee. Nur wohin?«

»Zum Wald zurück.«

Joseph kam zu ihnen gelaufen. »Sie kommen. LRA!« Seine Augen waren weit aufgerissen, als er hektisch versuchte, seine Kalaschnikow zu entsichern.

»Hey, ganz ruhig«, sagte Lukas. Er nahm Joseph das Gewehr aus der Hand und stellte den Sicherungshebel auf Dauerfeuer. »Hier, nimm. Den Finger immer nur kurz auf dem Abzug lassen, mach nur Feuerstöße.«

»Am besten trennen wir uns, so machen wir es denen nicht zu leicht.« Enyama blickte ernst. »Wer immer auch vor dir steht, Lukas: Du darfst auf gar keinen Fall zögern abzudrücken. Oder es ist aus.«

»Keine Sorge, ich weiß, was ich zu tun habe.«

Die Stimmen der LRA-Soldaten kamen näher. Offenbar machten sie sich keine Mühe, nicht aufzufallen. Sie waren sich ihrer Sache sehr sicher.

Langsam gingen Enyama und Joseph rückwärts durch das Gras, während Lukas die Beretta entsicherte und sich rechts am qualmenden Toyota gebückt durch das Gras schob. Eine Gewehrsalve hämmerte links von ihm durch das Gras. Dann hörte er Joseph etwas auf Sudanesisch schreien. Eine wilde Schießerei begann. Lukas rannte los, schlug das hohe Gras mit den Armen links und rechts zur Seite. Er konnte Enyamas Stimme hören, die nach Milou rief. Direkt vor sich tauchte ein Mann in Flecktarnfarben auf. Ehe der Soldat seine Kameraden rufen konnte, schlug Lukas ihm mit der Pistole ins Gesicht. Ohnmächtig stürzte der Getroffene zur Seite. Ohne weiter auf ihn zu achten, lief Lukas weiter durch das Gras, in die Richtung, in der er den Wald vermutete. Von Enyama und Joseph war nichts mehr zu hören, aber noch immer dröhnte der Klang von Gewehrsalven durch die Luft. Vor ihm wurde das Gras immer niedriger, bis es schließlich vollends hinter ihm zurückblieb. Aber er hatte die Richtung falsch eingeschätzt. Der Wald lag jetzt noch weiter entfernt zu seiner Linken. Zwei Geländewagen kamen auf ihn zugerast. Lukas wollte wieder zurück in das Grasfeld laufen, aber von dort traten vier Gestalten hervor. Kindersoldaten.

Der größte der vier hielt eine Kalaschnikow in den Händen, die anderen drei hatten Macheten. Die beiden Geländewagen hielten direkt neben Lukas an, auf einem der beiden war auf der Ladefläche ein Maschinengewehr auf einer Lafette montiert. Der Lauf war auf Lukas gerichtet. Er warf seine Beretta zu Boden und hob die Hände hinter den Kopf. Der Soldat hinter dem MG brüllte etwas, woraufhin sich der Junge mit der Kalaschnikow auf Lukas zubewegte und ihn mit ausdruckslosem Gesicht anstarrte. Der Junge schrie ihn an. Als Lukas keine Reaktion zeigte und die Männer in den Geländewagen deswegen zu lachen begannen, wurde der Knabe noch wütender, brüllte noch lauter. Lukas schätzte ihn auf höchstens vierzehn Jahre. Er zuckte mit den Schultern. »Don't understand.«

Mit einem Wutschrei sprang der Kindersoldat auf ihn zu und hieb ihm die Kalaschnikow mit dem Griffstück voran in den Magen. Lukas krümmte sich vor Schmerz und ehe er etwas machen konnte, traf ihn ein weiterer Schlag in die Nieren. Mit einem lauten Schrei sank er zu Boden. Der Junge schlug ihm das Griffstück brutal in den Rücken und Lukas fiel mit dem Gesicht in den Staub. Wie von Sinnen hämmerte ihm der Junge das Gewehr unaufhörlich auf den Rücken. Lukas fühlte, wie seine Rippen brachen. Mit letzter Kraft versuchte er sich auf den Rücken zu drehen, doch da traf ihn das Griffstück mitten ins Gesicht und alles versank in Schwärze. Von weit entfernt glaubte Lukas noch Schmerzensschreie von Joseph zu hören, bevor er endgültig das Bewusstsein verlor.

25 /AM HAKEN

ALS LUKAS wieder aus der Ohnmacht erwachte, durchfuhr ein stechender Schmerz seinen Körper. Dazu schwankte alles vor seinen Augen. Es dauerte einen Moment, bis er realisierte, dass er sich in einem Gebäude befand. Und er hing mit gefesselten Handgelenken an einem Haken von der Decke. Er trug nur noch die Flecktarnhose und seine nackten Zehen schleiften leicht über den sandigen Boden. Lukas sah sich suchend um, machte dabei eine ruckartige Bewegung und sofort flutete der Schmerz wieder durch seinen Körper. Besonders in der rechten Seite, wo er vermutlich einige gebrochene Rippen von den Schlägen des Jungen davongetragen hatte. Stöhnend drehte er sich langsam am Haken herum. Ein kleines Fenster war in der Wand hinter ihm, durch das wenige Sonnenstrahlen in die ansonsten düstere Holzbaracke einfielen. An der Wand gegenüber standen zwei Stühle, ansonsten war der Raum leer. Die Holzwand rechts von ihm war extrem dunkel gestrichen. Durch den Geruch registrierte er jedoch schnell, dass es sich dabei nicht um Farbe handelte, sondern um eingetrocknetes Blut. Die Tür wurde geöffnet und sofort wieder geschlossen. Jemand hatte den Raum betreten. Eine Hand packte ihn an der Schulter und drehte ihn herum. Eine erneute Schmerzwelle ließ ihn aufstöhnen.

»Ich hab dir doch gesagt, halt dich aus diesen Elfenbeingeschäften heraus, Lucky! Das nimmt kein gutes Ende.« Lukas blickte Geordie McBain ins Gesicht, der ihn mit besorgtem Blick ansah. »Du siehst furchtbar aus.«

»Hätte ich mir denken können, dass du mit diesen Mistkerlen gemeinsame Sache machst.«

Geordie hob abwehrend die Hände. »Aber nicht doch, du missverstehst da was. Ich bin nur mit unseren Petros hier, um Elfenbein zu kaufen. Dabei haben mir ein paar von den Typen erzählt, dass sie gestern ein paar Ranger erledigt und einen Deutschen gefangen genommen haben. Ich wusste, dass die nur dich meinen konnten. Nigel unterhält sich gerade mit den Typen, die diese Hütte bewachen sollen, damit ich mich hier kurz reinschleichen konnte.«

»Was willst du, Geordie? Mir helfen oder lange Reden halten?«

»Tut mir leid, Lucky.« Der Schotte schüttelte den Kopf. »Ich kann dir nicht helfen, sonst drehen diese LRA-Spinner mich und meine Kunden ebenfalls durch die Mangel. Du verstehst sicher, dass ich da nicht sonderlich drauf erpicht bin, oder?«

»Klar doch. Du wirst schließlich gut bezahlt«, erwiderte Lukas so sarkastisch, wie es ihm möglich war.

»Genau so ist es.« Geordie nickte ernst. »Aber schließlich bist du ein alter Freund und deswegen …« Der Schotte ließ ein Klappmesser kurz vor seinem Gesicht aufspringen. »Wenn du mich darum bittest, töte ich dich jetzt. Schnell und schmerzlos. Bevor dieser Sadist Ingwon hier reinkommt und sich um dich kümmert. Glaub mir Lukas, das wäre nicht leicht für mich, aber ich würde es, aus Freundschaft, für dich tun.«

»Du irrst dich, Geordie.«

»Wobei?«

»Bei meinem Spitznamen. Den haben mir die Amis damals in Afghanistan verpasst. Aber nicht, weil ich Glück bei meinen Schüssen hatte. Die waren immer zu hundert Prozent sauber.« Lukas stockte kurz. »Die haben mich Lucky genannt, weil ich als Einziger meines Teams einen Einsatz überlebt habe. Meine fünf Kameraden sind alle draufgegangen, als wir in einen Hinterhalt der Taliban gerieten. Aber ich habe überlebt.« Lukas sah dem Schotten fest in die Augen.

»Verstehe.« Draußen vor der Tür konnte Lukas jetzt ein paar laute Männerstimmen hören. Geordie hielt ihm das Messer noch einmal vor die Augen. »Wohin möchtest du es haben. Sag schnell.«

»In die Eier.«

Geordie nickte. »Okay. Viel Glück, Lucky.« Dann klappte er das Messer zusammen und schob es Lukas vorne in die Unterhose. »Du wirst es brauchen.«

Die Tür öffnete sich.

Ein harter Faustschlag traf Lukas im Gesicht. Aber schlimmer waren die Schmerzen danach, als er am Haken leicht hin- und herschwang und seine Rippen wieder stechend schmerzten. »Das ist dafür, dass du meinen Wagen gestohlen hast«, schrie Geordie ihn an.

Lukas schmeckte Blut in seinem Mund und spuckte es aus.

»Was machen Sie hier?«, fragte eine Männerstimme.

»Mir diesen Wichser vorknöpfen, der mir meinen Mercedes in Khartum gestohlen hat«, erwiderte McBain.

»Wie können Sie es wagen, einfach hier einzudringen und meine Gefangenen zu prügeln? Ich habe Leute schon für weniger hinrichten lassen.«

»Bleiben Sie ruhig, Captain Ingwon. Ich habe diesem Drecksack nur eine verpasst. Da ist noch genug für Sie zu tun. Außerdem zahlen meine Kunden doch immer sehr gut für Ihr Elfenbein, da habe ich mir das doch wohl verdient?«

Lukas hatte aufgehört am Haken zu schaukeln und konnte jetzt direkt zu Ingwon schauen. Er erkannte ihn von den Bildern wieder, die Stralau ihm geschickt hatte. Er trug eine komplett schwarze Uniform, über dem Oberkörper hing ein Patronengurt und an der Seite trug er ein riesiges Kampfmesser. Hinter Ingwon standen zwei LRA-Soldaten in Flecktarnuniformen und Nigel, Geordies Mitarbeiter. Mit verächtlichem Blick musterte Ingwon den Schotten, schließlich nickte er ihm zu.

»Sie haben recht. Ich werde Ihnen sogar noch einen zweiten Schlag genehmigen. Nur zu.« Lächelnd, wie ein Gastgeber, der seinen Gästen an einem heißen Sommertag ein kühles Getränk anbietet, wies Ingwon mit der Hand auf Lukas. Geordie sah zu Lukas, dann wieder zu Ingwon.

»Vielen Dank, aber ich denke, Sie werden schon dafür sorgen, dass der Kerl nicht noch einmal Autos stiehlt.« Dann rammte der Schotte, der mit dem Rücken zu Lukas stand, ihm seinen Ellenbogen in den Magen. Der Schmerz war diesmal sogar noch größer. Vor Lukas' Augen begann es zu flimmern, er atmete stoßweise und Schweiß tropfte ihm von der Stirn.

»Möchten Sie wissen, was ich mit diesem Kerl machen werde?«, fragte Ingwon breit grinsend.

»Um ehrlich zu sein, nein«, antwortete Geordie gleichgültig.

»Ich werde es Ihnen trotzdem erzählen, Mr. McBain.« Ingwon winkte seine zwei Männer heran. Einer der beiden trug einen runden Holzklotz, in dem noch ein Handbeil steckte. Der Soldat stellte den Klotz direkt vor Lukas ab. Der zweite Mann hielt eine aufgerollte Werkzeugtasche in den Händen. Er legte diese neben den Holzklotz auf den Boden und entrollte sie. Zum Vorschein kamen verschiedene Zangen, ein Hammer und eine kleine Säge.

»Ich werde mir sehr viel Zeit mit diesem Kerl lassen. Er hat mehrere meiner Männer getötet und meine Ehre beschmutzt. Es wird wohl ein paar Tage dauern. Aber ich kann Ihnen sagen, wie ich anfangen werde. Ich arbeite mich langsam von unten nach oben hoch. Heute kommen die Füße dran.«

Einer der beiden Soldaten packte sich den rechten Unterschenkel von Lukas und stellte seinen Fuß auf den Holzklotz neben das Beil. Als Lukas den Fuß wieder zurückziehen wollte, bekam er einen Schlag in die linke Seite verpasst. Er schrie laut auf.

»Ach, Herr Horn. Sie machen es mir aber auch wirklich zu leicht. Ich liebe diese Melodie«, sagte Ingwon zufrieden. Dann wandte er sich wieder an Geordie. »Mögen Sie Glücksspiele? Ach, was frage ich überhaupt, natürlich mögen Sie sie. Habe ich nicht recht?«

Geordie antwortete nicht.

Ingwon zog einen ledernen, zerknautschten Würfelbecher aus einer seiner Hosentaschen hervor. Er drehte ihn um, ließ den Würfel auf seine Handfläche fallen und hielt ihn Lukas hin.

»Sagen Sie eine Zahl.«

Lukas gab keine Antwort.

»Mr. McBain, wären Sie so freundlich?«

»Sechs«, knurrte Geordie.

»Eine gute Wahl. Ich erkläre Ihnen jetzt die Spielregeln. Ich werde würfeln und bei jeder Zahl wird eine bestimmte Aktion ausgeführt werden. Bei der ›Eins‹ kommt der Hammer bei einer Zehe zum Einsatz, bei der ›Zwei‹ wird die Kneifzange benutzt und so weiter. Wir würfeln dann noch mal aus, welcher Zeh es wird.« Ingwon lachte. »Nur bei der ›Sechs‹, die Sie gerade als Glückszahl für Herrn Horn bestimmt haben, wird nichts passieren.«

»Schönes Spiel«, sagte Geordie. »Aber Sie entschuldigen mich jetzt bitte. Ich muss zu meinen Kunden.«

»Natürlich doch, aber spielen Sie erst eine Runde mit mir. Ich bestehe darauf.« Ingwon betonte die letzten Worte sehr bedrohlich. Dann warf er den Würfel in den Becher zurück und streckte diesen Geordie entgegen. »Also, würfeln Sie.«

Der Schotte nahm den Würfelbecher mit der rechten Hand und begann das Handgelenk kreisen zu lassen. Er blickte Lukas an. Dann knallte er den Becher auf seine ausgestreckte linke Handfläche.

»Möchten Sie den Becher lüften?« Er hielt seine Hand Ingwon entgegen.

Mit einem maliziösen Lächeln hob dieser den Würfelbecher an.

»Eine ›Sechs‹! Heute ist wohl Ihr Glückstag, Herr Horn.«

Lukas erwiderte nichts, er blickte an Ingwon vorbei zu Geordie, der tief ausatmete.

»Also dann, Captain Ingwon. Noch viel Vergnügen bei Ihrem Spiel. Habe die Ehre.« Geordie gab Ingwon den Würfel, legte den Zeige- und Mittelfinger an seine Schläfe und grüßte kurz damit. Dann drehte er sich um und verließ die Hütte.

»Was glauben Sie, wie lange Ihre Glückssträhne noch anhalten wird?«, wandte sich Ingwon an Lukas.

»Finden Sie es doch heraus«, gab Lukas grimmig zurück.

»Oh, das habe ich vor, ganz sicher.« Ingwon warf den Würfel zurück in den Becher, schwenkte diesen einmal kurz und ließ ihn auf den Holzklotz niedersausen. Schnell hob Ingwon den Becher hoch. Der Würfel zeigte erneut sechs Punkte.

»Sie dürfen mich Lucky nennen«, sagte Lukas mit einem schiefen Grinsen.

»Ach, ist das so?« Ingwon zog etwas aus seiner Hosentasche und hielt ihm den Gegenstand direkt unter die Nase. Lukas erkannte seine Brieftasche sofort. »Aber glauben Sie, dass Ihr kleines Mädchen ebenso viel Glück hat wie ihr Vater?« Mit einem Schwung aus seinem Handgelenk ließ Ingwon die Brieftasche aufklappen. In dem Fotofach war das Familienbild von Lukas, Caro und Emilia sichtbar.

»Wenn Sie es wagen, ihr auch nur ein Haar zu krümmen, werde ich …«

»Halten Sie den Mund. Sie langweilen mich«, unterbrach Ingwon ihn. »Sie leben nur noch, weil ich es so will. Ich kann Sie jederzeit töten, wie es mir beliebt. Ich könnte Ihre Tochter in kleine Scheiben schneiden lassen und es gibt gar nichts, was Sie dagegen tun können. Also sparen Sie sich Ihre leeren Drohungen. Ich habe das Mädchen und ihre Mutter längst in meiner Gewalt. Eigentlich waren sie als Druckmittel gedacht, falls es Ihnen gelingen sollte, mich zu überraschen. Aber ich habe Sie wohl deutlich überschätzt, Herr Horn.«

»Lassen Sie sie gehen. Sie haben nicht das Geringste mit dieser Sache zu tun. Meine Frau und ich sind schon länger geschieden.«

»Vielleicht könnten wir darum spielen?« Ingwon sah ihn mit dem gierigen Blick eines Sadisten an. »Sollten Sie es schaffen, länger als einen Tag am Leben zu bleiben, werde ich die beiden vielleicht wirklich gehenlassen.« Mit einer schnellen Bewegung würfelte Ingwon erneut. Als er den Becher anhob, lag die Drei auf der oberen Würfelseite. »Ihre Glückssträhne ist vorüber!«

Geordie und Nigel standen mit ihren zwei chinesischen Kunden gerade beim Elfenbeinlager und begutachteten die Ware, als die Schmerzensschreie durch das kleine Lager der LRA hallten. Die beiden Petros blickten verstört um sich, während Geordie sich auf die Unterlippe biss und versuchte, die Schreie zu ignorieren.

26 / SORGEN

HAMBURG

DAS GANZE RESTAURANT war voll mit Polizeibeamten. Kripo, Spurensicherung und BKA. Morten ging in die Küche und schenkte zwei Becher Kaffee ein, aus der großen Pumpkanne, die für die Mitarbeiter des Restaurants gedacht war. Dann nahm er noch eine kleine Flasche Fanta aus dem Kühlschrank, und ging damit wieder in den Gastraum. Caro saß an einem Tisch direkt am Eingang, Emilia auf ihrem Schoß. Ihr Lebensgefährte Daniel stand etwas hilflos ein paar Schritte neben ihr, die Hände in den Taschen vergraben und auf den Boden starrend.

»Möchtest du einen Kaffee?«, fragte Morten Caro, die ihm den Becher schweigend abnahm. »Was ist mit dir, Emilia? Magst du eine Fanta?«

»Danke.« Emilia lächelte ihn schüchtern an, als er die Flasche öffnete und ihr reichte. »Kaffee auch für Sie?« Morten hielt Daniel den zweiten Becher hin, der schüttelte aber nur den Kopf. Dann sah Morten hinten beim Panoramafenster, wo noch der Tote lag, seinen Chef stehen. »Entschuldigt mich kurz.« Mit dem Kaffeebecher in der Hand ging er zu Stralau hinüber.

»Vielen Dank, sehr aufmerksam«, sagte Stralau, als er bei ihm ankam und nahm sofort den Kaffeebecher aus Mortens Hand. »Gute Arbeit, Jonasson. Obwohl es nicht geschadet hätte, wenn einer der beiden noch leben würde, um unsere Fragen zu beantworten.«

»Beim nächsten Mal denke ich daran.«

»Wird hoffentlich nicht noch einmal nötig sein.« Stralau blickte hinüber zu Caro und Emilia. »Wenn die beiden Fragen stellen, Sie waren wegen den beiden Toten hier. Reiner Zufall.«

»Verstanden. Haben Sie schon irgendwas von Lukas gehört?«

Stralau schüttelte den Kopf. »Nichts. Ich werte das als gutes Zeichen. Er ist Ingwon bestimmt dicht auf den Fersen.«

Am Eingang wurde es plötzlich etwas lauter. Ein schwarzhaariger Mann in einem teuer aussehenden Nadelstreifenanzug stand in der Tür und stritt sich mit der Polizeibeamtin, die dort Wache hielt.

»Nun lassen Sie mich schon rein, gute Frau. Sie wissen wohl nicht, wer ich bin?«

Morten und Stralau gingen zur Tür. Auch in Caros Freund Daniel war schlagartig das Leben zurückgekehrt und er ging ebenfalls zur Tür.

»Herr Goosenbach!«

»Herr Keiliger, alles in Ordnung bei Ihnen?«, fragte der Schwarzhaarige sofort.

»Ja, es ist …«

»Was ist denn hier das Problem?«, ging Stralau streng dazwischen.

»Mein Name ist Gregor Goosenbach, ich war heute Abend hier mit meinem Mitarbeiter und seiner Familie verabredet. Freut mich, Herr Kommissar …« Goosenbach streckte Stralau an der Polizeibeamtin vorbei die Hand entgegen.

»Ist schon gut, ich kümmere mich«, entließ Stralau die skeptisch dreinblickende Beamtin von ihrem Posten. »Herr Goosenbach, ich bedaure, aber Sie müssen wieder gehen. Dies ist ein Tatort. Sie verstehen das sicher.«

»Aber die Kerle waren wegen ihm hier«, sagte Daniel hastig. »Sie haben mich zuerst mit Goosenbach angesprochen. Ist doch so, Schatz?« Daniel drehte sich um zu Caro, die nur stumm nickte und ihm einen bösen Blick zuwarf. Er drehte sich schnell wieder zu Stralau um. »Das habe ich Ihren Kollegen auch schon gesagt.«

»Sehr gut. Dies wird uns sicherlich helfen, dieses Verbrechen schnell aufzuklären. Sie können dann jetzt gehen«, sagte Stralau freundlich. Er wandte sich an Goosenbach. »Sie ebenfalls.«

»Aber … Sie haben es doch gerade gehört. Die wollten mich entführen, was ist, wenn ich jetzt in Gefahr bin? Bekomme ich keinen Personenschutz?«

»Die Gefahr ist gebannt. Die beiden Männer sind tot. Machen Sie sich keine Sorgen. Guten Abend!« Für Stralau war das Gespräch damit beendet und er wandte Goosenbach den Rücken zu. Dieser stand mit halboffenem Mund da und Morten erwartete, dass er noch was sagen würde. Aber schließlich verabschiedete er sich bei Caros Freund und verließ das Restaurant.

»Können wir auch gehen?«, fragte Caro leise.

»Aber selbstverständlich. Wenn Sie möchten, begleiten meine Männer Sie nach Hause. Wir können auch über

Nacht ein paar Leute bei Ihnen lassen, wenn Sie sich dann sicherer fühlen.« Stralau blickte sie mitfühlend an.

»Vielen Dank, das ist sehr freundlich, aber ...« Caro stockte und blickte zu Daniel, »ach, wissen Sie, es wäre doch besser, wenn jemand mich und meine Tochter nach Hause fahren könnte.«

»Schatz, ich ...« Daniel verstummte, als Caro ihm einen eisigen Blick zuwarf.

»Ich fahre euch gerne«, bot sich Morten an.

Stralau nickte. »Gute Idee, Herr Jonasson.« Er reichte Caro eine Visitenkarte. »Wenn Sie doch noch Hilfe benötigen.«

Caro nahm die Karte entgegen und nickte Stralau kurz zu. »Komm, Emilia, wir gehen.«

Morten erklärte Bruckmann, dass er alleine mit dem Wagen wegfahren würde, was diesen nicht weiter stören zu schien. Als er mit Caro und Emilia langsam vom Gelände des Golfklubs rollte, sagte sie leise zu ihm, sodass Emilia es nicht hören konnte: »Erzähl mir jetzt bloß nicht, dass Lukas damit nichts zu tun hat.«

»Niemals. Aber es ist nicht seine Schuld«, erwiderte Morten ruhig. »Er hat sich Sorgen um euch gemacht, deshalb hab ich ein Auge auf euch gehabt.«

»Danke. Wo ist Lukas jetzt?«

»Im Sudan. Er versucht, einen Elfenbeinschmuggler und Mörder zu fassen.«

»Geht es ihm gut?«

»Ganz sicher.« Morten lächelte. »Du kennst ihn doch, dem passiert so schnell nichts.«

27 / ERBARMUNGSLOS

SUDAN

SEINE ARME WAREN TAUB, die beiden Schultern fühlten sich an wie aus dem Gelenk rausgerissen. Ein weiterer Fußtritt mitten auf die Brust ließ Lukas am Haken kräftig hin- und herschlenkern. Er keuchte, rang nach Atem und würgte hustend etwas Blut hinaus. Seine Fußspitzen schleiften jetzt nicht mehr über den Boden. Zumindest nur noch teilweise. Lukas' Kopf hing schlaff auf seiner Brust, den Blick nach unten gerichtet. Dort sah er drei seiner Zehen im Dreck neben dem Holzklotz liegen. Eine davon mit der Säge abgetrennt, die anderen mit einer Kneifzange. Zwei weitere Zehen hatte ihm Ingwon mit dem Hammer zerschmettert. Die blutigen Füße hatten seine Peiniger ihm notdürftig verbunden. Ingwon wollte nicht, dass er zu viel Blut verlor. Nicht, bevor er mit ihm fertig war. Der grimmig dreinblickende Sudanese, der sich breitbeinig vor ihm aufgebaut hatte, beschimpfte ihn unablässig. Ihm war es egal, dass Lukas seine Worte nicht verstand. Es gehörte für ihn einfach zum Ritual dazu. Der Mann wollte Lukas gerade einen weiteren Fußtritt verpassen, wurde aber in der Bewegung durch den Ruf Ingwons gestoppt, der sich auf einen der Stühle niedergelassen hatte und aus einer Wasserflasche trank.

»Herr Horn, es wird Zeit für die nächste Würfelrunde. Sind Sie bereit?«

»Sicher«, gab Lukas schwach zurück. »Ich liege doch noch in Führung, oder nicht?«

»Ich würde sagen, es ist unentschieden. Sie hatten insgesamt fünfmal das Glück, dass die Sechs gefallen ist.« Ingwon erhob sich und nahm den Würfelbecher in die Hand. »Ich denke, diesmal spielen wir um einen Fuß. Das gibt der Sache etwas mehr Reiz, finden Sie nicht auch?«

Lukas antwortete nicht. Er spuckte noch einen Klumpen Blut auf den Boden. Ingwon gab einem seiner Männer einen Befehl, woraufhin dieser mit schnellen Schritte aus der Hütte verschwand.

»Ich habe noch eine kleine Überraschung für Sie. Ab jetzt spielen Sie nicht mehr alleine.« Ingwon grinste breit. Kurz darauf kam der Mann zurück und hatte jemanden dabei.

»Lukas«, schrie Cookie entsetzt auf, als sie in die Hütte geschoben wurde. Sie wollte zu ihm eilen, wurde aber von dem Soldaten am Arm festgehalten.

»Chinemerem, meine Liebe. Es freut mich sehr, dich hier zu sehen«, begrüßte Ingwon sie und gab ihr einen Kuss auf die Wange. Cookie drehte ihren Kopf weg. »Leider müssen wir heute Abschied voneinander nehmen.« Dann schlug er ihr heftig mit der rechten Faust ins Gesicht. Cookie stürzte zu Boden, ihre Nase blutete. »Verfluchtes Miststück. Wie konntest du glauben, ich würde deinen Verrat nicht bemerken? Jetzt sieh genau hin, was du angerichtet hast.« Er packte sie an den Haaren und schleifte sie hinüber zu Lukas. Dort drückte er sie in den Staub, sodass sie direkt auf Lukas' malträtierte Füße schauen musste. »Und das ist erst der Anfang!« Er riss sie brutal wieder nach oben. »Herr Horn, natürlich bin ich kein Unmensch. Deswegen verändern wir die Spielregeln etwas. Bei der nächsten Sechs, die gewürfelt wird, dürfen Sie sich von der zauberhaften Chinemerem hier eine sexuelle Gefälligkeit wünschen.« Er lachte dreckig. »Bei jeder anderen Zahl dürfen Sie bestimmen, welchen Körperteil ich ihr abschneide - zusätzlich zu Ihrem Fuß. Wählen Sie nichts, entscheide ich für Sie.«

Lukas hob den Kopf etwas an und zwinkerte mehrmals. Er hatte die letzten Minuten genutzt, um sich zu konzentrieren. Tatsächlich gelang es ihm, seine Fingerspitzen zu bewegen, aber davon bekam niemand etwas mit.

»Dann lassen Sie uns beginnen.« Er spuckte Ingwon vor die Füße.

Ingwon übergab Cookie wieder einem seiner Leute und begann damit, den Würfel im Lederbecher kreisen zu lassen. Dies machte er eine lange Zeit, bis er den Becher unvermittelt auf den Boden donnerte. Er fluchte, als er den Becher anhob.

»Sie sind ein Riesenglückspilz. Ich bin froh, nicht um Geld mit Ihnen zu spielen.«

Zufrieden lächelnd sah Lukas den Würfel mit der Sechs nach oben im Staub liegen. Ingwon hatte recht. Er konnte sein Glück selbst kaum fassen.

»Dann darf ich mir jetzt wohl was wünschen?«

Ingwon nahm Chinemerem an die Hand und schob sie

mit einem obszönen Lächeln zu Lukas hin. »Alles, was Sie möchten.«

Lukas sah Cookie in die Augen, mit denen sie ihn mitleidig anblickte. »Nimm ihn in die Hand«, sagte er zu ihr und deutete mit seinem Kinn nach unten.

»Lukas, ich ...« - »Mach schon!«

Ingwon lachte lauthals. »Sehr gut, sagen Sie es ihr, zeigen Sie ihr ihre Stellung als Frau.«

»Tu es«, sagte Lukas erneut mit Nachdruck. Seine Finger tasteten den Haken ab. Er würde nur einen Versuch haben und er konnte nicht damit rechnen, dass er sich auf den Beinen halten konnte. Er fixierte den Holzklotz, der direkt vor ihm stand. »Jetzt stell dich nicht so an, bei Jürgen hast du es doch auch gemacht.«

Jetzt sah Cookie ihn anders an. Sie schien etwas zu ahnen.

»Greif mir in die Hose, wird's bald!«

Sie machte einen Schritt auf ihn zu, ihre blutige Nase stieß beinahe gegen seine mit blauen Flecken und Blutergüssen übersäte Brust. Dann steckte sie ihre rechte Hand in seinen Hosenbund und ließ sie tiefer gleiten. Sie blickte ihn erstaunt an.

»Scheint groß zu sein«, kommentierte Ingwon spöttisch, als er den Blick sah.

»Und jetzt«, sagte Lukas bedächtig, »in den Hals damit. So tief wie möglich.« Er blickte Cookie eindringlich an. Sie nickte und ging langsam in die Knie.

»Oh, das wird ja immer besser«, lachte Ingwon, auch seine beiden Männer stimmten in das Gelächter mit ein.

Mit Schwung schnellte Cookie aus der Hocke wieder nach oben und riss die Hand aus Lukas' Hose heraus. In einer einzigen Bewegung flog ihre rechte Hand an

Ingwons Kehle, dabei klappte das Messer auf und erwischte den LRA-Anführer mit der Klinge direkt im Hals. Mit einem Aufschrei sprang der nach hinten weg, wobei ihm die Kehle ein Stück mehr aufgerissen wurde.

Lukas mobilisierte gleichzeitig seine letzten Kräfte. Er schwang sein rechtes Bein auf den Holzklotz, drückte sich kräftig nach oben ab und machte seine tauben Arme so lang, wie es nur ging. Tatsächlich gelang es ihm so, vom Haken zu springen. Bei der Landung allerdings versagten ihm seine Beine den Dienst und er fiel hart auf den Boden.

Cookie hatte sich währenddessen wie eine Furie auf den ihr am nächsten stehenden der beiden LRA-Angehörigen gestürzt und stach wild auf ihn ein. Ingwon lag daneben auf dem Boden und hielt seinen blutenden Hals umklammert, während er röchelnd in Richtung der Tür robbte.

Der zweite Mann hatte sich von dem Schock erholt, zog seine Waffe und zielte auf Cookie. Lukas hatte es auf die Knie geschafft. Er schrie, um die Aufmerksamkeit des Mannes auf sich zu lenken, was ihm auch gelang. Erst jetzt bemerkte dieser, dass Lukas nicht mehr am Haken hing. Unter Aufbietung seiner letzten Kraftreserven sprang Lukas auf die Beine und rannte wie ein Stier auf den Mann mit der Waffe los. Sein Kopf krachte mit voller Wucht in dessen Magen und beide gingen zu Boden. Doch der Kerl erholte sich schneller als Lukas. Seine Waffe hatte er zwar fallen gelassen, aber nun umklammerte er mit beiden Händen Lukas' Hals und drückte zu. Doch dann lockerte sich sein Griff plötzlich. Das Messer steckte tief in seinem Kehlkopf. Zufrieden zog Cookie die Klinge wieder heraus.

»Gut gemacht«, keuchte Lukas. »Wo ist Ingwon?« Er sah sich in der Hütte um, die Tür stand halb offen. »Schnell, schneid mir die Fesseln auf.« Er hielt Cookie seine zusammengebundenen Hände entgegen. Als die Fesseln von seinen Handgelenken herabfielen, spürte Lukas, wie seine Arme zu kribbeln begannen.

»Wird es gehen?«, fragte Cookie mit besorgtem Blick.

»Es muss.« Lukas versuchte aufzustehen, sackte aber immer wieder auf den Boden zurück. »Hilf mir bitte hoch. Und gib mir die Waffe dort.« Er zeigte auf die Glock, die der Tote verloren hatte. »Wir müssen hier raus, Ingwon holt bestimmt Verstärkung.«

Auf Cookie gestützt, humpelte Lukas zur Tür. Er blickte kurz durch den Spalt nach draußen. »Nichts zu sehen. Schnell jetzt.«

Sie verließen die Baracke und gingen nach links in den Schutz eines weiteren Gebäudes. Dort ließ sich Lukas an der Wand niedersinken. »Gib mir einen Moment«, schnaufte er.

»Den haben wir nicht«, antwortete Cookie. »Sie halten Zenabu und Joseph hier irgendwo gefangen.«

»Sie leben noch? Was ist mit Enyama?«

Cookie senkte traurig den Blick und schüttelte den Kopf. »Sie haben ihn nicht hergebracht. Sie haben ihn erschossen und einfach liegen gelassen.«

»Weißt du, wo die anderen sind?«

Wieder schüttelte sie den Kopf. Lukas sah ihr die Verzweiflung deutlich an. Bei ihm bewirkte das Adrenalin im Körper langsam, dass er klarer denken konnte und seine Schmerzen etwas in den Hintergrund traten. Hinter Cookie, in zwanzig Metern Entfernung, erblickte er Fahrzeuge.

»Pass auf, du wirst dir jetzt einen von den Wagen dort schnappen und wegfahren. Egal wohin, nur weg von hier!«

»Ich lasse dich nicht im Stich!«

»Das tust du nicht. Im Gegenteil, du hilfst mir dadurch. Sie werden dir folgen.« Er sah sie ernst an. »Das ist verdammt gefährlich, also fahr so schnell du kannst. Als ob der Teufel persönlich hinter dir her wäre.«

»Was hast du vor?«

»Ich werde Zenabu und Joseph befreien. Der Großteil der Kerle wird dir folgen, also habe ich hier freie Bahn.«

Cookie nickte. »Also gut. Viel Glück.« Dann lief sie zu den Fahrzeugen hinüber. Sie stieg in den vordersten Wagen, einen Jeep, ein und schloss die Tür. In diesem Augenblick hallten laute Schreie durch das Lager. Ingwon hatte seine Männer erreicht. Lukas hörte, wie Cookie den Motor startete. Mit durchdrehenden Reifen preschte der Jeep durch das Lager davon. Einige Schüsse brachen. Dann folgte wildes Geschrei und Lukas konnte sehen, wie geschätzt zwanzig Männer in die restlichen Wagen sprangen und Cookies Verfolgung aufnahmen. Er wartete noch einen Moment, dann prüfte er, wie viele Kugeln im Magazin der Glock waren. Fünfzehn Schuss. Dann stemmte er sich nach oben, ging hinkend aus seinem Versteck und umrundete die Hütte. Im Lager war niemand zu sehen. Da ertönte eine Frauenstimme aus einem Gebäude rechts von ihm.

Zenabu.

Mit der Waffe im Anschlag näherte sich Lukas dem kleinen Blockhaus, das dem ähnelte, in dem er gefangen war. Zenabus Schreie wurden lauter. Entschlossen betrat Lukas das Haus. Der Raum war ebenso leer wie der andere, nur dass hier eine Matratze in der linken Ecke auf dem Boden lag. Darauf kauerte Zenabu. Sie war nackt und schrie vor Angst. Vor ihr hatten sich drei Männer aufgebaut. Keiner der Kerle hatte bemerkt, wie Lukas eingetreten war. Zwei von ihnen waren ebenfalls nackt, der dritte trug noch seine Hose und hielt eine Machete in der Hand. Lukas erkannte ihn sofort. Es war der Junge, der bei der Gefangennahme auf ihn eingeschlagen hatte. Als Zenabu ihn sah, hörte sie auf zu schreien. Die Männer drehten sich um. Von den zwei Nackten hatte einer eine Erektion. Der Junge mit der Machete stand Lukas am nächsten. Er schoss ihm direkt ins Gesicht. Die Kugel jagte durch die Schädeldecke hindurch in die Holzwand. Dann feuerte er auf den zweiten Mann und erwischte diesen direkt in der Halsgrube. Röchelnd kippte dieser zur Seite weg. Als er den dritten anvisierte, den mit der Erektion, trat Zenabu diesem im selben Augenblick von hinten mit voller Wucht in die Genitalien. Wimmernd sank der Mann zu Boden. Ehe Lukas etwas machen konnte, schnappte Zenabu sich die Machete des toten Jungen und hieb damit auf den am Boden liegenden Mann ein. Wieder und wieder ließ sie die Klinge auf ihn niedersausen. Als der tote Körper vor ihr beinahe nur noch aus Einzelteilen bestand, packte Lukas ihren Arm. Er hatte große Mühe, ihn zurückzuhalten.

»Er ist tot. Zieh dir etwas an, wir müssen hier raus!«

Mit ausdruckslosem Gesicht sah sie ihn an. Sie ließ die blutige Machete fallen, spuckte noch einmal auf den Toten und griff sich ihre Sachen, die verstreut und teilweise zerrissen auf dem Boden lagen. Stumm zog sie sich an. Lukas vermied es, ihr eine Frage zu stellen. Als sie angezogen war, hob sie die Machete auf. Sie nickte ihm zu.

Vorsichtig verließen sie die Hütte. Lukas biss die Zähne zusammen, bei jedem Schritt brannten seine Füße wie Feuer. Aber noch hielt er durch.

In weiter Ferne wurden Schüsse abgefeuert. Lukas hoffte, dass Cookie die LRA-Soldaten lange genug beschäftigen würde. Langsam ging er auf die nächste Hütte zu, gefolgt von Zenabu. Vorsichtig legte er sein Ohr an die Tür und lauschte. Dann drückte er die Tür langsam auf. Leer. Er ging weiter. Am anderen Ende des Lagers sah er noch einen Wagen stehen. Einen blauen Mercedes-Geländewagen. Bevor er das nächste Gebäude erreichte, wurde dort die Tür aufgerissen und ein LRA-Soldat feuerte auf sie. Lukas sprang zur Seite weg, aber eine Kugel erwischte ihn am linken Arm. Er erwiderte das Feuer mit der Glock. Erst mit dem vierten Schuss erwischte er den Mann.

»Alles okay bei dir?«, fragte er Zenabu, die sich in die andere Richtung auf den Boden geworfen hatte. Sie antwortete nicht, nickte nur und stand auf. Nur mit Mühe gelang es Lukas, ebenfalls aufzustehen. Kalter Schweiß stand ihm auf der Stirn. Er folgte Zenabu zu der Hütte, wo der Tote in der Tür lag. Hier fanden sie Joseph. Er saß gefesselt auf einem Stuhl. Sein Gesicht war auf der linken Seite dick geschwollen, aber ansonsten schien noch alles an ihm dran zu sein, wie Lukas feststellte.

»Schön dich zu sehen«, sagte Joseph und lächelte schwach. Zenabu schnitt mit der Machete seine Fesseln durch.

»Ebenso. Kannst du gehen?«

Joseph bejahte und stand auf. Er blickte auf Lukas' Füße.

»Hast du meine Stiefel etwa verloren?«

»Die waren eh schon alt.«

Joseph nahm sich die Kalaschnikow des Toten. Zu dritt gingen sie weiter durch das kleine Lager, das wie ausgestorben dalag. Lukas war sicher, dass Ingwon noch in einem der Gebäude versteckt sein musste. Es waren nur noch drei übrig, die er nicht abgesucht hatte.

Von weiter her war heftiges Gewehrfeuer zu hören. Noch hielt Cookie durch.

Lukas näherte sich dem nächsten Gebäude, Joseph ging in einem Bogen schon auf das danebenliegende zu. Zenabu stand genau zwischen ihnen beiden.

Mit einem Schrei kam ein Mann mit einer Machete auf Lukas zugesprungen. Er konnte noch dem Schlag ausweichen, verlor aber das Gleichgewicht und seine Waffe, als er zu Boden stürzte. Der Angreifer baute sich vor ihm auf, die Machete mit beiden Händen hoch über den Kopf haltend. Lukas konnte Joseph fluchen hören. Dann, als der LRA-Soldat gerade die Machete auf ihn niederschlagen wollte, wurde dieser von einer Kalaschnikow im Gesicht getroffen. Bewusstlos kippte er zu Boden. Lukas blickte zu Joseph.

»Klappt doch ganz gut mit dem Werfen. Wer braucht da noch Schießtraining?« Joseph grinste zufrieden.

»Danke«, erwiderte Lukas.

Zwei Schüsse dröhnten durch das Lager. Eine Kugel durchschlug Josephs Brust von hinten. Mit ungläubigem Blick sank dieser langsam auf die Knie. Dann blickte er zu Lukas mit traurigen Augen.

»Nein!« Lukas griff sich seine Glock, sprang auf und lief zu Joseph. Der große Schwarze kippte mit dem Gesicht nach unten in den Staub. Als Lukas ihn erreichte, bildete sich bereits eine große Blutlache unter ihm, wobei ein Teil davon schnell im trockenen Boden versickerte. Dann sah er Ingwon. Er stand zwischen den beiden Hütten und richtete eine Pistole auf Lukas. Ein breiter, weißer Verband war um seinen Hals gelegt, der aber zum Teil tiefrot eingefärbt war.

»Ihr Glück ist aufgebraucht«, krächzte Ingwon und schoss.

Lukas wurde zur Seite geworfen. Als er nach oben schaute, sah er Zenabu, die zitternd vor ihm stand.

»Schieß endlich«, hauchte sie.

Im Liegen drückte er ab, traf aber Ingwon nur am rechten Arm, was immerhin reichte, dass dieser seine Waffe fallen ließ. Zenabu brach neben Joseph zusammen. Ihr Brustkorb hob und senkte sich schnell. Sie drückte eine Hand auf die Wunde in ihrem Bauch. Lukas stand stöhnend auf und hielt die Glock auf Ingwon gerichtet. Er hatte jetzt die Möglichkeit, einfach abzudrücken. Ingwon stand nur zehn Meter von ihm entfernt. Auf diese Strecke würde er ihn nicht verfehlen.

»Wenn Sie abdrücken, werden Sie Ihre Tochter nur noch aus dem Fleischwolf kratzen können«, rief Ingwon ihm mit rauer Stimme zu.

»Genug jetzt«, dröhnte Geordies Stimme von hinten. »Nimm die Waffe runter, Lucky!«

Nigel tauchte wie aus dem Nichts neben Lukas auf und nahm ihm die Waffe ab.

»Was soll das, Geordie?«

»Das Geschäft hat Vorrang. Meine Petros sind treue Kunden von Captain Ingwon. Wir haben einen Deal und den kann ich nicht gefährden. Deswegen beenden wir das Ganze hier jetzt. Du kannst gehen, keiner wird dich daran hindern.«

»Du hast gehört, was er über meine Tochter gesagt hat. Ich kann dieses Schwein nicht einfach gehen lassen.«

»Er blufft, Lucky. Ich habe vorhin ein Gespräch mitgehört. Deiner Tochter geht es gut und sie ist frei. Die Entführung in Hamburg wurde verhindert.«

»McBain, Sie mieses …«

»Ganz ruhig, Captain. Wir haben einen Deal, schon vergessen? Ich rette Ihnen Ihr Leben im Tausch gegen das Elfenbein. Von mehr war nicht die Rede. Also vergessen Sie alles andere, was mit Lukas Horn oder seiner Familie zu tun hat.«

Lukas ging in die Knie neben Zenabu. Sie atmete stoßweise, ihr ganzer Bauch war voller Blut und quoll zwischen den Fingern hervor.

»Mir ist kalt«, sagte sie. »Und ich habe Durst. Solchen Durst.« Lukas legte seine Hand auf ihre. Nigel, der immer noch neben ihm stand, reichte ihm eine Flasche Wasser.

»Hier, trink.« Lukas setzte Zenabu die Flasche an den Mund. Sie nahm einen Schluck, dann lief ihr das Wasser seitlich am Mund heraus. Ihre Augen blickten ihn starr und glasig an. Lukas schloss ihr die toten Augen, dann stand er mühsam auf.

»Ich werde Sie finden, Ingwon. Egal, wo Sie sich verstecken. Ich werde Sie jagen und töten. Dies ist noch nicht vorbei.«

»McBain, ich lege noch eine Tonne Elfenbein zusätzlich auf unseren Deal dazu, wenn Sie mir diesen Kerl ein für alle Mal vom Hals schaffen.«

»Vergessen Sie's. Es wäre besser, Sie gehen jetzt«, erwiderte Geordie. »Es gibt …«

Ein Landrover kam mit hoher Geschwindigkeit in das Lager gerast, gefolgt von zwei weiteren Wagen. Einem

Toyota und einem Jeep. Aus dem Jeep sprang Cookie heraus und lief zu Lukas.

»Hier kommt die Kavallerie!«

Aus den anderen Wagen stiegen Ranger aus Enyamas Einheit und als letzter Enyama selbst. Er war stark angeschlagen, sein rechtes Bein war verbunden und den linken Arm trug er in einer Schlinge. Aber er lebte. Milou sprang bellend aus dem Landrover heraus und lief zu Lukas.

Die Ranger richteten ihre Waffen auf Ingwon und ebenso auf Geordie und Nigel.

»Sieht aus, als wäre der Deal hinfällig, McBain«, spottete Ingwon.

»Was soll das werden?«, fragte Geordie laut.

»Das kann ich Ihnen sagen«, antwortete Enyama. »Wir nehmen ein paar Wilderer fest. Werfen Sie die Waffen weg und leisten Sie keinen Widerstand, sonst ...« Enyamas Männer entsicherten ihre Waffen gut hörbar.

Geordie grinste. »Nicht schlecht. Aber Sie haben nicht gut aufgepasst.« Der Schotte ließ einen lauten Pfiff erklingen. Sofort kamen acht weitere Männer in schwarzen Uniformen aus den umliegenden Gebäuden hervor, alle bewaffnet mit kurzen Maschinenpistolen von Heckler & Koch, und umzingelten die Ranger. »Jetzt legen Sie bitte die Waffen weg. Ich möchte ungern jemanden erschießen. Aber ich werde nicht zögern, es zu tun, wenn es nötig ist.«

Lukas blickte zu Enyama, der mit eingefrorener Miene auf Geordie starrte. Dann gab er seinen Leuten ein Handzeichen und sie senkten ihre Waffen.

»Eine weise Entscheidung. Wir werden uns jetzt zurückziehen und das Lager verlassen. Mit dem Elfenbein und Captain Ingwon.«

»Das hast du geschickt einfädelt«, sagte Lukas zu Geordie. »Jetzt hast du alles, was du wolltest, oder nicht? Geld, Elfenbein und der Nachschub ist auch gesichert, weil du Ingwon in der Hand hast.«

Geordie zuckte mit den Schultern. »Sagen wir einfach, es ist ganz gut für mich gelaufen. Und für dich doch auch, Lucky. Du hast überlebt. Mit ein wenig Hilfe von mir.« Der Schotte zwinkerte ihm zu. »Vergiss das bitte nicht.«

Lukas sagte nichts. Er sah zu Enyama, der ihn verbittert anblickte. Zwei der Ranger begaben sich zu Joseph und versuchten vergeblich, ihrem Kameraden noch zu helfen. Lukas blickte auf Zenabu, die aussah, als würde sie friedlich schlafen. Cookie kniete mit Tränen in den Augen neben ihr.

Es blieb den Rangern nichts anderes übrig, als zuzusehen, wie Geordies Männer mit zwei Lastwagen voller Elfenbein das Lager verließen. Als Letzte fuhren Geordie und Nigel mit ihrem blauen Mercedes davon. Vorher winkte der Schotte Lukas noch freundlich grinsend zu. Ingwon fuhr in einem Jeep, der von einem überlebenden LRA-Soldaten gefahren wurde, neben dem Mercedes her.

»Heute ist ein trauriger Tag«, sagte Enyama und blickte der Kolonne nach. Dann sah er Lukas anklagend an. »Du hättest Ingwon töten müssen. Jetzt wird alles noch viel schlimmer werden. Er wird zurückkommen und Rache nehmen.«

»Dieser Tag ist noch nicht vorbei«, sagte Lukas entschlossen und ging hinkend zu Enyamas Landrover.

* * *

Ingwon ließ seinen Fahrer den Jeep direkt neben den Mercedes des schottischen Söldners steuern. Dann bedeutete er Geordie, das Fenster herunterzufahren.

»Darüber wird noch zu reden sein, McBain. Kony wird nicht erfreut sein, wenn ich ihm erzähle, dass Sie die Ranger am Leben gelassen haben«, brüllte Ingwon hinüber.

»Er wird sich freuen, dass ich Ihnen den Arsch gerettet habe und wir ein gutes Geschäft abgeschlossen haben. Dabei sollten wir es belassen, Captain«, gab McBain stoisch zurück.

»Ich werde Ihren Freund Horn töten, hören Sie? Und alle anderen, die ihm nahestehen oder helfen. Haben Sie verstanden, Sie werden alle sterb…«

»Wooah!«

Der Knall kam aus dem Nichts.

Nigel, der den blauen Mercedes lenkte, riss das Lenkrad nach links, als der Kopf vom Fahrer des Jeeps in einer Blutwolke explodierte. Der Jeep rammte den Mercedes, aber Nigel konnte die Spur halten, der Jeep drehte in die andere Richtung ab, fuhr über einige kleine Bodenwellen und überschlug sich mehrmals, als die Reifen sich querstellten. Nigel stoppte den Mercedes.

»Was war das?«

»Was? Du meinst wer«, sagte Geordie und stieg aus. Nigel folgte ihm und gemeinsam gingen sie zu dem verunfallten Wagen hinüber. Der Jeep lag auf dem Dach, der starke Überrollbügel hatte ein Eindrücken verhindert. Geordie ging neben dem Jeep in die Knie und blickte durch das Fenster. Dem Fahrer fehlte der halbe Kopf. Ingwon hing kopfüber im Gurt und versuchte, sich zu befreien.

»Helfen Sie mir, verdammt!«

Aber Geordie sah nicht zu ihm, sein Blick ging zurück zu dem Lager, wo er eine Reflexion der Sonne wahrnahm.

»Volltreffer«, kommentierte Enyama den Schuss. Lukas blieb im Anschlag liegen und sah durch das Zielfernrohr mit an, wie der Jeep sich überschlug und schließlich auf dem Dach liegen blieb. Ingwon hing nun hilflos im Sicherheitsgurt. Lukas wartete noch einen Moment, dann visierte er sein Ziel an und atmete ruhig ein und aus. Kurz vor dem Schuss hielt er den Atem an. Dann drückte er ab. Der Tank des Jeeps explodierte. Der Wagen ging in Flammen auf.

Geordie und Nigel hatten sich auf den Boden geworfen, als der nächste Schuss den Tank zur Explosion brachte. Ingwon schrie verzweifelt um Hilfe, während er langsam in dem Wrack verbrannte.

»Verdammt, wie weit ist er weg? Zweitausend Meter doch bestimmt.«

»Vielleicht sogar noch ein Stück weiter«, sagte Geordie. Er stand auf und klopfte sich den Staub aus den Klamotten. »Lucky hat nichts verlernt. Das war ein sauberer Schuss.«

»Wir sollten sehen, dass wir hier wegkommen. Nicht, dass er uns auch noch ins Visier nimmt. «

»Keine Sorge, das hätte er schon getan, wenn er gewollt hätte.« Geordie grüßte militärisch in die Richtung des Lagers und stieg dann in den Mercedes ein.

. . .

»Willst du die beiden davonkommen lassen?«, fragte Enyama und setzte das Fernglas ab.

»Ich muss, er hat mir das Leben gerettet«, sagte Lukas. Er stand auf und ließ das M82 im Staub stehen. »Immerhin ist Ingwon erledigt.«

»Es war ein hoher Preis, den wir dafür zahlen mussten«, sagte Enyama und blickte zu Joseph und Zenabu, die tot nebeneinanderlagen. »Aber es wird dauern, bis die LRA sich von diesem Schlag erholt. Und wir werden weiterkämpfen.«

28 / ZURÜCK

HAMBURG

DEN SCHMERZEN ZUM TROTZ, die ihm seine gebrochenen Rippen bereiteten, wenn er lachte, tat Lukas genau dies, als er am Flughafen Fuhlsbüttel aus der Tür trat. Morten Jonasson wartete dort in der Menge auf ihn. Er ragte aus der Masse mit seiner Statur und den leuchtenden blonden Haaren deutlich hervor. Und er hielt ein selbstgeschriebenes Schild vor seiner Brust, auf dem ›*Gay-Taxi für Mr. HORNy*‹ stand.

»Du bist ein Spinner, weißt du das?« Lachend stellte Lukas seine Reisetasche ab, schüttelte Morten die Hand und drückte ihn an die Brust.

»Aber sicher doch. Du siehst etwas mitgenommen aus, wenn ich das so sagen darf.«

»Ich weiß. Wärst du so nett?« Lukas zeigte auf die Reisetasche.

»Na klar doch.«

Sie gingen durch die kleine Empfangshalle hindurch nach draußen, wo Morten seinen Dienstwagen genau auf der Taxispur geparkt hatte. Nachdem Morten sein Gepäck im Kofferraum verstaut und sie losgefahren waren, schwiegen sie erst eine Weile. Schließlich sagte Lukas: »Danke, dass du Emilia und Caro gerettet hast.«

»Na hör mal, das war das Mindeste, was ich für dich tun konnte. Deine kleine Emilia hat aber ordentlich Mumm, das muss ich sagen. Absolut furchtlos, die Kleine. Aber bevor ich dich zu den beiden bringe, muss ich dich erst einmal zu Stralau fahren. Befehl.«

»Meinetwegen.«

»Sag mal, was ist eigentlich mit deinen Füßen? Du bist eben so komisch gegangen, als ob du dir ein paar Blasen gelaufen hast.«

»Fast. Ich habe jetzt Füße wie Reinhold Messner.« Morten sah ihn fragend an. »Ein paar Zehen weniger. Morgen werde ich deswegen noch mal einen Arzt aufsuchen müssen.«

»Oh. Du hattest wohl doch mehr Probleme als angenommen.«

»Kann man so sagen. Aber unterm Strich zählt das Ergebnis.«

»Hat Jürgen auch immer gesagt. Und dann ...« - »... hat er immer hinzugefügt, dass es trotzdem ein Scheiß-Spiel war und er nie wieder hingehen würde«, vollendete Lukas.

»Genau so war es.« Morten sah Lukas ernst an. »Und bei dir?«

»Es ist, wie Stralau gesagt hat. Mir liegt dieser Job im Blut.«

»Und wer braucht schon Zehen? Ich meine, was tun diese Dinger eigentlich für uns? Da treten höchstens beim Tanzen die Kerle drauf!«

Erneut stachen Lukas die gebrochenen Rippen, als er lachen musste.

»Sag mal, eigentlich hatte Stralau mir angekündigt, dass du in weiblicher Begleitung sein würdest.«

»Sie ist noch im Sudan geblieben, bei ihrem Bruder. Ich denke, es wird noch etwas dauern, bis sie wieder nach Hamburg kommt.« Lukas blickte aus dem Fenster. Es war früher Nachmittag in Hamburg und es nieselte leicht. Er dachte an Zenabu, die jetzt in einem Grab im Rangercamp direkt neben Joseph lag. Enyama hatte ihm gesagt, dass das nächste weibliche Elefantenkalb, das sie aufnehmen würden, nach ihr benannt werden würde. Cookie hatte ihn zum Abschied lange gedrückt. Sie hatte sich mit ihrem Bruder ausgesprochen, was zwar nicht bedeutete, dass nun alles gut war zwischen den Geschwistern, aber immerhin gab es eine Chance darauf. Deswegen hatte sie beschlossen, erst einmal im Sudan zu bleiben und den Rangern zu helfen.

»Wir sind da«, sagte Morten, als er den Volvo vor das LKA-Gebäude lenkte und stoppte.

Als sie oben in den BKA-Büros ankamen, war nur noch ein Kollege anwesend. Dietmar Bruckman.

»Einen schönen guten Abend, die Herren.«

»N'Abend, Didi. Na, liest du wieder heimlich Männermagazine unterm Tisch?«, fragte Morten.

»Keine Ahnung, wovon du sprichst, Jonasson«, erwiderte Bruckman frostig. »Ich hab dir schon mal gesagt, dieses dumme Heft ist einfach übers Armaturenbrett gerutscht.«

»Aber sicher ist es das. Sag einfach Bescheid, wenn du so weit bist, ich nehm dich dann mal mit«, frotzelte

Morten weiter, während sie auf Stralaus Büro zugingen. Bevor sie die Tür erreichten, öffnete diese sich.

»Lukas, wie schön dich gesund wiederzusehen. Kommt rein.« Stralau setzte sich hinter seinen Schreibtisch. »Ich habe gerade die letzten Berichte gelesen. Gute Arbeit. Ingwon ist ausgeschaltet und damit einer der größten Waffenschieber der Region erledigt. Ich wusste doch, dass ich mich auf dich verlassen kann.« Zufrieden lehnte Stralau sich in seinem Stuhl zurück.

»Für wen habe ich jetzt eigentlich gearbeitet?« Lukas stand mit verschränkten Armen vor dem Schreibtisch, während Morten sich bereits auf einen der Stühle gesetzt hatte und ihn fragend ansah.

»Hey, Lukas, du hast deinen Dienstausweis zwar verloren, aber du hast ihn doch wieder, oder nicht? Da steht eigentlich drauf, für wen du arbeitest.«

Lukas ignorierte Morten und sah zu Victor Stralau. Der antwortete nicht. Er lehnte sich wieder nach vorne und stellte seine Ellenbogen auf der Schreibtischplatte ab, die Hände zusammengefaltet nach oben gestreckt.

»Eine gute Frage, Lukas, eine sehr gute. Aber bevor ich die beantworten kann, muss ich dir das hier geben.« Stralau reichte Lukas einen braunen Umschlag. Lukas öffnete ihn und nahm das Schreiben darin heraus.

»Meine Kündigung?«

»Tja, um größere diplomatische Verwicklungen zu vermeiden und um dem Sudan zu demonstrieren, dass unser System keine eigenmächtigen Handlungen von Bundesangehörigen toleriert ... Rhabarber, Rhabarber, du kennst den Scheiß. Auf jeden Fall bist du für das BKA nicht länger tragbar.« Stralau lehnte sich wieder zurück. »Was mich zur Beantwortung deiner Frage bringt. Ich arbeite nicht für das BKA, sondern bin Chef einer besonderen Unterabteilung des MAD. Wir sind gerade dabei, eine Einheit zur wirkungsvollen Terrorbekämpfung aufzustellen. Die Einheit soll zukünftig mit unseren Bündnispartnern gemeinsam rechtzeitig Terrorzellen ausschalten, bevor diese uns gefährlich werden.«

»Hätte ich mir denken können«, sagte Lukas. »Ich war wohl durch Jürgens Tod zu abgelenkt, sonst hätte ich sofort stutzig werden müssen, als du mir sagtest, du hättest meine Akte eingesehen. Niemand kann einfach so die Akten von KSK-Angehörigen einsehen, es sei denn ...«

»... jemand mit entsprechender Befugnis von höchster Stelle macht es. Ich habe hier noch einen zweiten Brief für dich.« Stralau gab Lukas noch einen weiteren Umschlag, diesmal ein weißer. »Ich würde dich gerne für unsere neue Anti-Terroreinheit anwerben. Selbstverständlich zu deutlich angehobenen Bezügen. Es versteht sich von selbst, dass alles strengster Geheimhaltung unterliegt. Mit dem Ausschalten von Ingwon hast du deine Eignung eindrucksvoll unter Beweis gestellt. Ach, übrigens, Jonasson«, sagte Stralau und zog ein weiteres Kuvert hervor, für Sie habe ich das gleiche Angebot. Sie haben sich bewährt, als Sie die beiden Entführer ausgeschaltet haben.«

Lukas warf den Umschlag wieder bei Stralau auf den Schreibtisch. »Danke, aber kein Interesse.« Dann drehte er sich um und verließ das Büro. Morten stand eilig auf und folgte ihm, wandte sich aber vorher noch einmal an Stralau. »Ich überleg's mir noch, ja?« Stralau nickte ihm zu.

»Hey, Lukas, warte auf mich. Willst du dieses Angebot wirklich ausschlagen?« Morten hatte seinen Umschlag geöffnet und hielt den Briefbogen in der linken Hand.

»Natürlich nicht. Ich will Stralau nur noch ein wenig zappeln lassen«, sagte Lukas ruhig. »Kannst du mich jetzt bitte zu Emilia fahren?«

»Ausgefuchster Kerl«, sagte Morten grinsend. »Aber morgen unterschreiben wir dann beide. Ich kann dich doch nicht alleine die ganze Arbeit tun lassen.«

Lukas verabschiedete sich von Morten und ging langsam die Auffahrt zu seinem alten Zuhause hinauf. Als er die Hälfte der Strecke geschafft hatte, wurde die Haustür aufgerissen. Emilia kam herausgestürmt und rannte freudestrahlend auf ihn zu.

»Papa!« Sie sprang ihm in die Arme, was seine lädierten Rippen einer harten Belastungsprobe unterzog. Er setzte sie schnell wieder auf den Boden ab.

»Hallo, mein Schatz, schön dich endlich wiederzusehen.« Er gab ihr einen Kuss auf die Stirn. »Hast du mich auch vermisst?«

»Und ob! Mama und ich sollten entführt werden, aber Morten hat uns gerettet!«

»Ich weiß, Schatz, er hat es mir erzählt. Auch, wie tapfer du warst.«

»Ich hab nur gemacht, was du mir gesagt hast.« Emilia lächelte stolz. »Komm schnell rein, Mama wartet auch schon auf dich.«

Wie aufs Stichwort sah Lukas seine Exfrau aus der Haustür treten. Mit Emilia an der Hand ging er ihr entgegen.

»Hallo Caro.«

Sie sah ihn still mit ihren tiefblauen Augen an. Dann

umarmte sie ihn und hielt ihn eine gefühlte Ewigkeit umklammert.

»Schön, dass du zurück bist«, flüsterte sie ihm ins Ohr. Sie entließ ihn aus ihrer Umklammerung und wischte sich schnell mit der linken Hand etwas aus dem Auge.

»Ich freue mich auch, euch beide wiederzusehen. Es ist …« Lukas stockte, als er einen großen Reisekoffer sah, der vor die Tür gestellt wurde. Kurz darauf folgte Daniel, der den Koffer auf den Rollen vor sich her zu dem blauen SUV schob und einlud. »Äh, hab ich was verpasst?«

Caroline sagte nichts und ging zu Daniel, der den Koffer gerade in den Wagen hievte.

»Mama und Daniel nehmen sich eine Auszeit«, erklärte Emilia ihm. Dann winkte sie ihn mit ihrem Finger dichter zu sich heran und flüsterte ihm ins Ohr: »Sie hat gesagt, er ist ein beschissener Feigling!«

»Schatz, sowas sagt man nicht«, erwiderte Lukas vorwurfsvoll.

»Aber Mama hat es gesagt.«

Lukas seufzte. »Du musst ihr nicht alles nachplappern. Vor allem nicht solche Sachen.«

Caro verabschiedete sich von Daniel auf kühle Art, sie reichte ihm nicht einmal die Hand. Daniel stieg in den Wagen und fuhr langsam die Auffahrt hinunter.

»Hast du vielleicht Lust, mit uns zu Abend zu essen?«, fragte Caro ihn, als sie wieder bei ihnen ankam.

»Gerne. Ich hab einen Riesenhunger.«

»Dann komm rein.« Caro nahm ihn an die Hand, während Emilia schon ins Haus vorlief.

Gregor Goosenbach saß an seinem Schreibtisch und zerknüllte das Blatt Papier vor sich. Es war der Vertrag für Daniel Keiliger, der jetzt jedoch nicht mehr benötigt wurde. Morgen würde er den Kerl feuern. Viel mehr Sorgen machten ihm die Nachrichten, die er aus dem Sudan erhalten hatte. Mikel Ingwon war getötet worden und damit sein wichtigster Ansprechpartner für den Elfenbeinhandel. Mit Kony hatte er noch nie direkt Kontakt gehabt. Wahrscheinlich musste er sich nun nach einem anderen Lieferanten umsehen, was wiederum mit einem hohen Risiko verbunden wäre. Sein Telefon klingelte und riss ihn aus den Gedanken.

»Ja?«

»Herr Goosenbach, hier ist ein Herr, der unbedingt mit Ihnen sprechen möchte, ich habe ihm schon gesagt, dass dies ohne Terminabsprache nicht geht, aber er ist ziemlich hartnäckig«, sagte seine Sekretärin.

»Wer ist es und was genau will er?«

»Ein Engländer, seinen Namen hat er mir nicht genannt. Er sagte, es geht um Ihre Geschäftspartner im Sudan.«

Gregor Goosenbach zuckte kurz zusammen. War ihm irgendjemand auf die Schliche gekommen? Er überlegte, was er tun sollte, dann entschied er sich, erstmal zu schauen, mit wem er es zu tun hatte. Die Spuren waren immer gut verwischt worden, keine Hinweise konnten zu ihm führen.

»Lassen Sie ihn herein.«

Wenige Augenblicke später öffnete sich seine Bürotür und seine Sekretärin ließ einen Mann mit leicht graumelierten Haaren und einer ziemlich fies aussehenden Nase eintreten. Der Kerl trug einen schlechtsitzenden Anzug, offensichtlich billig von der Stange gekauft. Seine Sekretärin schloss die Tür wieder.

»Wer sind Sie und was genau möchten Sie von mir?«

Der Mann sah sich in seinem Büro um und setzte sich dann in aller Seelenruhe auf den Stuhl vor seinem Schreibtisch.

»Ich möchte Ihnen ein Geschäft anbieten. Jetzt, da Ingwon tot ist, haben Sie vielleicht Bedarf an einer neuen Quelle.«

»Ich habe nicht die geringste Ahnung, wovon Sie reden, Mr. …?«

»McBain. Ich bin der Letzte, der Captain Ingwon noch lebend gesehen hat. Und ich bin im Besitz von einigen Tonnen Elfenbein, für die ich einen Käufer suche.«

Gregor sah den Kerl vor sich genau an. Er saß ruhig da, verzog keine Miene. Mit Sicherheit kein Ermittler.

»Wie sollte ich Ihnen dabei helfen können?«

»Nun, ich weiß, dass Sie mit Ingwon Geschäfte gemacht haben, dass Sie sein größter Abnehmer waren und außerdem Waffendeals für ihn eingefädelt haben. Da dachte ich mir, jemand mit solchen Talenten würde doch bestimmt auch für mich ein guter Geschäftspartner sein.« McBain lächelte ihn an.

»Sie wissen anscheinend eine Menge über mich, aber ich gar nichts über Sie. Und ich wüsste gerne, mit wem ich Geschäfte mache.«

»Das ist in diesem Fall nicht nötig, weil es sich um ein einmaliges Geschäft handeln wird. Ich verkaufe Ihnen alles, was ich an Elfenbein habe, und danach sehen Sie mich nie wieder. Versprochen.«

»Wie viel?«

McBain zog einen Zettel aus seinem Jackett und legte

ihn vor Goosenbach auf dem Tisch ab. »Da stehen zwei Zahlen. Die obere ist die Menge an Elfenbein und die untere der Preis, den ich dafür haben will. Nicht verhandelbar.«

Gregor zog eine Augenbraue nach oben. Über sieben Tonnen Elfenbein. Damit konnte er die Zeit überbrücken, bis er einen neuen Lieferanten gefunden hatte. Und der Preis war unschlagbar günstig. Er lächelte.

»Wir sind im Geschäft, Mr. McBain.«

EPILOG

SUDAN, RADOM-NATIONALPARK - VIER JAHRE SPÄTER

LUKAS ZOG sich seinen Hut etwas tiefer ins Gesicht. Die Sonne brannte mit voller Intensität herab.

»Hast du dich gut eingecremt, Em'?«

»Na klar doch. Mit Schutzfaktor 50. Keine Sorge.« Dann lief seine Tochter zu der riesigen Transportbox hinüber, die mitten in der Steppe stand. »Ist sie schon wach?«

»Sie wacht langsam auf«, erwiderte Cookie. »Möchtest du sie vorher noch einmal streicheln?«

»Aber klar möchte ich!«

Cookie ging mit Emilia in die große Holzbox hinein, in der Sadeqi langsam aus ihrer Narkose aufwachte. Die junge Elefantendame war nun etwas über vier Jahre bei Enyama im Waisenhaus gewesen und bereit, ausgewildert zu werden. Vor drei Wochen hatte Cookie mit Lukas Kontakt aufgenommen und ihn gefragt, ob er nicht bei der Auswilderung dabei sein wollte. Es war einige Jahre her, dass er mit Cookie gesprochen hatte. Sie lebte und arbeitete nun schon seit drei Jahren in der Rangerstation, nachdem sie ihr Leben in Hamburg komplett hinter sich gelassen hatte. Aber sie erinnerte sich noch genau daran, welcher Elefant es war, den Lukas damals im Waisenhaus gesehen hatte und lud ihn deswegen zur Auswilderung ein. Caro konnte sich nicht freinehmen, aber Emilia war sofort Feuer und Flamme, als Lukas ihr davon erzählte. Also flogen sie zu zweit in den Sudan, nachdem Lukas sich vorher versichert hatte, dass es keine Probleme bei ihrer Einreise geben würde.

»Hey, sie wird wach«, rief Emilia aufgeregt aus der Box.

»Dann komm da bitte schnell raus.«

Cookie und Emilia verließen die Transportbox und stellten sich zu Lukas und den anderen Rangern. Beinahe das ganze Camp war anwesend, es war ein großer Moment, wieder einen Elefanten im Radom auszuwildern. Mit lautem Schnaufen und etwas unsicheren Schritten kam Sadeqi schließlich aus ihrer Transportbox heraus.

»Wow, sie ist echt riesig«, sagte Emilia.

»Sie wird noch größer werden, mindestens noch einen halben Meter«, sagte Enyama, der mit verschränkten Armen zufrieden dreinblickend neben Lukas stand. Sadeqi entfernte sich langsam von der Transportbox. Ihre Schritte wirkten jetzt sicherer. Sie ließ ein lautes Brummeln aus ihrer Kehle ertönen. »Sie ruft nach anderen Elefanten.«

»Gibt es hier denn noch andere?«, fragte Lukas.

»Wir haben vor einigen Monaten die zwei ersten Elefanten aus unserem Waisenhaus hier freigelassen. Sie sind hier sicherlich in der Nähe. Sadeqi wird die beiden finden und sich ihnen anschließen.«

»Sind die Elefanten denn hier draußen auch wirklich sicher?«, fragte Emilia besorgt.

»Wir tun, was wir können, um sie zu beschützen. Es sind ständig zwei Trupps meiner Männer hier unterwegs und haben ein Auge auf die Elefanten. Generell haben sie hier optimale Bedingungen.«

»Da hinten«, rief Emilia aufgeregt, »da kommen die anderen Elefanten!« Sie zeigte in östliche Richtung, wo aus einem kleinen Wäldchen zwei graue Kolosse aus dem Dickicht hervortraten. Sadeqi eilte laut trötend auf die zwei zu.

»Sie erkennt die beiden sofort wieder. Sie freuen sich, dass sie wieder vereint sind.«

Es klickte mehrmals. Emilia hatte ihre Kamera gezückt und fotografierte die Zusammenführung der Elefanten ausgiebig.

»Vielen Dank, dass ihr uns hierzu eingeladen habt«, sagte Lukas zu Enyama. »Emilia wird diesen Tag niemals vergessen.«

»Du bist uns hier immer willkommen, Lukas.«

Sie blieben noch einige Stunden bei den Elefanten, bis diese sich schließlich außer Sichtweite begaben und am Horizont verschwanden. Wie Enyama es gesagt hatte, folgte ihnen aber ein Trupp von drei Rangern in einem Jeep.

»Wird Zeit, dass auch wir hier verschwinden und ins Lager zurückkehren. Ihr seid doch bestimmt hungrig?«

»Und ob«, antwortete Emilia mit einem verschmitzten Lächeln.

Lukas ließ Emilia in einem Jeep mit Cookie vorausfahren, er selbst fuhr mit Enyama in dessen altem Landrover. Auf der Rückbank lag der hechelnde Malinois.

»Also, erzähl mal, wie läuft es für euch?«, fragte Lukas,

der bisher noch keine Gelegenheit gehabt hatte, mit dem Chef der Ranger zu sprechen.

»Erstaunlich gut. Seit drei Jahren gab es keinen Toten mehr und seit du Ingwon damals erschossen hast, hat die LRA hier nie wieder Fuß gefasst.« Enyama sah ihn grimmig lächelnd an. »Nicht, dass sie es nicht versucht hätten. In anderen Parks läuft es in dieser Hinsicht schlechter. Aber dank der Lieferungen, die du für uns organisiert hast, sind wir nun besser vorbereitet. Mit der Ausrüstung können wir denen endlich etwas entgegensetzen.«

»Das war das Mindeste, was ich für euch tun konnte.« Lukas hatte sich damals bei Stralau dafür eingesetzt, dass alte Ausrüstung aus Bundeswehrbeständen den Rangern im Radom zur Verfügung gestellt worden war.

»Ich hoffe, du hast ordentlich Appetit, es gibt heute Abend ein kleines Festmahl euch zu Ehren.«

»Mach dir da mal keine Sorgen. Meine Tochter kann für zwei futtern.«

»Was? Dieses dürre Ding?« Enyama lachte laut auf.

»Noch lachst du. Warte, bist du siehst, wie sie reinhaut.«

»Wir haben hier noch jeden satt bekommen.«

Im Camp angekommen, gingen alle in die große Gemeinschaftsbaracke, nur Lukas entschuldigte sich kurz.

Er marschierte hinter die Krankenstation, wo zwei kleine, schmucklose Holztafeln im Boden steckten. Zwischen den Gräbern von Zenabu und Joseph wuchs ein afrikanischer Tulpenbaum. Lukas verharrte einen Moment in der Stille, bevor er sich zu den anderen begab.

GLOSSAR UND ABKÜRZUNGSVERZEICHNIS

BKA: Bundeskriminalamt - Als international tätige Zentralstelle der deutschen Polizei führt das BKA Ermittlungendurch; forscht, entwickelt, analysiert und hat Aufgaben im Bereich des Personenschutzes. (https://www.bka.de)

Blackwater: US-amerikanisches Sicherheits- und Militärunternehmen. 2011 in **Academi** umbenannt.

CITES: Convention on International Trade in Endangered Species of Wild Fauna and Flora (*Übereinkommen über den internationalen Handel mit gefährdeten Arten freilebender Tiere und Pflanzen*) - nach dem Ort der ersten Unterzeichnung 1973 auch Washingtoner Artenschutzabkommen genannt. (https://www.cites.org)

Dschandschawid: Bewaffnete Reitermilizen in der Darfur-Region, bedeutet sinngemäß übersetzt „berittene Teufel".

Giaur (Dschaur): Ungläubiger

LRA: Lord's Resistance Army (*Widerstandsarmee des Herrn*); ugandische Guerilla, Anführer Joseph Kony

NIF: National Islamic Front

SLA: Sudan Liberaration Army, ursprünglich Darfur Liberation Front, Guerilla

SLM: Sudan Liberation Movement

SPAF: Sudan People's Army Forces, Volksarmee des Sudan

SPLA: Sudan People's Liberation Army

NACHWORT

Der Handel mit Elfenbein ist bis heute immer noch ein einträgliches Geschäft. Das im Oktober 1989 von 177 Ländern unterzeichnete Washingtoner Artenschutzabkommen (CITES), in dem ein globales Handelsverbot für Elfenbein festgelegt wurde (Aufnahme in den Anhang I), ist mittlerweile durch zahlreiche Einzelregelungen und Ausnahmen aufgeweicht.

Beispiele: 1997 wurden die Elefantenbestände in Botswana, Namibia und Simbabwe wieder in den CITES Anhang II herabgestuft, was den Ländern die Möglichkeit gab, mit Elefantenprodukten zu handeln. Im Jahr 2000 wurde auch für Südafrika diese Herabstufung vorgenommen.

Die Elefantenpopulationen, die sich durch die CITES-Maßnahme zuerst wieder erholten, befinden sich seitdem erneut im Sinkflug. Nach Expertenschätzungen werden jährlich zwischen 40.000 und 50.000 Elefanten wegen ihres Elfenbeins getötet.

Der größte Absatzmarkt für dieses gewilderte Elfenbein ist nach wie vor China, wo geschätzte drei Viertel der Gesamtmenge Abnehmer finden. Einige Länder sind deswegen dazu übergegangen, Elfenbein, welches beschlagnahmt wurde, öffentlichkeitswirksam zu verbrennen. In Kenia wurden im März 2016 über 105 Tonnen Elfenbein verbrannt, die bisher weltweit größte Menge überhaupt. Trotzdem machte diese Menge nur ca. 5% des Gesamtvorrats des afrikanischen Kontinents aus. Auch andere Länder haben bereits öffentliche Verbrennungen von beschlagnahmtem Elfenbein durchgeführt (u.a.: USA: 6 Tonnen; Dubai: 18 Tonnen; China: 6 Tonnen; Sambia: 12 Tonnen).

Die große Nachfrage nach dem „weißen Gold" macht dieses auch für die Geldbeschaffung von Terrororganisationen wie die Lord's Resistance Army (LRA) interessant, die sich durch den Elfenbeinhandel finanzieren. Der Marktpreis für Elfenbein lag 2014 bei bis zu 3.000 US-Dollar je kg (Im Vergleich: 1990, kurz nach dem Handelsverbot waren es ca. 3 US-Dollar je kg). Das durchschnittliche Stoßzahngewicht eines Elefanten liegt bei 6 - 8 kg je Stoßzahn. In zentralafrikanischen Nationalparks wurden, u.a. von der LRA, Stützpunkte eingerichtet, um die Elefanten direkt vor Ort zu töten und sich so den Zugriff auf das Elfenbein zu sichern. Für die Elefantentötung wird auf jedes Mittel zurückgegriffen: Vergiftungen von Wasserlöchern mittels Zyanid (81 tote Elefanten in Simbabwe 2013 & 22 tote Elefanten ebenfalls in Simbabwe 2015) oder auch die Jagd von Hubschraubern aus (22 Elefanten im Garamba-Nationalpark von Helikoptern aus erschossen, Stoßzähne mitgenommen).

Im Jahr 2015 wurden insgesamt 107 Ranger im Einsatz getötet. In den vergangenen zehn Jahren starben über tausend Ranger bei der Ausübung ihrer Tätigkeit. Der Großteil davon in Afrika, wo sie Opfer von Wilderern wurden. Schlecht ausgerüstet und zahlenmäßig den Wilderern weit unterlegen, stehen die Parkranger bei diesem Kampf auf verlorenem Posten.

Quellen:

http://www.wwf.de/2016/juli/schutzlose-helden/

http://www.ifaw.org/deutschland/aktuelles/kenia-verbrennt-über

http://www.nationalgeographic.de/reportagen/spezialreport-die-spur-des-elfenbeins

http://www.reaev.de/wordpress/

http://www.spiegel.de/wissenschaft/mensch/kongo-wilderer-toeten-drei-elefanten-schuetzer-in-nationalpark-a-1089194.html

http://www.spiegel.de/wissenschaft/natur/nationalpark-in-kongo-wilderer-toeten-vier-ranger-a-1057167.html

https://www.stopp-wilderei-weltweit.de/elefanten-wilderei/

ÜBER DEN AUTOR

André Milewski ist Autor von Abenteuerromanen und Action- Thrillern. Obwohl er schon immer eine lebhafte Fantasie hatte, entschloss er sich erst 2010 dazu, seinen ersten Roman zu schreiben. Im Dezember 2012 wurde „Geheimakte Labrador“ schließlich veröffentlicht.

Seither folgten in regelmäßigen Abständen weitere Romane und im Jahr 2017 wurde das Schreiben schließlich auch zu seiner alleinigen, hauptberuflichen Tätigkeit.

Mehr über den Autor und seine anderen Bücher gibt es auf der Website www.andre-milewski.de zu erfahren. Dort besteht auch die Möglichkeit, sich für einen Newsletter zu registrieren, um automatisch über neue Bücher, Gewinnspiele und Messeauftritte informiert zu werden.

facebook.com/AutorAndreMilewski

twitter.com/Andre_Milewski

instagram.com/andre_milewski

Bücher von André Milewski

Geheimakte-Abenteuer *(fortlaufend)*

Die Falkenburg Chroniken *(abgeschlossen)*

Heather-Bishop-Thriller *(fortlaufend)*

Heather Bishop 4 Herbst 2020

Einzelbände

ISBN 978-3-7467-4042-3
9 783746 740423 00004
www.epubli.de